Alper Canıgüz
Söhne und siechende Seelen

Alper Canıgüz

Söhne und siechende Seelen

Aus dem Türkischen von Monika Demirel

binooki

Die Originalausgabe erschien unter dem Titel
Oğullar ve Rencide Ruhlar

Deutsche Erstausgabe

www.binooki.com

1. Auflage 2012

Lektorat: Erhard Waldner
Satz: Erhard Waldner
Umschlaggestaltung: Josephine Rank
Illsutration: Murat Yılmaz

Druck: Art-Druk, Szczecin
Printed in Poland
ISBN 978-3-943562-01-9

Hinweis des Verlages

Keine Angst, Türkisch lernen müssen Sie für die Lektüre dieses Buches nicht. Aber ein paar Worte sollten Sie schon kennen, um sich im Dschungel der Anredeformen zurechtzufinden:

Abi
Das ist der ältere Bruder, aber auch das höfliche Beiwort für Männer, die älter sind als man selbst.

Abla
Das ist die ältere Schwester, aber auch das höfliche Beiwort für Frauen, die älter sind als man selbst.

Da man in der Türkei einander nicht mit Familien-, sondern mit Vornamen anspricht, hängt man höflichkeitshalber für die Herren ein
Bey
und für die Damen eine
Hanım
an die Vornamen an.

Amca und *Teyze* bedeutet Onkel beziehungsweise Tante und ist jeweils höfliches Beiwort für Herren oder Damen, die deutlich älter sind als man selbst.

eins

sein und nichtsein

Mit fünf Jahren befindet sich der Mensch auf der Höhe seiner Reife, danach beginnt er zu faulen.

Ich, Alper Kamu, wurde vor einigen Monaten fünf. Während mein Geburtstag näher rückte, stand ich die meiste Zeit am Fenster, um die Menschen draußen zu beobachten. Ihr Leben verbrachten sie damit, zu beschleunigen, zu verlangsamen, alle möglichen Töne von sich zu geben und durch die Gegend zu gucken. Es machte mich krank, daran zu denken, dass ich eines Tages so werden würde wie sie. Leider gab es da keinen Ausweg. Die Zeit war grausam und ich alterte schnell.

Das einzig Positive an meinem Leben war, dass ich nun nicht mehr in die Vorschule gehen musste. Besser als nichts. Eigentlich hatte ich meinen Eltern lange zu erklären versucht, dass die Vorschule kein Ort für mich war. Mit allen logischen Argumenten. Leider erwies sich das als vollkommen nutzlos. Ich musste alle Register ziehen, damit sie meine Nöte verstanden, etwa schweißgebadet im Schlaf herumstrampeln oder kleine Tobsuchtsanfälle vortäuschen, wenn der Schulbus vor der Tür stand. Was für eine Blamage. Es war einfach beschämend.

Bei meinem Eintritt in die Vorschule hatte ich eigentlich weder positive noch negative Vorurteile über diese Einrichtung. Aber leider legte ich einen unglückseligen Start hin. Nachdem ich der Frau Direktorin, meiner Klassenlehrerin und allen Kindern die Hand geschüttelt hatte, musste ich mich übergeben. Meine Mutter war beschämt, doch unsere Klassenlehrerin zeigte Verständnis. Sie erläuterte meiner Mutter, dass man meine leichte Anspannung am ersten Tag als normal auffassen müsse und solche

Dinge öfter vorkämen et cetera. Hätte sie bloß ihr Haar nicht zu diesem seltsamen Knoten gebunden. Vielleicht hätte auch ich ihr dann geglaubt.

So, wie es anfängt, geht es meist weiter. Ich konnte mich mit der Vorschule einfach nicht anfreunden. In der Regel begann der Tag damit, dass unsere Lehrerin uns blödsinnige Dinge beibrachte wie etwa, was im Sommer gedeiht und was im Winter gekocht wird. Das Schlimme war, dass die Frau sich der Unterrichtsmethode der Schülermitarbeit verschrieben hatte und unsere Meinung zu all ihren stinklangweiligen Themen erwartete. Aus Angst, sie könnte mich etwas fragen, ließ ich die ganze Zeit den Kopf hängen. Dann gab es da noch das Singen. Unser Repertoire umfasste einige Werke, die von den miserabelsten Komponisten für erziehbare kleine Schwachsinnige geschrieben worden waren, und die Begeisterung meiner Klassenkameraden übertraf, wenn ich ehrlich sein will, ihr musikalisches Talent um Längen. Da ich natürlich stets ablehnte, mich an dieser Kakophonie zu beteiligen, rief die Lehrerin in den Liedpausen meinen Namen, um mich nach ihrer Façon zur Kunst zu motivieren. Vor Scham versank ich jedes Mal im Erdboden. Von mir, einem glühenden Schostakowitsch-Fan, wurde erwartet, dass ich mich bei »Alle meine Entchen« zerriss. Dank meiner asozialen Gesinnung und meiner Grimassen, die die gelegentlichen Sturmgewitter in mir zum Ausdruck brachten, gelangte die Lehrerin zu der Überzeugung, ich sei geistesgestört, und ließ von mir ab.

Auch die zwei Stunden Mittagsruhe kamen Höllenqualen gleich. Man hatte mich in die mittlere Etage eines Dreistockbetts platziert. Dort konnte ich kein Auge zutun. Fünf Monate lang starrte ich die grässlichen Fratzen an, die ich und nur ich auf der Spanplatte über mir ausgemacht hatte. Außerdem verdurstete ich beinahe. Man gab uns am Vormittag nämlich kein Wasser, damit wir nicht ins Bett machten. Alle schliefen furzend vor sich hin, während ich lebendig begraben in dieser Gruft Not litt. Wenn die Lehrerin zwei Stunden später ihr Glöckchen schwenkend ins Zimmer kam, streckte ich mich und tat so, als wachte ich gerade auf.

Nun kam die beliebteste Aktivität an die Reihe, das Spielen. Sobald sich die Tür zum Spielzimmer öffnete, stürmten die Kinder den Raum und fielen über die in der Tat herrlich bunten Bauklötze, Bälle, Autos und jede Menge andere Spielsachen her. Während sie alle Dampf abließen, setzte ich mich mit ein paar dämlichen Mädchen an den Basteltisch. Die Lehrerin bemühte sich, uns, die stillen Temperamente, in der Kunst des Kettenbastelns aus Kalenderblättern zu unterweisen. Wenn Muttertag nahte, wurde die gesamte Klasse für zwei, drei Tage zur Bastelstunde verpflichtet. Jeder sollte für seine Mutter eine Halskette aus Kalenderblättern basteln. Letzten Endes war ich der Einzige, der das nicht hinkriegte. Niemand war darüber sonderlich erstaunt. Die Lehrerin gab mir das von ihr angefertigte Beispielexemplar, um es meiner Mutter mitzubringen (ich denke, sie hatte das von Anfang an geplant), doch ich lehnte dieses Angebot mit aller Entschiedenheit ab. Die Lehrerin fühlte sich genötigt, diesen Umstand der gesamten Klasse mitzuteilen: »Kinder, euer Mitschüler wird seiner Mutter nichts schenken.« In dem Moment wollte ich nur noch sterben. Um die Angelegenheit nicht ausufern zu lassen, riss ich ihr das Ding aus der Hand. Ab da hielt die Schnepfe ihre Klappe.

Ich informierte meine Eltern über das Wasserproblem, und sie wiederum schilderten der Frau Direktorin die Sachlage. Daraufhin verfügte sie, meine nachmittägliche Wasserration von einem halben Glas auf ein ganzes zu erhöhen. Die neue Regelung führte jedoch leider nur dazu, dass ich mich noch schlechter fühlte. Ich saß am Ende des Tischs in der Ecke und reichte einfach nicht an meine Vergünstigung heran. Während ich jämmerlich so dasaß, war die Lehrerin gezwungen, das Glas vor den Händen meiner gewitzten Freunde zu retten: »Junge, nimm doch dein Wasser.« Zu allem Überfluss gingen diese verdammten Idioten auch noch hin und erhöhten ohne ersichtlichen Grund meine Keksration. Jeder kriegte drei, ich fünf: »Junge, nimm doch deinen Teller!«

Wie dem auch sei. All das ist nichts gegen den Schaden, den eine andere Begebenheit, die ich in jener Hölle erlebte, in meiner Seele anrichtete. In einer Ecke des Spielzimmers stand das Einzige, was mich je in der Schule interessierte: ein glänzender schwarzer Flügel. Freitags abends kam immer so ein seltsamer Wiedehopf, der sich einen Topf Gel über den Kopf gekippt hatte und stets mit demselben Scheißanzug herumlief, und gab Kindern, die darauf erpicht waren – will heißen, deren Familien es sich finanziell erlauben konnten –, zwei Stunden Klavierunterricht. Klar war das nichts für mich. Erstens: die Kursgebühr war zu hoch; zweitens: der Typ spielte miserabel. Dennoch verspürte ich den unbezähmbaren Wunsch, in die Tasten dieses herrlichen Instruments zu greifen. Irgendwie wurde die Vorstellung zu einer fixen Idee, und so stand ich eines Tages heimlich vom Mittagsschlaf auf und begab mich ins Spielzimmer. Ich schlich mich langsam ans Klavier und öffnete den Deckel der Tastatur. Vor Aufregung machte ich mir fast in die Hosen. Mein Herz klopfte heftig, meine Hände zitterten. Ich ließ meine Finger über die Tasten gleiten. Damit niemand von dem Krach aufwachte, wollte ich nur eine Taste anschlagen. Schwarz würde die Taste sein, oder weiß. Schwarz. Natürlich. Wie ein getretener Straßenhund wimmerte meine Seele im Zimmer »disssss«. Eine Träne löste sich aus meinem Auge. Dem linken. Da hörte ich ein Knacken und drehte mich um. Der fette Klassensprecher beobachtete mich mit einer sadistischen Freude, wie sie nur bei Kindern anzutreffen ist. Er fuchtelte mir mit einem seiner Wurstfinger entgegen: »Das sag ich der Lehrerin!« Er wollte, dass ich mir eine jämmerliche Lüge einfallen ließe, damit er mich noch mehr schikanieren konnte. Ich schubste den Fettsack und floh in die Toilette. Die Lehrerin sprach das Thema nicht an; ihren Blicken allerdings konnte ich entnehmen, dass sie Bescheid wusste. Ich schwor mir, nie wieder einen Fuß an diesen Ort zu setzen. Und von da an begann ich mit der Vorführung der bereits erwähnten Tobsuchtsanfälle.

Meine Mutter schlug umgehend einen Wechsel der Vorschule vor. Sie wollte nicht, dass ich allein zu Hause bliebe, während sie und mein Vater arbeiteten. Aus unerfindlichem Grund hatte sie die seltsame Vorstellung, ich könnte alle in der Wohnung befindlichen Medikamente schlucken und mich umbringen. Wer würde so etwas Unsinniges tun? Wo man doch aus dem Fenster springen konnte? Aber so sind Mütter eben. Immer denken sie gleich das Allerschlimmste. Aus evolutionären Gründen. Ich werde das Thema nicht vertiefen. Mein Vater wiederum schien begriffen zu haben, dass auch eine andere Vorschule nichts an der Situation ändern würde, und verfocht die Idee, dass ich völlig problemlos allein zu Hause bleiben könnte. Wer weiß, vielleicht wollte er sich auch insgeheim die Gebühren sparen. Aber das nahm ich ihm überhaupt nicht übel. Mit wie wenig musste sich ein Beamter schon über Wasser halten? Schämen sollten sie sich, diese ekelhaften Ausbeuter, die die Hälfte seines Gehaltes einforderten, um sein Kind zu foltern. Sie und die, die dieses mickrige Gehalt für angemessen erachteten. Schließlich verkündete mein Vater seine Entscheidung, die das Ende der Diskussion und meine Rettung bedeutete: »Ich scheiße auf die Erfinder der Vorschule!«

Ich kann sagen, dass die darauffolgenden zwei, drei Wochen, in denen mir zu Hause niemand um die Füße lief und die Nase in meine Angelegenheiten steckte, die schönste Zeit meines Lebens waren. Ich stand früh auf, frühstückte und las bis zum Mittagessen. Dostojewski, Oğuz Atay und zum Knabbern ein bisschen Nietzsche. (Das war ein Witz, denn der Schnauzbart ist ein harter Brocken. Schon faszinierend, wie Feigheit jemanden so kreativ machen kann!) An den Nachmittagen hing ich entweder auf der Straße mit meinen Freunden herum oder lag unter dem Diwan. So vergaß ich die Zeit.

Dann kam die Katastrophe mit meinem fünften Geburtstag. Ich nahm es meinen Eltern zutiefst übel, dass sie daraus einen Festtag machten, während ich aus gegebenem Anlass in Trauer ging. Natürlich konnte ich sie verstehen. Sie wollten mich auf ihre Weise beglücken, aber hätten sie sich nicht ein wenig mehr Gedanken machen müssen? Wohl tausendmal hatte ich ihnen gesagt, wie sehr ich diese kleinbürgerlichen Gepflogenheiten verabscheute. Letzten Endes füllte sich unser Heim mit all den Verwandten, Nachbarn und Bekannten, deren Gesichter ich nicht sehen wollte. Alle brachten eine Menge Schrottsachen mit, die Geschenke sein sollten. Mir gefiel nur das von Gönül Teyze, einer Jugendfreundin meiner Mutter, die ihr Leben im Schreibzimmer einer Einberufungsstelle vergeudet hatte – ein Revolver der Marke Dallas Gold, der Plastikpatronen mit angemessener Wucht abfeuerte. Das mitgelieferte Fransenhalfter, der Cowboyhut und der Sheriffstern waren natürlich Firlefanz. Meine Mutter hatte halbherzig gemeint, ich könnte auch meine Freunde aus der Nachbarschaft einladen, aber ich gab niemandem Bescheid, denn ich wollte nicht, dass sie dieses Affentheater miterlebten.

Die Einzige, über deren Anwesenheit ich mich überhaupt freuen konnte, war Alev Abla. Alev lebte mit ihrer Mutter im Nachbarblock in der angrenzenden Wohnung. So, wie es aussah, schien ihre Mutter Remziye Hanım, nachdem sie ihren Mann unter die Erde gebracht hatte, von allen guten Geistern verlassen. Ein Haufen hinfälliger Typen besuchte sie, um sich Djinns austreiben oder aus dem Kaffeesatz lesen zu lassen, oder für sonstigen Hokuspokus. Alev Abla war um die zwanzig. Sie studierte an der Fern-Uni. Betriebswirtschaft. Was immer sie einmal betreiben würde! Wahrscheinlich fühlte ich mich zu ihr hingezogen, weil sie wie ich ein Einzelkind war. Und vielleicht auch wegen der Sternschnuppen in ihren gequälten Augen. Manchmal sah ich sie, wenn sie sich auf ihrem Balkon um die Blumen kümmerte. Sie verteilte Zeitungspapier auf dem Boden und schüttete darauf einen Sack Erde. Unter Verwendung von allen möglichen

Gartengeräten füllte sie die Erde in Töpfe und verteilte Blumensamen darin. Ich tat dann immer so, als käme ich zufällig auf den Balkon. Wir begannen zu plaudern. Sie las gern, aber meistens lausige Bücher. Immerzu erzählte sie mir blöde Märchen, die ich alle schon kannte, wie Schneewittchen oder Hänsel und Gretel. Stets hielt ich meinen Mund. Ich mochte es, sie von ihr zu hören. Nebenbei beobachtete ich, wie sie mit ihren schmalen Fingern den Blumensamen in den Töpfen vergrub. Schwamm drüber. Ich hasse Romantik. Vielleicht begab ich mich an meinem Geburtstag nicht in ihre Nähe, weil die Bedeutung und Wichtigkeit dieses besonderen Tages mich traurig stimmte, vielleicht auch, weil ich mich schämte, der Held dieser Narrenveranstaltung zu sein. Sie für ihren Teil blieb vielleicht eine halbe Stunde und verzog sich dann. Als wäre es anders gewesen, wenn ich mich um sie gekümmert hätte. Nachdem sie gegangen war, geriet ich vollends in Zorn, setzte mich in eine Ecke und schmollte. Ich dachte, dass ich meine Schwäche für Alev Abla recht erfolgreich verbergen würde, doch mein Vater, den ich für meine natürlichen Neigungen verantwortlich halte, schnallte die Sache anscheinend sofort. Er kam zu mir und meinte: »Tja, nächstes Jahr gehst du auch zur Schule, so wie Alev.« So ein Pfiffikus. Auf seine Art wollte er die Situation ausnutzen und mir die Schule schmackhaft machen. Als wäre ich so blöd und würde nicht bemerken, dass uns die Schule völlig voneinander entfernen würde.

Ich kam schier um vor Langeweile, als der Vorgesetzte meines Vaters, Erdoğan Bey, sich an mich heranschlich. Ein gedrungener Trottel ohne Hals, dafür mit selbsttönender Brille und einem dünnen Oberlippenbart, der ihm überhaupt nicht stand. Mein Vater hasste den Kerl. Meine Mutter, die im selben Amt wie mein Vater, aber in einer anderen Abteilung arbeitete, musste ihn eingeladen haben. Meine Mutter stand immer gut mit der Autorität. Der Herr Direktor war eigentlich nicht der Typ, der sich herabließ, Einladungen seiner Untergebenen anzunehmen. Er hätte uns nie die Ehre erwiesen, hätte nicht mein Cousin,

Dekan an der Universitätsklinik, dafür gesorgt, dass seine hypochondrisch veranlagte Mutter kostenlos durchgecheckt wurde. Mit einem gekünstelten Lächeln strich er mir übers Haupt: »Sag mal, Kleiner, was willst du denn werden, wenn du groß bist?«

»Ich gedenke, die Hölle mit Blumen zu bepflanzen.«

Sofort zog er seine Hand zurück. Dann verduftete er und ließ mich in Ruhe. In einer Ecke fing er mit einem anderen Armleuchter, von dem ich auch nicht wusste, wo er herkam, ein Gespräch an. Ein Kumpel, so der Armleuchter, wolle schon seit Langem Beamter werden, käme aber irgendwie nie durch die Prüfung, weil man immer nur die mit Vitamin B nähme. Bei seinen Schilderungen versäumte der Armleuchter natürlich nicht, einige schmeichelnde Worte einzuflechten. In Erwartung welchen Vorteils auch immer warf Erdoğan Bey sich in die Brust und ließ sich den Namen des betreffenden Schwachkopfs geben: Tuğrul Tanır. Mir drehte sich der Magen um.

Am nächsten Tag schaffte ich es bis mittags nicht aus dem Bett. Ich fand nicht die nötige Kraft, mich der Welt zu stellen. Just in dem Moment, gegen ein Uhr, hörte das Telefon nicht auf zu klingeln. Ich stand also notgedrungen auf und nahm ab. Es war Hakan, der einzige Junge in der Nachbarschaft, gegen den meine Mutter nichts einzuwenden hatte. Er stammte aus gutem Hause. »Wie geht's?«, fragte er schüchtern.

»Ich war am Schlafen.«

»Ach was! Ich bin vor einer Stunde aus der Schule gekommen.«

»Schön für dich.« Hakan hatte mit der Grundschule angefangen und versuchte mit all der ihm zu Verfügung stehenden Kraft, die Kunst des Lesens und Schreibens zu erlernen. Da er allerdings etwas schwer von Begriff war, schaffte er es irgendwie nicht. Er wollte wohl, dass ich mit ihm übte.

»Komm doch zu uns«, meinte er denn auch. »Meine Mutter hat prima Börek gemacht. Und vielleicht lernen wir auch ein bisschen …«

Ich hatte mächtig Kohldampf, und den Tisch zu decken und wieder abzuräumen war mühsam. Also nahm ich an. Fünf Minuten später war ich bei ihnen. Seine Mutter empfing mich mit übertriebener Freude. Schließlich würde ich ihrem Sohn helfen.

»Geht doch in dein Zimmer, Hakan. Ich bringe euch gleich Tee und Börek. Seid aber nicht zu laut, ich habe die Kleine gerade erst zum Schlafen gelegt.«

Kaum war Hakan im Zimmer, setzte er sich an seinen Schreibtisch, auf dem ein aufgeschlagenes Buch und ein Heft lagen. »Uff, ist das schwer!«

Ich warf einen Blick auf das, was so schwer war. Die Kopie eines Heftchens namens *Oya und Kaya*. Insgesamt acht Seiten. Ein farbenfrohes Bild der beiden dämlichen Kinder am See, auf dem Rücken eines Esels und und in anderen Lebenslagen schmückte die obere Hälfte jeder Seite. Darunter in Riesenbuchstaben fünf, sechs Zeilen Text.

»Und, worum geht's?«, fragte ich gelangweilt.

»Die Hausaufgaben. Wir sollen die Wörter in Silben unterteilen.«

»Warum fragst du nicht deine Mutter? Das ist doch bestimmt ein Kinderspiel für sie.«

»Sie hat keine Zeit. Sie ist andauernd mit dem Baby beschäftigt«, antwortete er mit säuerlicher Miene. Hakan hatte für seine drei Monate alte Schwester nicht allzu viel übrig.

»Ich weiß nicht, wie man Wörter in Silben unterteilt«, gab ich zurück. Ich wusste es wirklich nicht.

»Du verdammter Lügner! Wie liest du dann diese fetten Bücher?«

»Ich kann lesen, aber Silben trennen kann ich nicht, okay?«

Er war am Boden zerstört. Ich merkte, dass er mir widersprechen wollte, aber in seinem spärlich ausgestatteten Wissensschatz fand der Arme dazu einfach nicht das notwendige Material.

»Du hast Schlaf in den Augen«, fauchte er.

Ich kontrollierte. Er hatte recht. »Ich bin weg, ohne mir das Gesicht zu waschen …«

»Du solltest nie weggehen, ohne dir das Gesicht zu waschen.«

»Warum das denn?«

Der Blödmann wollte mir wohl eine Lektion erteilen und witterte seine Chance. »Weil nachts, wenn man schläft, der Teufel kommt und einem das Gesicht ableckt.«

»Wo hast du das gelernt?«

»Das hat uns die Lehrerin gesagt«, erwiderte er großspurig.

»Deine Lehrerin weiß das nicht richtig«, sagte ich. »Nachts kommt wirklich der Teufel, aber er leckt nicht dein Gesicht, sondern deinen Pimmel.«

»Echt?« Unwillkürlich fuhr seine Hand an seinen Hosenlatz. So ein Einfaltspinsel. Er glaubte alles, was ich ihm sagte.

»Klar, Mann. Spürst du nicht manchmal abends an deinem Ding ein furchtbares Kitzeln?«

»Doch, doch … Kommt schon vor.«

»Na siehst du, sei dir gewiss, dass dann der Teufel in Aktion ist. Du musst sofort aufstehen und deinen Zipfel unter eiskaltes Wasser halten.«

Er seufzte verdrossen. Offensichtlich kratzte der Spezi sich gern, wenn es kitzelte. In dem Moment kam seine Mutter mit einem Tablett herein. Der Duft von Börek ließ einem das Wasser im Mund zusammenlaufen. Sie stellte mir einen Teller hin, in den ich mich sogleich vertiefte. »Vielen Dank, Nermin Teyze. Ist super geworden.«

»Lass es dir schmecken, Junge. Wie läuft es mit Hakan, liest er schön?«

»Sehr schön«, antwortete ich. »Er hat auch eine Menge anderer nützlicher Dinge in der Schule gelernt.«

Ach, wie erhellte sich da ihre Miene, ich kann es nicht beschreiben! »Keine Sorge. Nächstes Jahr lernst du das alles auch.«

»Ja.«

»Ein schlauer Junge wie du lernt noch viel mehr, vor allem …«

»Ich sagte doch ja«, schrie ich und schlug dabei mit dem Griff des Messers auf den Tisch. Stimmt, die Reaktion war vielleicht ein wenig übertrieben. Aber es funktionierte. Sie schwieg und verließ mit einem ängstlichen Blick das Zimmer.

»Wenn ich meine Hausaufgaben nicht fertig kriege, lässt mich meine Mutter heute Abend nicht raus zum Spielen«, meinte Hakan betrübt; seinen Börek hatte er noch nicht angerührt.

»Du weißt doch, heute Abend spielen wir gegen die Yaprak-Straße.«

Hakan war Torwart des Fußball-Stadtteilvereins. Und er war ziemlich gut. »Gib mal das Buch her«, meinte ich. »Aber ich sag's dir noch mal, ich kann das nicht.«

»Besser als ich machst du es allemal«, erwiderte Hakan erfreut.

»Ich habe dich jedenfalls gewarnt.« Ich schnappte mir einen Bleistift und begann, wahllos den Text zu zerhacken. Es amüsierte mich, wie interessiert Hakan mir zusah, obwohl er keinen blassen Schimmer hatte, was ich da tat. Ich musste lachen. An jenem Tag lachte ich zum ersten Mal. Ich legte meinen Arm um seinen Hals und drückte ihn. »Na, Bruder.«

»Was ist denn?«, fragte er und grinste blöd.

»Nichts. Kümmern wir uns um den Kram hier.«

Nachdem ich Hakans Wohnung verlassen hatte, bewegte ich mich in Richtung des Wohnhauses Güzelyayla. Aus der Erdgeschosswohnung Nummer vier ertönte wie immer brüllend laute Musik, die eher an Maschinengewehrfeuer als an Gitarrenmusik erinnerte. Die Mieter waren zwei langhaarige junge Typen mit Ohrringen, die sich in Anlehnung an den Altrocker Erkin Koray Erkin und Koray nannten. Angeblich lebten sie zu zweit, doch wohnten in der Wohnung, und ich zitiere meine Mutter, »eine Horde von Strolchen, Männlein und Weiblein, die weiß der Kuckuck woher kommen«. Diese Typen lagen permanent im

Clinch mit ihren Nachbarn. Die Beschwerden betrafen anscheinend den Krach, aber wenn man mich fragt, bestand die eigentliche Sorge der Nachbarn darin, dass sie glaubten, die jungen Leute hätten Spaß am Leben. Weit gefehlt, wenn man mich fragt. Ich habe Erkin und Koray oft beobachtet, wenn sie auf der Straße gingen oder im Laden Cola tranken. Sie redeten ständig und brachen beinahe nach jedem Wort in Gelächter aus, meist nach ihren eigenen Worten, versteht sich. Ich glaube nicht, dass sie einander oder sonst irgendetwas wirklich zu verstehen versuchten. Sie lachten einfach blöd daher. So verhalten sich Leute, die sich stets über das definieren, was sie ausgrenzen. Für sie ist Gelächter eine Art Droge, eine Art Krach, der verhindert, dass sie das Schweigen hören, das stets unterschwellig vorhanden ist. Lachen schützt sie davor, sich mit dem Leben auseinanderzusetzen. Was ich damit sagen will, ist: Sie sind halt verwirrte, verlorene Typen. Ich setzte ehrlich gesagt keinerlei Hoffnung auf sie. Sie würden einige Jahre über allen möglichen Mist lachen und denken, wie anders sie doch wären, und dann ein schäbiges, kleinbürgerliches Leben beginnen – immer noch in dem Glauben, sie wären »eigentlich« anders.

Wie erwartet entdeckte ich Celal den Hänfling und Cemalettin im Garten hinter dem Haus beim Murmelspielen. Die beiden sind unzertrennlich. Da gibt es doch diesen herrlichen Ausdruck »Klappergestell« – genau so ein Kind ist Celal. Er hat ein ungesundes, käsebleiches Gesicht, eine schrille Stimme und Borstenhaare. Sein Vater ist von Beruf Kammerjäger. Ich weiß zwar nicht, was er jagt, aber er fährt mit seinem Motorrad zur Arbeit. Der Hänfling ist auch Motorradfan. Er hat jede Menge Prügel eingesteckt, weil er an dem Ding herumgeschraubt hat. Cemalettin ist eines der dreihundertfünfzigtausend Kinder der Familie, die die Hausmeisterstelle im Güzelyayla innehat. Stets zieht sich eine nasse Spur von seiner Oberlippe zu seinen Nasenlöchern. Man könnte meinen, drinnen befände sich ein Schneckennest. Er lebt mit seinen Eltern und Geschwistern in dem winzigen Haus, das sie aus dem Schuppen im Hinterhof umfunktioniert hatten. Der Hinterhof allerdings ist klasse. Die Reihe kleiner Abstellkammern, die vom Eingang aus gesehen rechts beginnen und den Hof nach hinten begrenzen, erhöhen die Spannung bei unseren wilden Kriegsspielen. Wir haben uns nicht wenig ausgetobt auf diesem zwei Meter hohen Bau, den die Anwohner als Kohlelager benutzten, bevor auf Erdgas umgestellt wurde. Ein ähnlicher, kleinerer Bau aus vier Kammern erstreckt sich gleich von Cemalettins Haus auf der linken Seite zur Mitte des Gartens hin. Vom Dach der Kohlekammer aus den Stacheldraht auf der gegenüber liegenden Mauer zu überwinden und in den Nachbargarten zu gelangen, der mit Unkraut überwuchert war, wie man es von ungepflegten Gräbern kennt und das stellenweise so hoch stand, wie ich groß war, war ein Kinderspiel. Seit einer Weile allerdings gehörte dies nicht mehr zu unseren Lieblingsaktivitäten. Der Grund für unsere Zurückhaltung war der merkwürdige Mann, der vor einigen Monaten in das dreistöckige Holzhaus mitten in dem riesigen Hof gezogen war, das wir Kinder übertrieben »die Villa« nannten: Ruhan Bey. Er war ein grobschlächtiger Typ um die vierzig, grauhaarig, mit Schnauzbart. In seinem Anzug, der aussah, als gehörte er ihm nicht, sprang er in aller Herrgottsfrühe in seinen uralten Lieferwagen, der hinten mit einer Plane bespannt war, und kam spät in der Nacht zurück. Die Hälfte seiner Fenster hatte er mit Zeitungspapier und Pappe verkleidet, anstatt sie zu verglasen. Auch beobachtete keiner von uns jemals, dass ihn jemand besuchte oder so. Er war uns also in jeglicher Hinsicht nicht ganz geheuer, und wir kamen instinktiv überein, dass es wohl das Beste sei, uns von ihm fernzuhalten.

Celal der Hänfling und Cemalettin waren die Früchtchen in unserer Nachbarschaft. Letztes Jahr, als wir neu eingezogen waren, nahmen sie mich häufig auf die Schippe. Mir machte es ehrlich gesagt nicht viel aus. Sie hielten mich für ein Muttersöhnchen. Vielleicht hatten sie ja recht. An einem Tag sah ich, wie die beiden Ertan, den Dorfdeppen unseres Viertels, schikanierten. Sie stießen eklige Schreie aus, sprangen um den Armen herum und piekten ihn überall mit Stöcken. Bei dem Anblick platzte mir der Kragen. »Verdammt, lasst ihn in Ruhe!«, brüllte ich. Celal der Hänfling sah mich an und kreischte zurück: »Mann, was geht dich das an? Bist du sein Anwalt oder was?«

»Ich brauche von niemandem Geld zu nehmen, um zu sagen, was ich für richtig halte«, konterte ich. Oder so ähnlich. Tja, ich kann schon ganz schön polemisch werden, wenn's drauf ankommt. Meine Antwort hatte natürlich nur zur Folge, dass ich mich in ihren Augen komplett zur Schwuchtel machte. Cemalettin kam auf mich zu und fuchtelte mit seinem Stock in Richtung meiner Rippen. Den Rüpel am Arm packen und auf den Boden schleudern war eins. Dann sank ich auf die Gurgel des Hänflings nieder. In weniger als einer Minute hatte ich sie beide vermöbelt. Ich weiß zwar nicht, wo ich die Fähigkeit her habe, aber ich bin verdammt gut im Prügeln. »Gebt ihr auf?«, fragte ich mit je einem meiner Knie in ihren Rücken. »Wir geben auf«, antworteten sie, und ich erhob mich von ihnen. »Ich will nicht noch einmal sehen, dass ihr euch an Ertan vergreift«, meinte ich. Wie Schafe glotzten sie mir ins Gesicht. Kaum hatte ich mich umgedreht, da stürzten sie sich auf mich. Ich befreite mich aus ihren Händen und verdrosch diese Halunken noch einmal. Diesmal verbog ich ihnen die Handgelenke, bis ihnen die Tränen kamen, und brachte sie, bevor ich sie losließ, dazu, zu schwören, dass sie nie wieder eine solche Schweinerei begehen würden. Nach diesem kleinen Zwischenfall begannen sie mir mit Respekt zu begegnen. Momentan verstanden wir uns ganz gut, aber ich weiß, dass sie kein Erbarmen haben würden, sollten sie mich unvorbereitet erwischen. Das waren Typen, denen man nie trauen konnte. Kein Problem, wenigstens spiegelten sie die menschliche Natur realistisch wider. Außerdem waren sie ziemlich fröhliche und lustige Jungs. Manchmal fragte ich mich, ob ihnen bewusst war, dass sie dazu verurteilt waren, im Leben die Verlierer zu sein.

»Nicht zu fassen!«, schrie Celal der Hänfling, der es nicht schaffte, aus einem halben Meter Entfernung eine von zehn nebeneinander aufgereihten Murmeln zu treffen. Kaum hatte Cemalettin seinen Wurf gemacht, sprang er auf und rannte, wobei er unterwegs die Nase hochzog, in Richtung Murmeln. Offensichtlich befürchtete er, der Hänfling könnte sich mit ihnen aus dem Staub machen. Ich mochte die beiden. Ihre Beziehung fußte auf absolutem Misstrauen. Für beide war es legitim, dem anderen gegenüber jederzeit jede Art von Sauerei zu begehen. Kein Meckern, kein Motzen. Sie hatten etwas, das an Nietzsches Übermenschen erinnerte.

Mit einem Treffer auf die vorderste Murmel gewann Cemalettin alle Murmeln, und mit einer Technik, die selbst Geier in Begeisterung versetzet hätte, stürzte er sich auf den Boden und sammelte auf einen Streich seine gesamte Beute ein. »Ich spiele nicht mehr, Mann«, meinte der Hänfling und spuckte dabei kräftig aus.

Das juckte Cemalettin nicht: »Wie du willst.«

In diesem Augenblick entdeckte mich Celal der Hänfling. »Wie geht's? Spielst du heute Abend mit?«

»Klar«, antwortete ich. Ich spiele gern Fußball. Das Spiel deckt meinen Bedarf an physischer Auseinandersetzung. Nach harten Spielen blutüberströmt nach Hause zu kommen ist ein besonderer Genuss. Man fühlt sich wie ein Kriegsheld, und man versteht sehr gut, ob die Essenz vorausgeht oder die Existenz. »Ich bin gekommen, um zu fragen, ob das Spiel feststeht. Vielleicht kann Hakan nicht fort von daheim.«

»Egal, soll er halt wegbleiben, der Wichser«, meinte Cemalettin. »Willst du Murmeln spielen?«

»Nein«, antwortete ich. »Ich muss nach Hause. Ich hab was zu erledigen. Wir sehen uns heute Abend.«

»Nicht zu fassen«, zwitscherte der Hänfling hinter mir her. »Was so ein Zwerg wie du bloß zu erledigen hat?«

»Ich muss die Welt retten«, sagte ich und schritt von dannen.

Zu Hause war alles so, wie ich es hinterlassen hatte. Daran war natürlich nichts Befremdliches, aber trotzdem war ich enttäuscht. Während ich von einem Zimmer zum anderen wanderte, blieb mein Blick an den eingerahmten Fotos auf dem Frisiertisch im Schlafzimmer meiner Eltern hängen. Etwa zwanzig Fotos aus dem Leben meiner Mutter, Momente, die sie für wichtig erachtete. Auf zweien war mein Vater abgebildet, auf einem ich. Ich denke, meine Mutter glaubte, sich beim Betrachten der Bilder davon überzeugen zu können, dass sie existierte und etwas erlebt hatte. Was für ein Riesenirrtum! Diese Bilder zerrissen mir das Herz. Sofort verließ ich das Schlafzimmer und ging ins Wohnzimmer. Ich versuchte mich abzulenken, indem ich einen Tennisball, von dem ich nicht mehr wusste, wo ich ihn herhatte, hin und her warf. Es nützte nichts. Jener bekannte Überdruss machte sich mit aller Gewalt zum Angriff bereit. Mir kam der Gedanke, den Tennisball gegen den Wandteller zu schmeißen, den meine Mutter aus unerfindlichem Grund so sehr liebte. Ich musste unbedingt weniger nachdenken.

In dem Moment erinnerte ich mich an meine Verantwortungen. Ich sah auf die Uhr: 15 Uhr. Ich hatte genügend Zeit. Schnurstracks begab ich mich in mein Zimmer. Ich zog den Wäschekorb unter dem Diwan hervor und legte mich auf den frei gewordenen Platz.

zwei

du warst so ein netter nachbar, hicabi amca

Gleich zu Beginn des Spiels kassierten wir ein Tor. Das war aber nicht wichtig. Endlich hatte nun auch ich eine Erwartung an das Leben. Ich erwartete eine ordentliche Flanke. Eine Bananenflanke, die ich aus der Luft nehmen könnte. Wie ein Fuchs schlich ich um den Strafraum und hoffte auf die Chance zum Ausgleichstreffer. Wir machten viel Druck, doch bei jedem Schuss der Yaprak-Sträßler rutschte uns das Herz in die Hose. Hakan hatte nicht kommen können. Wahrscheinlich hatte seine Mutter die Hausaufgaben kontrolliert. Obwohl ich ihn von Anfang an gewarnt hatte, fühlte ich mich doch ein bisschen schuldig. Ich fühle mich nämlich immer schuldig. Das habe ich schon von Geburt an. Aber das ist eine andere Geschichte. Da wir keinen ähnlich begeisterten Deppen für das Tor fanden wie Hakan, musste sich jeder von uns für ein Tor in den Kasten stellen. Um, wie ich meine, dem Kasten entfliehen zu können, hatte Cemalettin den erstbesten Ball, der herangekullert kam, freundlich hereingebeten, und wir waren überzeugt, dass Celal der Hänfling, der mosernd den Posten übernahm, es genauso machen würde. Eigentlich waren wir durchweg gute Spieler, doch Teamgeist war bei uns praktisch nicht vorhanden.

Es waren gerade einmal zehn Minuten vergangen, als das Desaster nahte. Das Desaster hieß Gazanfer und war Cemalettins zweitältester großer Bruder. Ein jämmerlicher Taugenichts von achtzehn Jahren, der immer mit einem kranken Grinsen herumlief. Nachts klaute er Autoradios, tagsüber schikanierte er die Kinder in der Nachbarschaft. Er tauchte plötzlich aus dem Nichts auf, schnappte sich ihre Murmeln, stibitzte ihren Ball und verprügelte jeden, der sich ihm in den Weg stellte, begleitet von einer Fluchkanonade. Wie auch immer er es angestellt haben mochte, aber er hatte zwei der räudigen Straßenköter des Viertels zu seinen Sklaven abgerichtet. Rex und Pluto nannte er sie. Ein Ausbund an Kreativität. Sobald Gazanfer dieses seltsame Pfeifen von sich gegeben und mit seinem Finger auf jemanden gezeigt hatte, verwandelten sich diese trägen Viecher in tobsüchtige Monster und hefteten sich dem Opfer sabbernd an die Fersen. Und Gazanfer beobachtete die Szene in Begleitung lautstarker Lachsalven. Es hatte bestimmt Hunderte von Beschwerden bei seinen Eltern gegeben, doch leider für die Katz. Einmal vermöbelte er seinen großen Bruder Zafer mitten auf der Straße dermaßen, dass alle anfingen, echten Horror vor ihm zu kriegen. Im Gespräch mit Augenzeugen begriff ich, dass die Leute nicht etwa deshalb in Angst und Schrecken versetzt waren, weil Gazanfer seinen Bruder krankenhausreif geschlagen hatte, sondern weil er dabei wilde Flüche auf dessen Mutter ausstieß. Nach Ansicht der Beobachter drehte Gazanfer beim Prügeln derart durch, dass er sogar vergaß, dass es sich bei besagter Mutter auch um seine eigene handelte. Das war natürlich Unsinn. Es handelte sich bei ihm um einen simplen Ödipuskomplex. Wie dem auch sei, jedenfalls hatte jeder die Nase gestrichen voll von Gazanfer. Nur Cemalettin mochte ihn ein wenig. Er versuchte seinen Bruder mit der Behauptung in Schutz zu nehmen, dieser habe als Kleinkind eine üble Hirnhautentzündung erlitten und würde sich deswegen so benehmen. Allzu glaubhaft erschien mir das nicht. Der Typ war schlicht und ergreifend ein Psychopath. Das eine oder andere Mal hatte er sich mit Gruppen angelegt, bei denen ich auch dabei war, aber nie war es zwischen uns zu einer Konfrontation Mann gegen Mann gekommen. Natürlich wusste ich nur zu gut, dass es eines Tages passieren würde. Und jener Tag war ebendieser Tag.

Als Gazanfer, flankiert von seinen beiden Tölen, auftauchte, brach Burhan sofort das Spiel ab und schnappte sich den Ball. Immerhin war er der Besitzer.

»Was soll das, du Schwuchtel«, sagte Gazanfer, »versteckst du den Ball etwa vor deinem Kumpel Gazanfer?«

Burhan war acht und der größte Rowdy unter uns. Reichlich cholerisch war er obendrein. »Red vernünftig«, gab er mit hochrotem Kopf zurück.

Die Spucke, die Gazanfer zwischen den Zähnen hindurchschleuderte, legte die vier, fünf Meter Distanz zwischen den beiden zurück und landete in Burhans Gesicht. Burhan quittierte dies mit einem Stein, den er sich vom Boden schnappte und Gazanfer mit aller Kraft an den Kopf schmiss. Leider verfehlte er sein Ziel. Gazanfer gab seinen Hunden den Befehl zum Angriff, und sofort fielen Pluto und Rex wie tobsüchtig über Burhan her. Burhan versuchte zu entkommen, doch vergebens. Die Köter warfen den armen Kerl zu Boden und begannen, ihn überall zu beißen. Der Junge hatte den Ball weggeworfen, trat wild um sich und versuchte mit den Armen sein Gesicht zu schützen.

»Hör doch endlich auf, bitte!«, schrie Cemalettin und klammerte sich an die Hose seines Bruders. Ein Fehler. Er hätte sich nicht in die Reichweite des rechten Arms dieses Bekloppten begeben dürfen.

»Ich mach dich platt, du Hurensohn!«, mit diesen Worten knallte Gazanfer seinem Bruder eine schallende Ohrfeige ins Gesicht.

Die Yaprak-Sträßler hatten sich längst verdünnisiert. Auch unsere Mannschaft machte sich langsam aber sicher bereit zur Flucht. Celal der Hänfling trat an mich heran.

»Lass uns sofort verduften«, meinte er. Aber ich bewegte mich keinen Zentimeter. Das Ganze nagte an mir. Der Bastard machte meine Freunde fertig, einen nach dem anderen, und ich sah untätig zu. Ich hatte nicht die geringste Chance gegen ihn. Er war zweimal so lang und breit wie ich. Aber solche Berechnungen anzustellen war für mich inakzeptabel. Bedeutete Moral nicht, allen Menschen ungefähr gleich zu begegnen? Ich musste tun, was notwendig war. So dumm es auch sein mochte.

Burhan kämpfte noch immer mit den Hunden. Ich ging zu ihm, hob den Ball auf und baute mich vor Gazanfer auf: »Wolltest du den hier?« Er richtete seinen irren Blick auf mich. Ohne ihm die Gelegenheit zu einer Antwort zu geben, sagte ich: »Na, dann nimm halt«, und donnerte ihm den Ball auf die Nase. Schreiend vor Schmerz hielt er sich die Hand vor das Gesicht. Seine Nase blutete. Ich war gerade im Begriff, noch ein wenig mehr auf dicke Hose zu machen, als er mich derart am Kragen packte und an sich zog, dass mir von dem Beben ganz anders wurde. Aus dem Augenwinkel sah ich, dass er seine Hand erhoben hatte. Okay, sagte ich mir, bis hierher. Ade, du schöne Welt. Aber er schlug mich nicht. Wahrscheinlich hatte er Angst, zum Mörder zu werden. Ich sag's ja, ein Psychopath. Die sind, anders, als man denkt, ziemlich berechnend. Dass er mich nicht umbrachte, bedeutete natürlich nicht, dass ich gerettet war. Mit der Hand klemmte er meinen Mittelfinger auf meinen Zeigefinger, presste sie aufeinander und unterzog mich so einer seltsamen Folter. Eine Weile widerstand ich, ja ich versuchte sogar, ihn zu treten, aber der Drecksack empfand das wohl eher als Witz. Er quetschte meine Finger nur noch stärker zusammen. Stöhnend vor Schmerz sank ich auf die Knie. Tränen schossen mir in die Augen. Dann heulte ich einfach drauf los. Nicht vor Schmerz, sondern aus Wut, versteht sich. Schließlich ließ er mich los und rief seine Hunde zu sich. Er sah uns Kinder kurz an, dann brüllte er: »Soll ich euch allen mal so richtig die Fresse polieren?« Keiner gab auch nur einen Mucks von sich. Doch in den Augen aller standen eine Riesenwut und ein Riesenhass. Ich denke, es war mir gelungen, ihre Gefühle zu mobilisieren. Doch wozu nutzte das schon? Der Trost der Schwachen halt. Letzten Endes krümmten wir drei Gazanfer-Invaliden uns schniefend auf dem Boden. Vor allem der blutüberströmte Burhan in seinen zerfetzten Klamotten sah furchtbar aus. Nachdem Gazanfer uns noch eine Weile beschimpft hatte und dann abgezogen war, versammelten sich die verschont Gebliebenen um uns. Mein

Mut hatte mir jede Menge Anerkennung eingebracht. Und dass ich Gazanfer eine blutige Nase verpasst hatte, ging ihnen runter wie Butter. Nur Celal der Hänfling wimmerte: »Du bist verrückt, Mann. Man stellt sich doch Gazanfer nicht in den Weg! Nicht zu fassen.« Zwei Leute hakten Burhan unter, der einerseits weinte und andererseits Rache schwor. Gemeinsam gingen wir in unser Viertel zurück. Dann machte sich jeder auf den Heimweg.

Meine Eltern waren zu Hause. Meine Mutter machte mir die Tür auf. Sie merkte nichts, da der Schaden, den Gazanfer mir zugefügt hatte, weitaus weniger sichtbar war als bei Burhan. Ich drückte auf meine Fingerspitzen und marschierte direkt ins Bad. Meine Mutter glaubt nämlich, dass die Wohnung von einer Bakterieninvasion heimgesucht wird, wenn man einander beim Heimkommen begrüßt, ohne sich vorher Hände und Füße gewaschen zu haben. Während ihre älteren Schwestern alle mit vierzehn, fünfzehn heirateten, gab meine Mutter ihr Ja-Wort erst mit dreißig. (Damit prahlt sie immer, weiß der Kuckuck warum). Die Gewohnheit, sexuelle Frustrationen mit übertriebener Hygiene zu kompensieren, muss sie sich wohl in jenen Jahren des Ledigseins angeeignet haben. Ich drehte den Hahn auf und hielt meine immer noch pochenden Finger unter das eiskalte Wasser. Mit diesem Schmerz würde ich wohl noch ein paar Tage zu kämpfen haben, doch allzu schlimm war es nicht. Ich machte mir vielmehr Sorgen um Burhan. Mit Sicherheit würde seine Familie durchdrehen, wenn sie ihn so sah. So wie ich Burhan kannte, würde er es nicht über sich bringen, Gazanfer zu verpetzen, weswegen er sich noch mehr Ärger einhandeln würde. Nicht zu vergessen die Tollwutspritzen, die er kassieren würde. Das Schlimmste für ihn aber war das Wissen, dass Gazanfer bei allem, was er getan hatte, ungeschoren davonkommen würde.

Beim Essen machte mein Vater ein Gesicht wie sieben Tage Regenwetter. Seinen ersten doppelten Rakı kippte er in wenigen

Schlucken hinunter. Das war nicht die Regel. Mein Vater gönnt sich jeden Abend ein Gläschen, aber doch langsam und gemächlich. Während er sich nachgoss und dabei vor sich hinfluchte, meinte meine Mutter: »Wir sind ruiniert, wir sind ruiniert.«

Was immer uns auch ruinierte, meine Mutter war davon offensichtlich äußerst angetan. Meine Mutter kann ohne Kummer nicht leben. Katastrophen sind für sie ein Quell des Lebens. Ich glaube, dass sie sich unnütz vorkommt, wenn alles in Ordnung ist. Es gibt solche Leute. Aber eines muss man ihnen lassen: In wirklich schwierigen Situationen legen diese Leute eine erstaunliche Stärke an den Tag.

»Was ist los?«, fragte ich.

»Iss auch Salat, Junge«, lautete die Antwort meiner Mutter auf meine Frage.

»Bring mich nicht auf die Palme, Mama!«

»Nichts ist, Junge. Wir ziehen nach Erzurum.«

Da hatten wir den Salat. »Warum? Haben sie in Erzurum ein neues Irrenhaus eröffnet?«

Mit zickigen Bewegungen packte sie mir Salat auf den Tellerrand und sagte: »Dein Vater wird versetzt.«

Ich wandte mich an meinen Vater. »Das geht auf Erdoğan Beys Konto, stimmt's?«

Sofort fuhr meine Mutter dazwischen. »Was kann er denn dafür? Sie haben den armen Mann um Mitarbeiter gebeten. Da muss er natürlich jemanden schicken.«

Mein Vater strich mir über den Kopf. »Mach dir keine Sorgen. Wir gehen nirgendwo hin.«

Meine Mutter glotzte ihn groß an. »Und was machen wir stattdessen?«

Mein Vater verzog das Gesicht, als er den großen Schluck Rakı hinunterkippte. »Notfalls kündige ich.«

»Du siehst das falsch«, meinte meine Mutter. »Beten wir, dass auch für mich schnell ein Posten frei wird. Es wird doch einer frei, oder? Wegen dem Ehestatus.«

Wegen dem Ehestatus. Wegen dem Ehestatus war das Leben meines Vaters den Bach runtergegangen. »Ich kann nicht weggehen aus Istanbul«, sagte er mit herzerweichender Stimme.

Mein Blick fiel auf das Etikett auf der Kulüp-Rakı-Flasche. Zwei elegant gekleidete Männer sitzen da und trinken. Manche vergleichen die beiden mit Atatürk und Ismet Inönü. Für mich ist der eine mein Vater, der andere Öztürk. Unverzichtbares Mitglied der Selaltı-Straßen-Gang, die seinerzeit Beşiktaş unsicher machte, und Blutsbruder meines Vaters. Öztürk, der nicht wie mein Vater den Kampf gegen das Leben, sondern gegen das Loch in seinem Herzen verlor, und das mit elf Jahren. Und auf diesem Bild kippten sich die beiden, frei von jeglichem Kummer über Zeit und Raum, einen hinter die Binde und schwelgten dabei in Erinnerungen an all ihre wunderbaren Abenteuer und ihre Jugend, in der sie sich etwa in Autoreifen, die sie an langen Seilen an Fährbooten befestigt hatten, im eisigen Wasser des Bosporus von einem Ufer zum anderen ziehen ließen. Niemand kann ihnen etwas anhaben. Weder dieser Arsch von Erdoğan noch sonst jemand.

Wenn man mich fragt, dann ist es nicht Istanbul, von dem mein Vater sich nicht trennen kann, sondern Beşiktaş. Nachdem er den Fehler seines Lebens begangen und geheiratet hatte, bestand er lange darauf, dort zu wohnen. Aber da die Mieten auf der anatolischen Seite der Stadt erschwinglicher waren und sie näher an ihrem Arbeitsplatz wohnen würden, mieteten sie hier eine Wohnung. Dann schafften sie es nicht mehr, von hier wegzukommen. Mein Vater fuhr aber immer wieder nach Beşiktaş. Um seine alten Freunde wiederzusehen, die alle zu Spielbällen des Schicksals geworden waren. Das war seine einzige Verbindung zum Leben. Viel war es nicht, und nun wollten sie ihm auch das noch nehmen.

»Ich sehe mir das Spiel an«, sagte mein Vater, als er sich mit dem dritten Doppelten, den er sich eingeschenkt hatte, vom Tisch erhob.

»Du hast nichts gegessen«, sagte meine Mutter und blickte verletzt auf den noch vollen Dicke-Bohnen-Teller meines Vaters.

Mein Vater erwiderte nichts. Er sank in das Sofa vor dem Fernseher. Ich setzte mich neben ihn. Er sah mich an und zwinkerte mir zu. »Wie wird das Spiel?« An dem Abend spielte Beşiktaş im Europacup. Wir würden garantiert verlieren. Ich legte meine Hand auf seine Schulter. »Drei zu null für uns.«

Ich stand auf und half meiner Mutter beim Tischabräumen. Danach verzog sich meine Mutter wie immer ins Bad, mit den Worten, sie müsse noch etwas waschen. Umgehend begab ich mich in die Küche und machte mich daran, die Reste in den zig leeren Tekel-Bierflaschen, die hinter dem Kühlschrank standen, hinunterzukippen. Ich dachte an meinen Vater. Sein Leben war verpfuscht. Und mir würde es eines Tages genauso ergehen. Sollte es zu der Versetzung kommen, würde mein Vater eingehen wie eine Primel, dachte ich. Erzurum würde sein Grab werden. Ich verfiel in tiefe Melancholie. Ich war wohl auch ein wenig beschwipst. Ich trat hinaus auf den Balkon. Es war dunkel, die Straßenlaternen brannten. Draußen war kaum jemand zu sehen. Ich warf einen Blick auf den Nachbarsbalkon. Alev Abla war nicht da, wohl aber ihre Blumen. Ich holte tief Luft. »Erdoğaaan, du Aaarsch!«, schrie ich, so laut ich konnte. Ich kippte noch einen Rest Bier hinunter. »Erdoğaaan, du Doppelaaarsch!« Ich würde nicht zulassen, dass sie meinen Vater unter die Erde brachten. Plötzlich überkam mich der unzähmbare Wunsch, hinauszugehen. Sofort begab ich mich zu meinem Vater. Das Spiel hatte angefangen. »Siehst du dir das Spiel nicht an?«, fragte er.

»Nein«, antwortete ich, »ich gehe ein bisschen an die frische Luft.«

Er sah mich kurz an. »Warst du das, der da eben so geschrien hat?«

»Hat jemand geschrien? Was hat er denn geschrien?«

Lachend wandte er sich wieder dem Fernseher zu. »Bleib nicht zu lange.«

Es zählte nicht zu meinen Gepflogenheiten, nach Einbruch der Dunkelheit auf die Straße zu gehen, aber hin und wieder machte es mir Spaß. In der Regel machte ich eine Tour durch die weiter unten gelegenen Viertel. Manchmal traf ich zufällig jemanden von uns. Weiß der Himmel, warum er um diese Zeit draußen unterwegs war. Unsere Gespräche zu später Stunde gingen weniger geräuschvoll vonstatten als tagsüber. Meist setzten wir uns in eine Ecke und tauschten in Ruhe unsere Probleme aus. Die Nacht bringt uns alle unseren Ängsten und Nöten näher. Zu hören, was sogar den Taugenichts Cemalettin und den Hänfling nervte, versetzte mich jedes Mal in höchstes Erstaunen. In solchen Momenten begriff ich immer am besten, warum der Mensch trotz allem die Nähe eines anderen Menschen braucht.

Ich hatte keine große Lust, herumzulaufen. Ich setzte mich im Hauseingang auf die Treppe und lehnte mich mit dem Rücken an die Tür. Aus der Dachwohnung des pensionierten Polizeidirektors Hicabi Bey wurde das Fußballspiel über die gesamte Nachbarschaft ausgestrahlt. Hicabi Bey war um die Mitte sechzig und taub wie eine Nuss, weswegen er die Lautstärke an seinem Fernseher stets bis zum Anschlag aufdrehte. Das zweistöckige Haus gehörte ihm komplett, aber wegen des Krachs, den er machte, und seiner absolut unerträglichen Art fand er einfach keinen Mieter für die Erdgeschosswohnung, und »folglich« stand sie leer. Aus alter Berufsgewohnheit fühlte er sich zudem für die öffentliche Ordnung im Viertel verantwortlich. Er trennte Kinder, die sich prügelten, geriet mit Leuten aneinander, die ihren Müll in die Gegend warfen, und schlichtete bei Nachbarschaftsstreitigkeiten. Bei ihm rieselte halt ein wenig der Kalk.

Auf der Straße sagten einander Fuchs und Hase gute Nacht. Die einzig nennenswerte Bewegung kam von den Straßenhunden, die im Müll wühlten. Wie ich sah, waren auch Pluto und Rex unter ihnen. Mir schoss der Gedanke durch den Kopf, nach oben zu spurten, das Rattengift zu holen und unter den Müll zu mischen, mit dem sie sich vollfraßen, aber das war nicht mein Ding. Wer weiß, vielleicht war ich auch einfach nur zu faul. In dem Moment drangen Schritte an mein Ohr. Schritte von jemandem, der rannte. Ich drehte den Kopf in die entsprechende Richtung und sah, wie eine schmale Silhouette in einem Haus auf unserer Straßenseite verschwand. Es sah ganz danach aus, als sei sie ins Güzelyayla hineingegangen, aber sicher war ich mir nicht. Ich stand auf, um nachzusehen. Aber sehen konnte ich nichts. Auch die Schritte waren verhallt. Ich hatte mich gerade in Richtung Güzelyayla bewegt, weil Cemalettin ja vielleicht im Garten war und wir ein wenig schwatzen könnten, als jemand rief: »Hey, junger Mann!« Die Stimme kannte ich nur zu gut. Sofort hob ich den Kopf. Alev Abla sah vom Balkon zu mir herunter. »Was machst du denn da draußen?«

»Ich wollte ein wenig Luft schnappen.«

»Um diese Zeit?«

Jedem anderen hätte ich eine freche Antwort gegeben, aber bei ihr begnügte ich mich mit einem Kopfnicken. »Du bist mir vielleicht ein seltsamer Junge«, sagte sie. »Soll ich dir Gesellschaft leisten?«

Natürlich zog ich sie Cemalettin tausendmal vor. »Klar«, meinte ich, »ich warte.«

»Okay, ich komme sofort runter.«

Keine Minute später war sie bei mir. Die Fußmatte in ihrer Hand warf sie auf die Stufe vor der Haustür. »Wenn wir uns hier draufsetzen, wird uns nicht kalt.«

Mit Mühe und Not quetschten wir uns auf die winzige Fußmatte. Unsere Hintern berührten einander. Allzu erregend konnte ich das irgendwie nicht finden. Ganz im Gegenteil, es war mir unangenehm. Enttäuschte mich etwa die Entdeckung, dass auch Alev Abla über einen Hintern verfügte? Auch sie schien ein wenig gereizt. Sie sagte nichts. Dabei fand sie sonst immer etwas zu erzählen. Dieser absurde Körperkontakt hatte eine seltsame Spannung zwischen uns entstehen lassen. »Der

Altersunterschied spielt für mich überhaupt keine Rolle«, platzte es aus mir heraus.

»Was?« Mit weit aufgerissenen Augen starrte sie mich an.

Doppelte Pause bei mir. »Das war ein Scherz.«

Doppelte Pause nun bei ihr. Vielsagend war ihr Schweigen allerdings nicht, eher töricht. Dann prustete sie laut los. »Du bist mir vielleicht einer!« Sie legte ihre Hand auf meine Schulter. »Aber es stimmt. Immerhin liegen vierzehn Jahre zwischen uns. Wenn du achtzehn bist, werde ich zweiunddreißig sein. Dann passt's!«

Wozu passte es? Frauen sind in der Tat komische Kreaturen. Gerade noch wäre sie wegen meines Gags beinahe in Ohnmacht gefallen, und nun machte sie Äußerungen, die zu weitaus unanständigeren Assoziationen einluden. Ein anderer Junge an meiner Stelle, und seine Gefühle hätten dadurch verletzt werden können. Gottlob war ich über diese Dinge längst hinaus. Und außerdem: Wäre überhaupt noch eine Spur von diesem ausgelassenen und quirligen Mädchen übrig, wenn ich dieses Alter erreicht hätte? Sie spürte mein unruhiges Zappeln und zog ihre Hand weg. »Hast du was?«

»Mein Vater wird versetzt.«

»Echt? Wohin denn?«

»Nach Erzurum.«

»Na so ein Pech!« Plötzlich war sie sehr ernst geworden. »Du wärst doch nächstes Jahr in die Schule gekommen.«

»Gibt es in Erzurum keine Schulen?«, fragte ich in meiner dümmlichen Hoffnung.

»Aber natürlich«, meinte sie. »Schulen wird es geben, aber sie werden nicht so gut sein wie hier, denke ich.«

»Zur Hölle mit der Schule«, gab ich zurück, um das Thema nicht weiter zu vertiefen. Was glaubte sie schon, was Bildung war? Was die Leute in der Schule eigentlich lernen sollten, war nicht der Lehrstoff an sich, sondern die Notwendigkeit, im Unterricht die Klappe zu halten. Und ich war mir sicher, dass dies in

Erzurum die Königsdisziplin war. »Ich mache mir Gedanken um meinen Vater.«

Einige Minuten saßen wir schweigend da. »Habe ich dir schon die Schneekönigin erzählt?«, fragte Alev Abla schließlich.

Ein Märchen? Der Plausch mit mir schien sie nicht sonderlich vom Hocker zu reißen. »Ehrlich gesagt bin ich nicht in der rechten Stimmung für Märchen. Ich würde lieber ein bisschen rumlaufen«, sagte ich und stand auf. Sie hielt mich an der Hand fest. Mir wurde seltsam warm ums Herz. Womöglich war ich zu überstürzt vorgegangen, als ich dem Leben gegenüber derart in Verzweiflung gestürzt war. Vielleicht standen auch für mich nette Überraschungen am Wegesrand bereit. Steckte nicht noch vor wenigen Stunden meine Hand in den Fängen eines Sadisten? Behutsam setzte ich mich auf meinen Platz.

»Das ist ein sehr schönes Märchen«, sagte sie, »und es hat auch ein wenig mit uns beiden zu tun.«

Ach nee. Es hatte also auch mit uns zu tun. Mit uns beiden. Ich hatte so an der Innenseite meiner Backe herumgeknabbert, dass ich das Blut schmecken konnte. Sollte das möglich sein? Sollte Alev Abla Sympathie für diese triste Welt in mir auslösen können? Würde ich Jahre später, wenn ich zurückblickte, sagen können, dass es trotz allem gut war, dass es sich gelohnt hatte, einer dieser Menschen zu werden, die ich auf der Straße vorbeigehen sah? Und würden dann unsere Seelen Hand in Hand in alle Ewigkeit ziehen? »Dann erzähl mal.«

Es handelte sich um ein recht langes Märchen, das ich Jahre zuvor gelesen hatte. Die Schneekönigin war eine Hexe aus Lappland, die nichts als Bosheit und Zwietracht im Sinn hatte. Das besagte fiese Weib ließ sich einen Spiegel bauen, in dem alles Schöne hässlich aussah und alles Gute eklig und bösartig wurde. Wer die Welt durch diesen Spiegel sah, wurde sogleich hartherzig und böse. Die Teufelchen der Schneekönigin flogen mit dem Teil überall auf der Welt herum, um es den Leuten vor die Nase zu halten. Daran hatte die Königin eine perverse Freude.

Doch auf einer ihrer Reisen, die sie, wie ich logisch folgerte, fliegend durchführten, ließen die schwachsinnigen Teufelchen den Spiegel fallen, und er ging kaputt. Gleichwohl hatte dieser Unfall keine positiven Folgen für die Menschheit. Die Splitter des völlig zerschmetterten Spiegels wurden mit den Nordwinden in alle vier Himmelsrichtungen versprengt und flogen dem einen oder anderen ins Auge, und auf einmal wimmelte es nur noch von solchen Scheißtypen. Kay und Gerda waren die netten Kinder zweier Familien, die jeweils in der Dachkammer zweier benachbarter Häuser wohnten. Die Kinder waren Feuer und Flamme füreinander. Vor ihren Fenstern stand jeweils ein Blumenkasten. In jedem dieser Kästen befand sich – Symbol ihrer Liebe – ein Rosenstrauch. Im Sommer hingen die beiden ständig zusammen, hopsten auf Wiesen herum, statteten einander über die Balkons häufig Besuche ab und – aber dafür lege ich meine Hand nicht ins Feuer – trieben sicherlich das eine oder andere miteinander. Im Winter allerdings ließen ihre Eltern sie nicht aus dem Haus, sodass sie sich nicht treffen und rummachen konnten. Das Eis vor den Fenstern hinderte sie sogar daran, einander zu sehen. Doch sie gaben nicht auf, sondern erwärmten Münzen auf dem Ofen und hielten sie an die Scheibe. Durch diese Gucklöcher sahen sie sich an. So zwangsgesteuert waren die beiden also. Ach ja, und da war noch dieses blöde Lied, das Gerda andauernd sang: *»Die Rosen, sie verblühn und verwehen, wir werden das Christkindlein sehen!«* Wie Sie sicher bereits vermutet haben, kriegte Kay eines Tages einen dieser Splitter ins Auge, und aus der liebevollen Trantüte wurde ein kalter, klugscheißerischer Sexbesessener. Kurz danach machte er sich auf die Socken und fuhr nach Lappland, zum Palast der Schneekönigin. Gerda jagte ihm hinterher, wahrscheinlich weil sie befürchtete, keinen anderen Trottel zu finden, der sie heiraten würde. Welch Kalamitäten sie unterwegs überstand und welchen Leuten sie begegnete! Dieben, Unheilbringern, sprechenden Krähen, lesbischen Zauberinnen. Eine der Episoden rührte mich ehrlich gesagt doch ein ganz klein wenig. Ich werde nicht umhinkönnen, sie zu erzählen. Während Gerda herumstromerte, kam sie eines Tages an ein Haus mit einem herrlichen Garten mit Obstbäumen und allen möglichen Blumen und klingelte an der Tür. Das Haus gehörte einer gutherzigen Alten, die zaubern konnte. Als sie Gerdas Geschichte gehörte hatte, nahm sie sie mit in ihr Haus. Sie wies ihr ein Bombenzimmer zu, gab ihr die leckersten Speisen zu essen, kämmte ihr das Haar mit einem goldenen Kamm und dergleichen. Es stellte sich heraus, dass sie sich schon lange eine Tochter gewünscht hatte. Deshalb klammerte sie sich an Gerda. Und während die ohnehin verfressene Gerda wie die Made im Speck vor sich hin lebte, vergaß sie, bedingt durch die Zaubereien der Alten, woher sie kam und wohin sie ging. Trotzdem fürchtete die Alte immer noch, Gerda könnte sie wegen diesem blöden Kay verlassen. Damit Gerda beim Gartenspaziergang durch den Anblick der Rosen, dem Symbol für Kay und ihre Liebe, nicht an ihn erinnert würde, ging die Alte eines Nachts hinaus und zermalmte alle Rosen in ihrem wunderschönen Garten. Doch eines Tages erblickte Gerda auf dem Hut der alten Zauberin ein Rosenmuster und erlangte so ihr Gedächtnis wieder. Undankbar, wie sie war, rannte sie flennend und plärrend davon, ohne sich bei der armen Frau zu bedanken. Kay ließ es sich derweil in Lappland gut gehen. Die Schneekönigin, was immer sie auch an ihm fand, verwöhnte und verhätschelte ihn. Den größten Teil seiner Zeit, die ihm nach dem Wichsen noch verblieb, widmete er der Fertigung von Eisskulpturen. Eines Tages, als die Schneekönigin gerade nicht zu Hause war, tauchte Gerda plötzlich auf. Kay war natürlich ziemlich angefressen. Aber ihr war das schnuppe. Sie fiel ihm um den Hals und hing an ihm wie eine Klette … Schleimerei en masse. Kay begriff, dass das Mädel schwer von Kapee war. Er verpasste ihr eine ordentliche Tracht Prügel, dass ihr Hören und Sehen verging. Aber sie war mit allen Wassern gewaschen. Sofort zwitscherte sie los: *»Die Rosen, sie verblühn und verwehen, wir werden das Christkindlein sehen!«* Als Kay das Lied hörte, löste sich eine Träne, und damit wurde auch der Splitter aus seinem Auge gespült. In dem Augenblick sah er die Welt so wie früher. Er erinnerte sich daran, wie sehr er Gerda liebte et cetera pp. Trotz der zig Abenteuer, die sie erlebt hatten, kehrten sie gemeinsam, kein Gramm reifer geworden und so beknackt, wie sie vorher gewesen waren, zurück nach Hause und an Omas Rockzipfel.

Nachdem Alev Abla das Märchen beendet hatte, dachte ich wohlmeinend darüber nach, was das Ganze mit uns zu tun hatte. Ich muss zugeben, dass ich zu keinem allzu logischen Ergebnis kam. Nehmen wir einmal an, die Nachbarskinder Gerda und Kay standen für Alev und mich. Auch konnte man getrost behaupten, dass ich die Welt durch diesen verdammten Spiegel betrachtete. Aber wer war bitteschön die Schneekönigin? Wahrscheinlich Erdoğan Bey. Wenn ich also nach Erzurum oder in die tiefste Hölle fuhr, würde Alev Abla dann kommen und mich finden? War es das? Ich war mir nicht sicher, ob sie sich ihrer Worte bewusst war. »Das ist ein schönes Märchen«, meinte ich.

»Als ich klein war, war das auch mein Lieblingsmärchen«, gab sie zurück und strich sich eine blonde Locke aus dem Gesicht. Wieder fasste sie mich an der Hand und zog mich hoch. »Komm, lass uns reingehen.«

Gerade, als ich mich erhob, um meinen Haustürschlüssel aus der Tasche zu ziehen, hörte ich ein Mordsscheppern, gefolgt von dem Geräusch eines Gegenstands, der auf dem Boden in Stücke ging. Sofort sprang ich mitten auf die Straße, um Nachforschungen über den Grund für diesen Krach anzustellen. Ein riesiges altes Radio lag in Trümmern auf dem gegenüberliegenden Bürgersteig. Ich sah nach oben und konnte erkennen, dass in Hicabi Beys Dachwohnung eine Fensterscheibe zerbrochen war. In dem Moment zerschmetterte ein Gemälde das andere Fenster in tausend Stücke und kam heruntergeflogen. Wenige Sekunden später regnete es Vasen, Bilderrahmen und diversen anderen Plunder. Sogleich wollte ich mich zum Tatort begeben. »Wohin willst du? Halt!«, brüllte Alev Abla hinter mir her. Mit einem Satz war ich im Haus und in Hicabi Beys Wohnung. Die Tür stand einen Spalt breit offen. Spitzes, hysterisches Kreischen mischte sich mit dem lautstarken Gebrüll des Fußballkommentators aus dem Fernseher. Ich nahm all meinen Mut zusammen und ging hinein. Am Eingang waren der Kleiderständer und der Schuhschrank umgestürzt. Den Stühlen um dem Esstisch war das gleiche Schicksal widerfahren. Der Fußboden war übersät mit Glasscherben. Während ich zu verstehen versuchte, was hier passiert war, sprang aus der linken Ecke des Zimmers, die außerhalb meines Blickfelds lag, plötzlich ein Gnom mit einem entsetzlichen Schrei. Dieses merkwürdige Wesen, das um den Esstisch herumzulaufen begann und dabei ein beknacktes Lied sang, in dem Worte wie »toh, toh« vorkamen, war niemand anderes als der verrückte Ertan. Nachdem ich meinen ersten Schreck überwunden hatte, fragte ich ihn: »Ertan, was ist bloß los mit dir?«

Ertan hatte anscheinend nicht die Absicht, mir zu antworten. Er war vielmehr damit beschäftigt, das Geschirr auf dem Tisch durch die Gegend zu schleudern. Ich schützte mein Gesicht und machte noch ein paar Schritte. Der Fernseher dröhnte von der Seite, von der Ertan gerade aufgetaucht war. Ich drehte mich nach links und sah das Gerät und genau davor ein Zweiersofa, die Rückseite mir zugewandt. Hicabi Beys ausrasierter Nacken lehnte am rechten Kopfteil. Ich rief ihn, aber er gab keinen Piep von sich. Klar, er war ja taub. Ich ging zu ihm. Seine starren Augen sahen in Richtung Fernseher. Sein Mund stand offen. Auf dem länglichen Beistelltisch, der parallel zum Sofa platziert war, stand ein Obstteller. Ich berührte Hicabi Bey leicht an der Schulter. Er bewegte sich immer noch nicht. Plötzlich bemerkte ich den rötlichen Schlitz an seinem Hals. In dem Moment wurde mir bewusst, dass Rot nicht die eigentliche Farbe seines Hemds und des kleinen Kissens war, das er unter dem Arm geklemmt hielt. Schlagartig begriff ich, was vorgefallen war. Hicabi Bey war nunmehr eine Leiche. Jemand hatte ihm die Gurgel durchgeschnitten. Mit dem Brotmesser, das neben einem Tischbein auf dem Boden lag. Jemand? Panisch drehte ich mich um. Der verrückte Ertan hatte seine blutigen Hände ausgestreckt und kam auf mich zugerannt. Ich konnte mich weder rühren noch einen Ton von mir geben. Das Blut gefror mir in den Adern. Der verrückte Ertan schlang seine Arme um meinen Leib, hob mich hoch und begann sich im Kreis zu drehen. Wahrscheinlich, so dachte ich, würde er mich umbringen, indem er meinen Schädel irgendwo dagegenknallte. Aber obwohl wir in dieser Haltung ein paar Runden drehten, tat er nichts, was mir hätte Schaden zufügen können. Er schrie bloß immerzu »toh, toh«. Wenn ich ganz ehrlich bin, hielt er mich äußerst vorsichtig, ja sogar liebevoll in seinen Armen. Meine Angst ließ nach, weswegen die Fernsehgeräusche wohl meine subliminale Wahrnehmung verließen. Mit einem Seitenblick auf das Spiel begriff ich die Situation. Der verrückte Ertan freute sich mit mir einfach über das Tor, das Beşiktaş gerade geschossen hatte. Ich atmete auf. Zum zweiten Mal sprang ich an diesem Tag dem Tod von der Schippe. Plötzlich begann mich eine seltsame Frage zu beschäftigen: Ob Hicabi Bey wohl noch das Tor mitbekommen hatte, bevor er starb?

drei

es geht doch nichts über recht und ordnung

Bei Ankunft auf der Wache zerrten die Polizisten den verrückten Ertan am Kragen aus einem Minibus. Meinen Vater und mich ließen sie etwas sanfter aus einem alten Renault aussteigen. Während der verrückte Ertan in die Haftzelle geführt wurde, machte uns ein Polizeibeamter ein Zeichen, ihm zu folgen. Gemeinsam gingen wir bis zur Tür eines der hinteren Räume im Erdgeschoss. Seit einer Stunde hatten mein Vater und ich kein Wort von uns gegeben, aber dennoch hielt es der Beamte für notwendig, seinen Zeigefinger an den Mund zu legen und uns damit den Befehl zum Schweigen zu erteilen. Offensichtlich hatte er Ehrfurcht vor der Person in dem Zimmer. Er klopfte leicht an und streckte den Kopf durch die Tür: »Ist der Kommissar nicht da, Adem Abi?«

»Er ist runter in die Teestube zum Fußballgucken«, hieß es von drinnen. »Ich denke, danach verschwindet er nach Hause.«

»Hier ist ein Junge. Er wurde Zeuge eines Mordes und muss seine Aussage machen.«

»Ist der Staatsanwalt nicht zum Tatort gekommen?«

»Nein«, antwortete unser Beamter. »Die Kollegen warten immer noch. Wir nehmen an, dass er nach dem Spiel kommt. Ich denke, es wäre gut, wenn du den Kommissar informierst. Damit wir keine Schwierigkeiten bekommen, wenn der Staatsanwalt mitten in der Nacht plötzlich auftaucht und in Kenntnis gesetzt werden will.«

In welchem Land leben wir denn, dachte ich. Da ist jemand ermordet worden, und die Polizisten und die Staatsanwälte sitzen gemütlich vor der Glotze und machen bis zum Spielende keinen Finger krumm. Seltsamerweise führt das nicht zu Problemen, denn die Mörder tun ja dasselbe.

»Ist mir doch egal, Mann! Ich bin ja nicht sein Kindermädchen«, blaffte der andere gekünstelt zurück.

Der Beamte wandte sich an uns. »Gehen Sie hinein. Warten Sie hier.« Als wären wir nicht Zeugen des Gesprächs zwischen ihm und seinem Kollegen gewesen, fügte er hinzu: »Der Herr Kommissar untersucht gerade den Tatort. Er wird gleich hier sein.« Ich konnte es ihm natürlich nicht übelnehmen. Es gehörte zu seinen Aufgaben, dem Bürger das Gefühl zu geben, alles nähme seinen rechten Gang. Dass er im Bereich Überzeugungsfähigkeit nicht über ausgefeiltere Methoden verfügte, musste man der allgemeinen Praxis zuschreiben.

In dem Raum, den wir betraten, standen zwei für Amtsstuben typische Schreibtische im rechten Winkel zueinander. Der eine war größer und leergefegt und gehörte zweifelsfrei dem Herrn Kommissar. An dem anderen saß ein grauhaariger Polizist um die vierzig, der eine viel zu große Brille im allzu faltigen Gesicht trug. Das war Adem Abi. Er hob nicht einmal den Kopf von der Zeitung, die er zu einem Viertel gefaltet in einer Hand hielt, und sagte: »Setzt euch.« Wir taten wie befohlen.

»Können Sie nicht die Aussage aufnehmen?«, fragte mein Vater.

Der Hüter des Gesetzes warf ihm einen finsteren Blick zu. »Das macht der Kommissar.«

Mein Vater zog eine Grimasse, griff aus dem Stapel von Zeitungen auf dem Tisch eine heraus und schlug die Seite mit den Kreuzworträtseln auf. Und ich begann von meinem Platz aus, den Bericht über einen Selbstmord zu lesen, der an der Pinnwand hinter dem Tisch des Kommissars hing. Ich muss sagen, dass das Verhältnis des Verfassers zum Schreiben noch gestörter war als das von unserem Hakan, aber der Fall war ziemlich interessant. Bei dem Opfer handelte es sich um eine dreiunddreißig Jahre alte Krankenschwester. Sie hatte ein Verhältnis mit einem verheirateten Herzchirurgen, der im selben Krankenhaus arbeitete wie sie, und er machte Schluss mit ihr. Eines Tages drang die Krankenschwester mit einer Pistole in der Hand in sein Dienstzimmer ein. »Sieh dir mein Herz an«, sagte sie und schoss sich eine Kugel in dasselbe. Der Chirurg brachte sie sofort in den OP. Er konnte das Leben der Krankenschwester nicht retten, aber ihr Herz hatte er sich wohl ansehen müssen. Ich meine, dieser Selbstmord zielte nicht darauf ab, aus dem Leben zu scheiden, sondern in einer bestimmten Form weiterzuleben. Mit anderen Worten: Auch wenn ihr Körper starb, so würde ihr geistiges Sein das des Doktors bis zu seinem letzten Atemzug begleiten.

Mein Vaters riss mich mit einer Frage aus meinen Gedanken. »Gebundenes Spiel in der Musik, sechs Buchstaben, der dritte ist ein G.«

»Legato«, antwortete ich.

Der lange Arm des Gesetzes warf durch seine riesige Brille einen kurzen Blick zu mir herüber. Die Fragen meines Vaters waren noch nicht zu Ende. »Gesättigter Kohlenwasserstoff, der letzte Buchstabe ist ein N.«

»Ethan.«

Der Rächer der Gerechten und gnadenlose Feind aller Bösen räusperte sich geräuschvoll und fragte mich brüsk: »Wie alt bist du?«, als wollte er herausfinden, ob ich den Mord begangen hätte.

In meiner nervtötendsten Art sah ich ihm etwa zehn Sekunden schweigend in die Augen, dann wandte ich mich an meinen Vater: »Papa, wie alt bin ich?«

Mein Vater grinste verschmitzt. »Fünf.«

Ich zeigte dem glühenden Verfechter der Gerechtigkeit drei Finger meiner linken Hand. »Im Namen des Gesetzes, fünf.«

Die eiserne Faust im Samthandschuh drehte sich zu meinem Vater und brummelte: »Was ist das denn für ein komisches Kind?«

»Genau so ein komisches Kind ist er«, erwiderte mein Vater und drehte seinen Kugelschreiber zwischen den Fingern.

Die folgende halbe Stunde verging damit, dass der Mann des Gesetzes das Telefon auf seinem Tisch nach dem zwanzigsten Klingeln mit einem drohenden »Hallo« abhob und eine schleimige Unterhaltung begann, nachdem er gehört hatte, dass der Anrufer ein Kumpel war; gleichzeitig waren von draußen unerfindliche Geräusche zu vernehmen. Dann ging die Tür auf und der einsame Krieger sprang mit einem Satz auf die Füße. Nebenbei versuchte er panisch, seine Zigarette im Aschenbecher auszudrücken. »Herr Kommissar!« Der junge und großspurige Polizist, der den Helden des Volkes derart in Aufregung versetzt hatte, grüßte uns mit einem Kopfnicken und ging zu seinem Tisch. Währenddessen zupfte der Hüter unseres Eigentums und Lebens an seinem Jackettsaum und erstattete Bericht. »Herr Kommissar, im Zusammenhang mit dem Mord, Herr Kommissar … Das sind Zeugen, Herr Kommissar. Der Junge hat den Mord gesehen, Herr Kommissar.«

»Ist schon gut, man hat mich telefonisch informiert«, sagte der gerade Eingetroffene. Er streckte meinem Vater die Hand entgegen und stellte sich vor. »Kommissar Onur Çalışkan. Ich habe ein paar Fragen an Sie.«

»Wenn Sie gestatten, hätte ich zuerst eine Frage an Sie«, meinte mein Vater.

Der junge Beamte sah ihn erstaunt an. »Ja, bitte?«

»Wie ging das Spiel aus?«

»Beşiktaş unterlag mit 4:1«, antwortete der Kommissar mit verkniffener Miene.

Nachdem sich die Sicherheitskräfte voller Respekt die Flüche meines Vaters auf die Spieler, den Vorstand, die Farben und die Geschicke seines geliebten Vereins angehört hatten, begannen sie mit ihrem Procedere. Nach der Feststellung der Personalien, der Adresse und sonstiger Details erzählte ich alles, was ich wusste. Allerdings erklärte ich ihnen, dass ich allein vor dem Haus gesessen hätte, als die Gegenstände aus Hicabi Beys Wohnung herabzuregnen begannen. Ich wollte Alev Abla nicht unnötig in diese Dinge verstricken.

»Und was hattest du um diese Zeit draußen zu suchen?«, fragte Onur Çalışkan.

»Ist das etwa verboten?«, schoss ich zurück. Ich mag Leute nicht, die ihre Nase in meine Angelegenheiten stecken.

Der Knabe wurde allerdings nicht grob, wie ich erwartet hatte – ganz im Gegenteil, er stieß ein Gelächter aus. »Hat es was mit einem Mädchen oder so zu tun? Damit wir hier klar sehen.«

Bestimmt wurde ich puterrot. Sofort schaltete sich mein Vater ein. »Manchmal treffen sie sich abends mit den Freunden vor der Tür.«

Onur Çalışkan sah mich fast liebevoll an. »Und mit wem warst du heute Abend zusammen?«

»Wie gesagt, heute war ich allein.«

Die abschreckende Gewalt übrigens schrieb angeblich mit, was wir sagten. Gott weiß, wie viel er mitbekam und wie viel er hinzudichtete.

»In Ordnung«, sagte der Kommissar. »Kommen wir zu dem Opfer. Was wissen Sie über ihn?«

»Er war Polizeidirektor im Ruhestand.«

Onur Çalışkan schlug derart wütend mit der Faust auf den Tisch, dass der bebrillte Zorro sogleich wieder auf die Füße sprang. »Wie kannst du es wagen, mir nicht zu sagen, dass der Ermordete ein Mitglied der Polizei war?«

»Ich schwöre, dass ich gefragt habe, aber sie haben nichts gesagt, Herr Kommissar.«

Na, wie er uns gleich verriet, dieser Inbegriff der Macht und des Mutes. So eine Schande, dachte ich bei mir. Doch so glimpflich würde er wohl bei seinem Vorgesetzten nicht davonkommen. »Was heißt, sie haben nichts gesagt? Begreifst du, was du das redest, Adem? Das wirst du dem Hauptkommissar erklären müssen.«

»So war das nicht, Herr Kommissar«, stammelte unser Freund und Helfer und machte einen Schritt auf ihn zu. Keine Spur mehr von der Protzerei, als er zu seinem Kollegen gemeint hatte, er sei schließlich nicht sein Kindermädchen. Er schien, als würde er beim geringsten Antippen in Tränen ausbrechen. Wenn wir nicht dagewesen wären, hätte er sich mit Sicherheit seinem Kommissar vor die Füße geschmissen. Wie konnte ein Mensch, wenn er einmal in eine solche Situation geraten war, jemals wieder in den Spiegel sehen? Wahrscheinlich genauso, wie Hunderte Millionen andere Menschen es auch taten.

»Wenn wir hier fertig sind, würden wir gern gehen. Seine Mutter wird sich sicher Sorgen machen«, sagte mein Vater. Offensichtlich hatte auch er genug davon, diesen »innerfamiliären« Zwist mit anhören zu müssen.

Onur Çalışkan fuhr sich tief seufzend durchs Haar. Wir sollten merken, dass er sich bemühte, seine Nerven wieder unter Kontrolle zu bringen. Diese Tricks lernen sie alle aus amerikanischen Filmen. »Entschuldigen Sie, wir sind noch nicht ganz fertig. In fünf Minuten können Sie gehen. Die Kollegen werden Sie nach Hause bringen. Erzählen Sie mir bitte alles, was Sie über Hicabi Bey wissen.«

»Wir sind aber schon seit einer Stunde hier, und ich habe mein Päckchen zu Hause vergessen«, meinte mein Vater und klopfte auf seine Taschen.

Der tapfere Sheriff sprang auf, bot meinem Vater eine seiner Samsun-Zigaretten an und gab ihm Feuer. »Sie rauchen doch nicht, stimmt's, Herr Kommissar?«

»Ich bin Nichtraucher«, antwortete Onur Çalışkan.

»Besonders gut gekannt haben wir Hicabi Bey eigentlich nicht«, begann mein Vater und blies dabei den Rauch in die Luft. »Wir haben bestenfalls hin und wieder ein paar Sätze mit ihm gewechselt. Wenn wir uns auf der Straße begegnet sind, haben wir uns gegrüßt. Das war's. Er lebte allein. Er hatte eine weitaus jüngere Ehefrau, aber sie ist vor zwei, drei Jahren gestorben. Ich glaube, bei einem Verkehrsunfall. Und sein älterer Sohn ist Offizier. Außer an den Wochenenden und in den Ferien sieht man ihn kaum. Der zweite Sohn hat irgendwo außerhalb von Istanbul einen Studienplatz erhalten, aber wenn Sie mich fragen, wo, dann kann ich Ihnen das nicht sagen.«

»Die Namen der Söhne?«

»Der große heißt Şemi, der jüngere Rebi«, sagte ich. Das sind Namen von der Sorte, die man sein Lebtag nicht vergisst. »Rebi studiert an der Uludağ-Universität. In Bursa.« Rebi war der Mensch mit den schrägsten Ideen, den ich je in meinem Leben gesehen hatte. Er machte beispielsweise aus einem Regenschirm einen Fallschirm und sprang damit aus dem dritten Stock. Wir unterhielten uns ein-, zweimal mit ihm. Von ihm lernte ich auch, dass es einen Geheimgang gab, der die Kohlenkeller vieler Wohnhäuser miteinander verband. Seiner Aussage nach machte ein vor Jahren aus welchem Grund auch immer angelegter unterirdischer Tunnel es sogar möglich, an manchen Stellen von einer Straßenseite auf die andere zu gelangen. Wer weiß, wie sehr er sich angestrengt hatte, um eine riesige Karte dieses Gebiets anzulegen. *Top secret* hatte er mit Filzstift darauf geschrieben. Tag und Nacht arbeitete er an Fluchtplänen und Projekten, falls griechische Soldaten einfallen sollten. So eine krankhafte Angst hatte er vor den Griechen.

»Kennen Sie denn jemanden, bei dem wir detailliertere Auskünfte über Hicabi Bey einholen könnten?«

Mein Vater nannte ihm die Namen einiger Nachbarn und den des Krämerladenbesitzers. Mit Yakup hatte der Verblichene nämlich in der Tat häufig geplaudert. Besser gesagt, Hicabi Bey quasselte über die Lage der Nation, und Yakup nickte dazu.

Nachdenklich wandte sich Onur Çalışkan an mich. »Konntest du feststellen, ob die Tür aufgebrochen wurde oder nicht?«

»Ich habe nicht besonders darauf geachtet, aber ich kann mich an nichts erinnern, was auf einen Einbruch schließen lassen könnte.«

»Wenn das stimmt, dann hat er den Mörder ... Wie war sein Name?«

»Verrückter Ertan«, antwortete ich.

»Das würde bedeuten, dass er den verrückten Ertan selbst hereingelassen hat. Weißt du, ob es etwas gibt, weswegen der verrückte Ertan wütend auf Hicabi Bey gewesen sein könnte?«

Ich schüttelte den Kopf. »Ich erinnere mich, dass er Ertan ein paar Mal zur Schnecke gemacht hat, aber das hat Hicabi Bey mit jedem gemacht.«

»Was heißt zur Schnecke machen? Hat er zum Beispiel geschlagen?«

»Aber nein. Er schrie bloß rum, mach dies nicht, tu das nicht. Wenn man mich fragt, hat er nicht einmal gemerkt, dass er schreit. Hicabi Bey war ziemlich schwerhörig.«

»Gibt es denn noch etwas, das die beiden für dich verbindet?«

Ich dachte einen Augenblick nach. »Ja. Sie waren beide verrückt.«

Als der König der Detektive meine Meinung über den ehemaligen Ordnungshüter vernahm, hielt er beim Schreiben inne und blickte seinem Vorgesetzten in die Augen, ob er mich wohl festnehmen sollte, doch als er sah, dass der Kommissar lachte, grinste er wie ein Honigkuchenpferd. Um mein Glück noch ein wenig auszureizen, fügte ich hinzu: »Beide waren harmlose Verrückte.«

Onur Çalışkan kratzte sich am Kopf. »Ich kenne den Toten nicht, aber dass man den anderen nicht als harmlos bezeichnen kann, liegt auf der Hand.«

»Ich glaube nicht, dass der verrückte Ertan zu so etwas fähig ist«, sagte ich.

»In der Tat, Ertan würde keiner Fliege etwas zu Leide tun«, bestätigte mein Vater.

»Das zu beurteilen dürfte schwierig für euch sein«, meinte der geniale Schnüffler und fuchtelte mit seinem Stift vor der Nase meines Vaters herum. »Was wir hier schon für Leute erlebt haben und was sie alles angestellt haben.«

»Erzählt mir ein bisschen von diesem verrückten Ertan«, bat Onur Çalışkan. »Seit wann lebt er in eurer Nachbarschaft? Hat er irgendwelche Angehörigen?«

»Es ist jetzt mehr als zwei Jahre her, dass wir in dieses Viertel gezogen sind, und der verrückte Ertan spazierte schon immer dort herum«, sagte mein Vater. »Er ist ein armer Kerl. Soweit ich weiß, hat er niemanden. Er führt Selbstgespräche und rennt die ganze Zeit herum und guckt dabei durch die Gegend. Im Sommer lebt er auf der Straße, im Winter unter Verschlägen. Die Leute aus dem Viertel geben ihm alte Klamotten und ein bisschen was zu essen. Bisher habe ich noch nie gesehen, dass er ausgeflippt wäre. Er ist sowieso ein Riesenangsthase. Man braucht nur Piep zu sagen, und schon sucht er nach einem Schlupfloch.«

»Das stimmt«, sagte ich. »Er hat sogar Angst vor uns Kindern. Meine Freunde, diese Halunken, schikanieren ihn ganz schön. Wenn er jemanden umbringen wollte, dann kämen Celal der Hänfling und Cemalettin noch lange vor Hicabi Bey.«

»Ist dir irgendetwas aufgefallen, bevor das Fenster zu Bruch ging? Jemand, der bei Hicabi Bey hineinging oder herauskam, oder eine verdächtige Person, die dort herumlief?«

»Natürlich!«, rief ich. »Dass ich nicht schon früher daran gedacht habe!«

»Was? Was?«, fragte der Kommissar und beugte sich zu mir herüber.

»Ich denke, es war so fünfzehn, zwanzig Minuten, bevor es passierte. Ich sah, wie jemand aus der Richtung davonlief.«

»Wie sah er aus?«

»Ich weiß nicht. Eigentlich habe ich vorher Schritte gehört. Dann ging er ins …«

Der junge Polizist war vollkommen aufgeregt. »Sag schon, Junge. Wohin ging er?«

Wie ein Blitz schoss mir durch den Kopf, welche Konsequenzen meine Aussage haben würde. Würde ich das Güzelyayla nennen, wäre Gazanfer mit ziemlicher Sicherheit angeschissen. Zweifellos würde ich unbändige Freude empfinden, wenn die Polizei ihm eine ordentliche Abreibung verpasste, aber ich wollte auch keinen Unschuldigen ans Messer liefern. Andererseits gab es in diesem Moment keine andere Möglichkeit, um den Verdacht wenigstens ein bisschen von dem verrückten Ertan abzulenken. Also fasste ich meinen Entschluss: »Ich glaube, ins Güzelyayla. Aber ganz sicher bin ich mir nicht.«

»Sag die Wahrheit. Kennst du diese Person?« Der Kommissar erhob sich und beugte sich über mich. Er dachte wohl, er könnte moralischen Druck auf mich ausüben. Aber er konnte Druck ausüben, so viel er wollte, mir war das vollkommen schnuppe. Was mir zusetzte, war der innere Kampf in mir.

Mein Vater hielt den hitzigen Polizisten an der Schulter. »Bleiben Sie ruhig, Herr Kommissar. Der Junge erzählt doch alles, was er weiß.«

Er musste wohl eingesehen haben, dass er Unsinn verzapft hatte, denn Onur Çalışkan nahm mit einer Entschuldigung wieder Platz. Die Höflichkeit, nach der man bei den meisten seiner Kollegen vergeblich suchte, rechnete ich ihm in der Tat hoch an.

»Wie ich bereits gesagt habe, konnte ich die Person nicht genau sehen«, erklärte ich. »Das Einzige, was ich sagen kann, ist, dass sie dünn war. Und ziemlich groß.«

»Wohnt Ihrer Kenntnis nach dort jemand, auf den diese Beschreibung passt?«

Damit waren wir am Knackpunkt angekommen. Ich konnte mich einfach nicht entscheiden. Ob ich Gazanfers Namen nennen sollte? Um ehrlich zu sein, passte die Beschreibung auch perfekt auf Erkin und Koray oder Zafer Abi. Ich dachte sogar darüber nach, in Tränen auszubrechen. Doch zum Glück kam mein Vater mir ein weiteres Mal zu Hilfe: »Das werden Sie wohl selbst herausfinden müssen. Sehen Sie nicht, in welchem Zustand der Junge ist? Lassen Sie uns endlich gehen!«

Nach einem kurzen Augenblick des Zögerns ließ sich Onur Çalışkan in seinen Bürosessel sinken. Mit Sicherheit verfluchte er insgeheim sein Schicksal dafür, am heutigen Abend Dienst zu haben. »Sie haben recht. In Ordnung. Vielleicht haben die Kollegen etwas aus dem Verrückten herausbekommen. Adem! Geh und frag, wie es aussieht.«

»Zu Befehl, Herr Kommissar!«, rief das Schwert der Gerechtigkeit. Er hatte nur auf die geeignete Gelegenheit gewartet, seine Nachlässigkeit bei seinem Vorgesetzten wieder gutzumachen, also rannte er los, um seinen Auftrag zu erfüllen.

»Selbst wenn der Mord vor Ertans Augen verübt worden sein sollte, so glaube ich nicht, dass er Ihnen etwas dazu sagen kann«, erklärte ich. »Als er hierher gebracht wurde, fiel er vor Angst zweimal in Ohnmacht. Wenn Sie etwas aus ihm herauskriegen wollen, müssen Sie sanfter mit ihm umgehen.«

Mit einem Fingerzeig auf mich fragte Onur Çalışkan meinen Vater: »Mit was füttern Sie ihn denn?«

»Ich bin hundemüde«, sagte ich. Ich war wirklich müde.

»Okay, Kleiner«, meinte der Polizist. »Du kannst gehen. Es kann allerdings sein, dass der Staatsanwalt mit dir reden will, damit du Bescheid weißt. Ich werde jetzt einen Wagen für Sie rufen.«

»Vielen Dank. Aber wir brauchen keinen Wagen«, sagte mein Vater und stand auf. »Wir gehen zu Fuß.«

Bevor wir gingen, sprach Onur Çalışkan leise mit meinem Vater. Ich denke, er sagte so Sachen wie »Verlassen Sie die Stadt nicht« oder »Passen Sie auf den Jungen auf«. Wenn man ihn mit Leuten wie diesem Wachtmeister Adem verglich, schien Kommissar Onur Çalışkan gar kein so schlechter Typ zu sein. Ein wenig Lebenserfahrung könnte ihn noch reifer machen. Aber natürlich auch verderben. Im Grunde genommen war diese Möglichkeit sogar wahrscheinlicher.

Auf dem Heimweg sagten mein Vater und ich kein Wort. Bestimmt war auch er besorgt und hatte Fragen an mich, doch zog ich es vor, sein Schweigen zu respektieren. Insgeheim sprach ich ihm mein Lob aus. Allerdings bezweifelte ich stark, dass meine Mutter die gleiche Sensibilität aufbringen würde. Ich betete, dass sie mich wenigstens heute Nacht in Ruhe ließe.

Gleich nachdem meine Mutter die Tür geöffnet hatte, begab ich mich in Richtung Bad. »Ich bin fix und fertig. Ich geh sofort ins Bett.«

Nachdem ich mir Gesicht und Hände gewaschen und die Zähne geputzt hatte, verzog ich mich in mein Zimmer. Ich konnte hören, wie drinnen meine Mutter meinen Vater mit Fragen löcherte. Ich zog meinen Schlafanzug an und legte mich ins Bett. Ich musste mich ausruhen. Ich konnte mich jedoch irgendwie nicht entspannen. Abgehackt und nach dem Zufallsprinzip schoss mein Gehirn Bilder der Ereignisse ab, die ich am Tag erlebt hatte. Je mehr ich mich abmühte, diese dunklen Geister abzuschütteln, desto mehr griffen sie an. All meine Sinne waren aus den Fugen geraten. Die Stimme meiner Mutter, das Kissen, das meine Wange berührte, der Leuchter, der von der Decke hing … Alles versetzte mich in Aufruhr. Ich war total am Ende. Schließlich gab ich den Kampf auf und stieg aus dem Bett. Ich ging zum Wandschrank und zog den Spielzeugrevolver von Gönül Teyze aus der Schublade. Ich legte eine rote Plastikkugel in die Trommel und ging wieder ins Bett. Im Sitzen öffnete ich die Gardine des auf der rechten Seite befindlichen Fensters einen Spalt breit und sah hinaus. Eigentlich tue ich das fast jede Nacht. Ich habe dann immer das seltsame Gefühl, als könnte ich Gott auf der anderen Seite der Scheibe sehen und er würde mir erklären, dass alles nur ein Witz sei. Dieser Gott, den ich mir mit geigenförmigem Haupt und schütterem Schläfenhaar in der Luft schwebend vorstellte, hatte verdammte Ähnlichkeit mit Hasan Amca, dem Nachbarn über uns. Warum das so war, hatte ich kurz zuvor verstanden. Mein Vater hatte von Gott gesprochen und dabei erwähnt, dass er da oben lebte. Und da oben lebte für mich Hasan Amca. Warum aber Hasan Amca und nicht etwa Sevim Teyze? Wegen der herrschenden patriarchalischen Kultur? Wie wurden diese Dinge in unsere Hirne verpflanzt? Abrupt zog ich mir die Decke über den Kopf, hielt mir den Revolver an die Schläfe und drückte ab. Ich verspürte ein süßes Pochen in meinem Schädel. Der körperliche Schmerz vertrieb all meine Gedanken. An mehr kann ich mich nicht erinnern.

vier

der soziopath im büro

Als ich am nächsten Tag erwachte, war es bereits Mittag. Sofort begab ich mich ins Wohnzimmer und warf einen kontrollierenden Blick auf die Straße. Es war nichts Auffälliges zu bemerken. Ich hob den Kopf und sah zu Hicabi Beys Wohnung hinauf. Die Scheiben waren zerbrochen. Was ich tags zuvor erlebt hatte, war also tatsächlich wahr. Was immer »wahr« auch bedeutete. Ich frühstückte auf die Schnelle und ging dann hinunter. Ich musste so bald wie möglich meine Jungs finden. Da sie nirgends zu sehen waren, waren sie entweder bei Cemalettin oder bei Yüksel im Garten. Ich war offen gestanden nicht allzu erpicht darauf, das Güzelyayla zu betreten. Schnurstracks begab ich mich also an die andere Adresse. Yüksels Vater war Fotograf. Künstler war er allerdings nicht, vielmehr stand er den ganzen Tag in seinem klitzekleinen Studio und machte Passbilder. Sie wohnten in dem zweistöckigen Einfamilienhaus in der Hauptstraße, mit der sich unsere Straße rechtwinklig kreuzte. Ihr Garten war super gepflegt und überwuchert mit wildem Wein, Geißblatt und jeder Menge anderer Pflanzen. Vor allem der Hohlraum unter der Eingangstreppe bot einen vorzüglichen Platz für Zusammenkünfte. Deshalb benutzten wir ihn bei unseren Stadtteilkämpfen auch als Stützpunkt. Ich sprang über das Tor und drang in den Garten ein. Der Hänfling, Hakan und Yüksel saßen unter der Treppe. Hakan trug seine Schuluniform. Seinen Ranzen hatte er in eine Ecke geworfen. Er war also direkt von der Schule hierher gekommen. Ich trat zu ihnen und sagte: »Hallo.« Natürlich versäumte ich nicht, Hakan einen speziellen Gruß zukommen zu lassen: »Wie steht's mit Oya und Kaya?«

Hakan verzog sein Gesicht. »Ach, frag bloß nicht. Die Lehrerin hat uns wieder einen Haufen Hausaufgaben gegeben.«

Er nahm schon Anlauf, um genauere Informationen bezüglich der Thematik seiner Hausaufgaben zu geben, als ich ihm das Wort abschnitt: »Um Himmels Willen, verschone mich!«

»Hicabi Amca ist gestern umgebracht worden«, sagte Celal der Hänfling. »Du kriegst wohl gar nichts mit.«

»Ich weiß«, erwiderte ich, »ich war dort, als man ihm die Kehle durchschnitt.«

Hakan richtete seine von Natur aus weinerlichen Augen auf mich. Yüksel meinte mit seiner wie stets erkälteten, heiseren Stimme: »Was?«

Celal der Hänfling musste natürlich eine Extrawurst braten. »Kommt, Jungs, lasst doch den Schwätzer«, meinte er lachend. Dennoch war ich sicher, dass meine Worte auch ihn äußerst neugierig gemacht hatten.

»Ich sage die Wahrheit«, entgegnete ich. »Wir waren gestern die ganze Nacht mit meinem Vater auf der Wache.« Mir war klar, dass ich mit dieser Äußerung einen Fehler gemacht hatte, aber ich hatte mich gegen den Wunsch, ordentlich auf den Putz zu hauen, einfach nicht wehren können. Wenn ich schon damit herausgeplatzt war, dann sollte ich es wenigstens genießen, dachte ich mir. Ich brach einen dünnen Zweig von dem Götterbaum neben mir ab, klemmte ihn mir zwischen die Zähne, setzte mich mit langsamen Bewegungen auf der steinernen Stufe neben der Treppe nieder und ließ meinen Blick in die Ferne schweifen. Ich platzte fast, so aufgeblasen war ich. Nachdem ich sie alle um mich geschart hatte, erzählte ich ihnen, was vorgefallen war. Natürlich unter Umgehung des Kapitels über den geheimnisvollen Fremden. Das Risiko, dass die Geschichte Gazanfer zu Ohren kommen könnte, konnte ich noch nicht eingehen.

Nachdem ich meinen Bericht beendet hatte, waren alle recht nachdenklich. Sie beneideten mich wohl ein wenig wegen meiner Erlebnisse.

Yüksel war der erste, der das Schweigen brach: »Seht euch diesen verrückten Ertan an, Mann! Erledigt den Typen mit einem Schnitt!«

»Das kann ich auch nicht begreifen«, meinte der Hänfling, der auf einer der Treppenstufen saß und in der Nase bohrte. »Einfach nicht zu fassen.«

»Mann, der Typ ist verrückt«, sagte Hakan. »Er heißt nicht umsonst der verrückte Ertan.«

»Wenn ihr mich fragt, hat das nichts mit seinem Verrücktsein zu tun«, warf ich ein. »Er hat mir erzählt, dass er diesen Mord seit Monaten geplant hatte.«

»Was du nicht sagst«, warf der treuherzige Hakan ein. »Hat er sonst noch was von sich gegeben?«

»Klar. Das war erst der Anfang. Ich werde jeden Einzelnen, der mich schikaniert hat, dafür bezahlen lassen.« Ich warf einen verstohlenen Blick zu Celal dem Hänfling. Er versuchte abzuwägen, ob ich das alles ernst meinte oder nicht.

»Was ist, Hänfling?«, meinte Yüksel. »Du bist ja käseweiß geworden.«

Ich konnte mich nicht beherrschen und prustete laut los. Auch Yüksel und Hakan fielen in mein Gelächter ein. Celal der Hänfling quittierte mit einem ordentlichen Fluch. War die Atmosphäre unter uns erst einmal so salopp geworden, ließen auch die Raufereien nicht lange auf sich warten. Als ich sah, dass Yüksel sich daran machte, brutal an Celals Ohren herumzuschnippen, nahm ich Hakan sogleich in den Schwitzkasten. Während der Hänfling einen Gegenangriff auf Yüksels Weichteile ritt, quiekte er: »Pst, hör mal! Du hast doch einen Witz gemacht, oder? Ertan hat doch so etwas nicht gesagt. Stimmt's nicht, Mann?«

Wir lagen im Ringkampf, als Cemalettin plötzlich auftauchte. Der Hänfling versuchte zwar sofort, ihn in unser Freudenfest mit einzubeziehen, indem er eine Offensive gegen ihn startete, doch Cemalettin stieß ihn von sich und sagte: »Hau ab, Junge. Ich kann mich jetzt nicht mit dir anlegen.«

»Was ist denn los, Cemo?«, fragte ihn der Hänfling.

Cemalettin hatte ein Gesicht wie sieben Tage Regenwetter. Schniefend zog er die Nase hoch. »Die Polizei hat meinen Bruder Gazanfer mitgenommen.«

»Bestimmt hat sich Burhans Familie beschwert«, meinte der Hänfling. »Recht haben sie.«

»Wahrscheinlich«, sagte Cemalettin.

Ich war davon nicht recht überzeugt. »Hat die Polizei nicht gesagt, warum sie deinen Bruder mitnehmen?«, fragte ich.

»Nein, sie haben ihn einfach so mitgenommen.«

Ich war ein wenig verdrossen. Beinahe hätte ich mich selbst angezeigt, als Hakan sagte: »Ihr habt gestern das Fußballmatch nicht zu Ende spielen können.«

»Sein bekloppter Bruder ist gekommen und hat unser Spiel kaputt gemacht«, erklärte der Hänfling und zeigte dabei auf Cemalettin.

»Wollen wir für heute Abend noch ein Spiel ansetzen? Vor allem, weil ich heute mitspielen kann«, meinte Hakan aufgedreht.

»Wir wollen kein Muttersöhnchen im Tor«, widersprach der Hänfling.

»Geh und spiel Himmel und Hölle mit den Mädchen«, sagte Yüksel.

Hakan bekam einen Wutanfall. »Was redest du da, Stinkstiefel?«

»Du bist doch ein Weichei, Mann, stimmt's etwa nicht?«, provozierte Yüksel ihn noch mehr.

Hakan zu schikanieren vertrieb auch Cemalettins Niedergeschlagenheit. »Weichei! Weichei!«, schrie er und zerwühlte Hakans Haare mit einer nervigen Handbewegung.

Aufgebracht schnappte Hakan sich seine Tasche und sprang auf. »Ihr Mistkerle!« Mit tränenerfüllten Augen sah er mich kurz an, dann rannte er davon.

Die anderen waren bester Laune. Wie sehr doch ihre Augen strahlten, wenn sie jemanden gefunden hatten, den sie fertigmachen konnten. Vor allem, wenn es ihnen eigentlich gar nichts einbrachte. Sie taten das einzig und allein, um den anderen zu erniedrigen. Aus Spaß. Mich wundern Leute, die beim Anblick von Kindern von Naivität, Unschuld und Schönheit faseln. Wenn ich unsere Jungs betrachtete, sah ich nichts als die nackteste Form der niederträchtigsten Neigungen des Menschen. Vollkommen anders positioniert hatte ich mich nicht. Einzig das Schicksal hatte es so gewollt, dass ich raffiniertere Methoden entwickelt hatte, um das Hässliche in mir nach außen zu befördern.

Nachdem ich einige Stunden dort verbracht hatte, ging ich nach Hause. Ich hatte keine Lust zu gar nichts. Mit einem Buch streckte mich auf dem Diwan in meinem Zimmer aus. Ich nickte ein. Gegen Abend erhob ich mich, deckte den Tisch und begann etwa zehn Minuten, bevor meine Eltern nach Hause kamen, das Essen vom Vortag aufzuwärmen. Meine Mutter war voll des Lobes ob meiner Aktion. Allerdings musste ich gleich nach dem Aufstehen vom Tisch feststellen, dass ich einen Fehler gemacht hatte. Aufgrund meines Übereifers hatten wir früher gegessen als sonst, und das bedeutete für alle einen Zeitgewinn von sechzig Minuten, die niemand so recht zu füllen wusste. Die Augen- und Mundwinkel meiner Mutter zuckten doppelt so häufig wie sonst, mein Vater rauchte Kette und tigerte motzend durch die Wohnung. Die perfekte Routine, die dafür sorgt, dass man den Tag auf möglichst schmerzlose Weise herumkriegt, hatte ich zerstört. Um wie viel Uhr man isst, von wann bis wann man fernsieht, wann man aufs Klo geht, wann man tot ins Bett fällt … Das Verhältnis zwischen Handlung und Zeit war das Resultat eines evolutionären Prozesses. In die Evolution einzugreifen ist nichts, was ein vernünftiger Mensch tun sollte.

Um der quälenden Stille im Haus ein Ende zu setzen, plante ich bereits, mich aus dem Fenster zu stürzen, als es an der Tür klingelte. Meiner Mutter, die öffnete, entfuhr ein winziger Aufschrei des Erstaunens. Der Mann, der gebückt von der Diele ins

Wohnzimmer treten musste, war der zirka zwei Meter lange Rebi Abi.

»Rebi, willkommen, mein Junge. Herzliches Beileid«, sagte mein Vater und umarmte ihn.

»Ich danke Ihnen«, erwiderte Rebi Abi.

Auch meine Mutter äußerte auf ihre Weise ihr Bedauern. »Ah, Junge, du hast ja ganz geschwollene Augen. Geh und wasch dir die Hände und das Gesicht, dann geht es dir besser.« Mit einer Hand wies sie in Richtung Badezimmer.

»Ist nicht nötig, Teyze. Es geht mir gut«, gab Rebi Abi zurück und ließ sich gemeinsam mit seinen Bakterien auf einem Stuhl nieder. »Entschuldigen Sie, dass ich Sie um diese Zeit überfalle.«

Wie aus einem Munde sagten meine Eltern irgendetwas, um zu beteuern, dass das ganz unwichtig sei.

»Ich habe es heute Morgen erfahren. Ich kam erst am Nachmittag mit dem Bus an. Erst das Krankenhaus, dann die Polizei, da ist es so spät geworden. Mein Bruder Şemi ist noch immer mit den Formalitäten für die Beerdigung beschäftigt. Mein Vater hatte verfügt, dass er neben meiner Mutter begraben werden möchte, aber neben meiner Mutter ist kein Platz und so weiter und so fort …«

»Es ist wirklich nicht schlimm, Junge«, insistierte meine Mutter. »Wenn du Hunger hast, mache ich dir schnell etwas zurecht. Du wäschst dir die Hände und kannst dich gleich an den Tisch setzen.«

»Machen Sie sich keine Mühe. Ich kann im Moment sowieso nichts essen.«

Meine Mutter, die die Hoffnung aufgegeben hatte, ihn ins Bad schicken zu können, zog einen Stuhl her, setzte sich und faltete die Hände. »Wie ist es? Läuft es mit dem Studium, Junge?« Ich war neugierig, wie lange sie Rebi Abi noch so behandeln würde, als wäre er zum Feiertagsbesuch zu uns gekommen.

Trotz all seiner Höflichkeit überhörte Rebi Abi die Frage und wandte sich an mich: »Wie geht's dir?«

»Gut, Rebi Abi.«

»Du hast sie gestern gefunden. Das haben sie mir auf dem Präsidium erzählt.«

Dass die Luft auf einmal nach Mord roch, war nichts, was meine Mutter ertragen konnte. Als stünde sie vor der Leiche, die Rebi Abi mit einem »sie« angedeutet hatte, sprang sie voller Entsetzen auf die Füße. »Dann geh ich mal einen Mokka machen.«

»Prima Idee«, brummelte mein Vater.

»Es will mir einfach nicht ins Hirn«, sagte Rebi Abi und nahm seinen Kopf zwischen die Hände. »Wie ist das möglich?« Als könnte er die Geschehnisse rückgängig machen, wenn er sich davon überzeugte, wie unlogisch das alles war.

»Zermartere dir nicht den Kopf«, meinte mein Vater. »Das führt zu nichts.«

»Was kann der verrückte Ertan von meinem Vater gewollt haben?«

Es war weder der Ort noch die Zeit, meine Zweifel an der Identität des Täters zur Sprache zu bringen. Deshalb hielt ich meine Klappe.

»Der arme Junge«, murmelte Rebi Abi mit Blick auf mich. »Sein ganzes Leben nun …« Zu sagen, keine Sorge, das juckt mich nicht, kam mir nicht über die Lippen. »Habt ihr neben meiner Aussage noch etwas bei der Polizei in Erfahrung bringen können?«, fragte ich.

Rebi Abi zuckte mit den Schultern. »Sie haben versucht, aus dem Verrückten herauszukriegen, warum er den Mord begangen hat, aber das brachte wohl nichts. Wahrscheinlich wird er nach dem Prozess gleich in eine Anstalt für Geisteskranke gebracht, meinte der Staatsanwalt. Der hatte auch nicht zugelassen, dass er zur U-Haft ins Gefängnis kommt, weil er ja nicht alle Sinne beisammen hat. Bis zum Gerichtstermin wird man ihn auf der Wache in Polizeigewahrsam nehmen. Und nach einem Jahr Therapie lassen sie ihn dann bestimmt frei. Könnt ihr euch das vorstellen?«

Aber wirklich, wo man ihn doch lynchen könnte! Ich hatte Verständnis für Rebi Abis Schmerz. Aber selbst wenn Ertan wirklich der Täter war, so wollte es mir dennoch nicht in den Kopf, wie es das Gerechtigkeitsempfinden befriedigen konnte, wenn man einen armen Typen zermalmte. Würde ich denn auf dieser Welt kein Menschenkind treffen, das imstande war, die Spreu vom Weizen zu trennen?

»Vielleicht hat man ihn auch benutzt«, sagte Rebi Abi und kniff argwöhnisch die Augen zusammen.

Aber natürlich! Die Griechen! »Ihn zu benutzen dürfte etwas schwierig sein«, konnte ich mich nicht mehr bremsen. »Wenn ich jemandem die Gurgel durchschneiden lassen wollte, würde ich mir offen gestanden keinen Geisteskranken als Täter aussuchen. Ich meine – wie will man ihm denn ein Ziel setzen? Er wüsste nicht einmal, wer Hicabi Bey ist, und wenn man ihn fragte, wo die Gurgel sitzt, würde er einem seinen Hintern zeigen.«

Rebi Abi schluckte, dann sagte er »Gurgel« und fing schluchzend an zu weinen. Wenn ich ehrlich bin, hatte ich das erwartet. Ich hatte den Ausdruck bewusst zwei Mal verwendet, damit er ein wenig die Fassung wiedergewann.

Wie aus dem Nichts tauchte meine Mutter auf und reichte Rebi Abi gerade noch rechtzeitig ein Papiertaschentuch, damit er nicht den Fußboden vollrotzte. Nachdem er seine Körpersäfte in das Taschentuch geschnäuzt hatte, stand er auf, wobei er den Stuhl umwarf. »Ach, Entschuldigung. Ich sollte mich langsam auf den Weg machen. Ich bin ja gekommen, um zu sehen, wie es dem Jungen geht. Jetzt habe ich Ihnen zu so später Stunde noch Kummer bereitet.«

Ich wendete meinen Blick ab. Ich hatte ein schlechtes Gewissen, weil ich ihn in diese Lage gebracht hatte. Ich sagte ja bereits, ich bin ein Kotzbrocken, genau wie die anderen Kinder.

Mein Vater hakte Rebi Abi unter. »Ach, nicht der Rede wert. Bleib noch ein bisschen. Trink wenigstens deinen Mokka.«

»Nein, nein, ich gehe besser.«

»Wo wirst du wohnen?«

Rebi Abi zog die Nase hoch. »Ich werde mir ein Zimmer suchen.«

»Kommt Şemi auch?«

»Ich glaube, er wird drüben auf der europäischen Seite in einem Offizierskasino unterkommen.«

»Dann solltest du in deinem Zustand nicht allein sein«, meinte mein Vater. »Bleib heute Nacht hier. Wir machen dir den Diwan im Kinderzimmer fertig.« Da würde mir wohl nichts anderes übrig bleiben, als ihn die ganze Nacht zum Heulen zu bringen und ihn so seinem Vater hinterherzuschicken.

Als meine Mutter in das Drängen meines Vaters einfiel, willigte Rebi Abi ein, bei uns zu übernachten. Danach sprachen wir nicht mehr viel. Meine Mutter gab Rebi Abi einen der von tausendmaligem Waschen vollkommen ausgeleierten Jogginganzüge meines Vaters. Zu vorgerückter Stunde sahen wir uns auf Vorschlag meines Vaters zur Ablenkung alle gemeinsam im Fernsehen einen Film an. Doch nach einer Weile, so ein Malheur, stellte sich heraus, dass es sich dabei um einen Krimi handelte. Die tapfere New Yorker Polizei bemühte sich, einen irren Serienmörder zu schnappen. Es wimmelte nur so von gebrochenen Knochen, zerhackten Körpern und abgerissenen Köpfen, und in jeder Szene floss das Blut in Strömen. Obendrein schien es, als hätte der Regisseur mit diesem Film den Beweis antreten wollen für die These: »Der Mensch stirbt nicht leicht.« Die Morde wurden ausführlich gezeigt, ohne auch nur das geringste Detail des Gräuels auszulassen. Sollte beispielsweise der Mörder mit einem Messingleuchter einen Schädel zertrümmern, schlug er zu, was das Zeug hielt, und bearbeitete das Opfer viereinhalb Minuten. Voller Sorge wartete ich auf den Moment, in dem unser gequälter Gast einen Nervenzusammenbruch erleiden würde. Zum Glück blieb dieser Moment aus. Rebi Abi schien von dem Film ziemlich gefesselt zu sein. Anscheinend hatten meine Worte ihn irgendwie immun gemacht. Er verfolgte nicht nur äußerst kaltblütig all die Abschlachtszenen, sondern fing nach einer Weile sogar an, Theorien bezüglich der Identität des Mörders aufzustellen. Dabei vertrat er die These, dass es sich bei dem Täter um den griechischen Reeder handelte. Der Witz an der Geschichte war, dass er recht behielt.

Als meine Mutter verkündete, dass wir ins Bett gehen könnten, nachdem wir uns Gesicht, Hände und Füße gewaschen hätten, eröffnete ich meinem Vater: »Ich möchte morgen mit zu dir ins Büro kommen.«

»Okay«, sagte mein Vater. »Ich werde mir allerdings kein Bein ausreißen, falls du nicht aus dem Bett kommst, damit du Bescheid weißt.«

»Abgemacht«, gab ich zurück.

Als ich meine Angelegenheiten im Bad erledigt hatte und in mein Zimmer kam, hatte Rebi Abi sich bereits hingelegt. Seine Beine hingen über den Diwan hinaus. Zu gern hätte ich sein Herz, das ich verletzt hatte, wieder repariert, aber ich wusste nicht recht, wie. Behutsam trat ich ans Fenster und sah hinaus. Außer der Vogelscheiße auf dem Fenstersims konnte nichts meine Aufmerksamkeit wecken. Gott war wieder weit und breit nicht zu sehen. Mir blieb also nichts anderes übrig, als bis zur kommenden Nacht zu warten. Ich schlug die Bettdecke zurück und legte mich hin. Ich war kurz davor, einzuschlafen, als ich eine Stimme hörte. »Ich weiß, die meisten hassen mich und meine Familie.«

Diese Worte verblüfften und ängstigten mich zugleich. Ohne zu antworteten, schob ich vorsichtshalber die Gardinen auseinander und warf noch einmal einen kontrollierenden Blick nach draußen. Gott war es nicht. Es musste Rebi Abi gewesen sein. »Es gibt auf der Welt einen Haufen unfreundliche Menschen«, sagte ich, um ihn zu trösten. Nach dem Spruch war ich felsenfest davon überzeugt, dass nie etwas Gescheites aus mir werden würde, denn eigentlich hatte ich ihn trösten wollen. »Außerdem finde ich, dass Hicabi Amca ein netter Mann war«, fügte ich hinzu, um zu retten, was noch zu retten war.

Es war nicht zu überhören, dass ich diese letzten Worte ohne Überzeugung ausgesprochen hatte, doch der arme Trottel hatte wie so viele Menschen an das geglaubt, was er gern hören wollte. »Das finde ich auch. Viele haben das nicht gewusst, aber er hat ein sehr weiches Herz.«

»Hatte«, korrigierte ich. Ich hätte mir besser auf die Zunge gebissen.

War ja klar, dass er wieder zu weinen anfing. Nachdem er sich ein wenig beruhigt hatte, blickte er zur Decke und murmelte: »Er kümmerte sich nicht nur wie ein Vater um uns, sondern auch um arme Kerle, die das Schicksal in die Straffälligkeit trieb. Er gab ihnen zu essen, steckte ihnen ein bisschen Geld zu, ja manche brachte er sogar mit nach Hause, bis sie Arbeit und einen Platz zum Wohnen gefunden hatten. Wer weiß, wie viele junge Leute er auf diese Weise wieder in die Gesellschaft integriert hat.«

Das hat er sicher alles nur erfunden, dachte ich. »Da hat er sich in der Tat sehr edel verhalten.«

»Er ist jetzt an einem besseren Ort.«

Ich analysierte seine Behauptung mit dem Wunsch, ihm wenigstens einmal zuzustimmen. Nirgendwo könnte man durchaus auch als ein Irgendwo betrachten. »Ja«, sagte ich. Ich war todmüde. Müdigkeit hat auf mich einen ähnlichen Effekt wie Trunkenheit. »Die Russellsche Antinomie zeigt uns eindeutig, dass Alles im Nichts enthalten ist.« Ich weiß nicht – bin ich sehr gefühllos?

»Wie bitte? Das habe ich nicht verstanden.«

Diese Unterhaltung würde offensichtlich zu nichts führen. »Schon in Ordnung, Rebi Abi. Du hast ja recht. Ich bin mir sicher, dein Vater hätte nicht gewollt, dass du so traurig bist. Weder du noch Şemi Abi noch … der Krämer Yakup.« Eigentlich war ich mir nicht sicher, ob Yakup wirklich traurig war, aber mir fiel einfach kein anderer Bekannter Hicabi Beys ein.

»Ja echt. Yakup Abi ist bestimmt auch am Boden zerstört.«

Ich musste still sein, bevor mir noch mehr plumpes Zeug herausrutschte. »Du bist sehr müde, Rebi Abi. Versuch ein bisschen zu schlafen.«

»Ich werde kaum schlafen können, aber dir gute Nacht«, sagte er. Fünf Minuten später schnarchte er. Dabei machte er einen solchen Krach, dass ich einige Male an seinem Kissen ziehen musste, bis ich endlich selbst in die Arme des Bruders des Todes sinken konnte.

In aller Herrgottsfrühe erwachte ich vom Knuffen meines Vaters. Mir ging durch den Kopf, ihm zu sagen, er solle mich in Frieden lassen, aber ich beließ es bei einem Heben meiner Hand. Nachdem er weg war, blieb ich noch eine Weile mit geschlossenen Augen liegen. Dann atmete ich tief ein und setzte mich energisch im Bett auf. Rebi Abi, der sich ziemlich zusammengefaltet hatte, um auf den Diwan zu passen, schlief mit offenem Mund. Ich stand auf und ging ins Bad. Ich hielt mein Gesicht unter das eiskalte Wasser und wusch meine verkrusteten Augen- und Mundwinkel. Der Teufel war in dieser Nacht offenbar recht fleißig gewesen. In der Hoffnung, die für den heutigen Tag notwendige positive Energie zu gewinnen, nahm ich im Gegensatz zu sonst ein kräftiges Frühstück zu mir. Ich zog mir etwas Ordentliches an und putzte mir die Zähne. Ich kämmte mich sogar. Ein winziges Flämmchen voller geballter positiver Energie war ich geworden. Ich war bereit, die Welt in die Knie zu zwingen.

Bevor sie wegging, machte meine Mutter zwar Anstalten, Rebi Abi zu wecken, doch mein Vater hielt sie auf: »Lass den Jungen schlafen.« Daraufhin schrieb meine Mutter ihm eine Nachricht und klebte sie an die Wohnungstür: *Geh nicht ohne Frühstück aus dem Haus, Junge. Alles liegt in Gottes Händen. Alles liegt im Kühlschrank. Zieh die Tür dreimal fest ins Schloss. Geh mit Gott, Junge.* Nachdem meine Mutter hinausgegangen war, entfernte ich die Notiz unauffällig und steckte sie in meine Hosentasche.

Allerdings ohne sie zu zerreißen. Vielleicht würde ich dieses Dokument eines Tages an den Weltkongress für Psychiatrie schicken, damit all die versteckten Bedeutungen analysiert wurden und das Dokument die ihm gebührende Wertschätzung erfuhr.

Wir machten uns gemeinsam auf den Weg. Nach etwa zehn Minuten Fußmarsch kamen wir an der Brücke an, die die Ankara-Asphalt-Straße am weiß der Geier wievielten Kilometer überspannt. Wir stiegen eine einfache Treppe zur Asphalt hinunter und begannen am Straßenrand auf den Mitarbeiterbus zu warten. Es dauerte nicht lange, bis der schwarze Minibus anhielt. Sobald sich die Tür geöffnet hatte, schlug mir – vom Mundgeruch des Amtspersonals geschwängerte – mindestens vierzig Grad heiße Luft entgegen. Die Leute auf der Rückbank quetschten sich ein wenig zusammen und machten so Platz für meine Eltern, ich setzte mich auf den Radkasten. Die meisten der Passagiere versuchten, ihren auf der Strecke gebliebenen Schlaf nachzuholen, die übrigen zogen lange Gesichter. Der Einzige, der eine unsinnige Hyperaktivität an den Tag legte, war der Zimmergenosse meiner Mutter, Süreyya Bey. Er hatte den Abteilungsleiter Sedat Bey ans Fenster gequetscht und erklärte ihm überschwänglich, warum es keinen besseren James Bond gab als Sean Connery. Sanftmütig bestätigte Sedat Bey alles, was er sagte, aber ich war mir sicher, dass er den Typen am liebsten erwürgt hätte. Das trostlose Lied, das gedämpft aus dem Radio ertönte, machte die ohnehin kranke Atmosphäre noch unerträglicher. Durch den Innenspiegel betrachtete ich den Fahrer Mutullah. Er war ein grobschlächtiger Typ, furchteinflößend, mit hart dreinblickenden blauen Augen. Den Erzählungen meines Vaters zufolge war er eigentlich Fernfahrer und verbrachte die meiste Zeit des Jahres damit, mit dem LKW in den Osten und wieder zurück zu fahren. Hin und wieder vertrauten sie ihm den Shuttlebus an, damit er möglichst durchgehend beschäftigt war. Nie legte er seine braune Lederjacke ab. Er redete nur selten, und wenn er redete, dann legte er ein hasserfülltes Gebaren an den Tag, weil man ihn zum Reden genötigt hatte. Diese Haltung stand ihm gut zu Gesicht. Er war der Typ einsamer Mann. Im Gegensatz zu den anderen beachtete er mich nicht weiter und war auch nie erstaunt über das, was ich so von mir gab. Ich empfand Respekt ihm gegenüber. So war das. Während sich unter der Führung des charismatischen Kapitäns Mutullah Akçabey ein Minibus voller gescheiterter Leben mit durchschnittlich siebzig Stundenkilometern auf die Folterkammer zubewegte, in der sie sich zwischen eingehender und ausgehender Post noch ein wenig mehr zerreiben sollten, träumte Sean Connery bei seinem Matratzenhorchdienst noch immer von der Kokain- und Sexparty, die er nachts zuvor auf seinem Schloss organisiert hatte.

An der Grünanlage des Amts stiegen wir aus. Meine Mutter verabschiedete sich von uns, um in das neue Gebäude zu gehen, in dem sie arbeitete. Mein Vater und ich schlugen die Richtung des großen Lagers ein, in dem sich die riesigen Transportfahrzeuge befanden. An den Tagen, an denen ich mit meinem Vater ins Büro ging, sprang ich, während er in seiner Amtsstube arbeitete, in aller Regel auf den Lastwagen, Transportern und Lieferwagen herum und spielte ein dämliches Brummifahrer-Spiel. Doch heute tat ich das nicht. Ich zog mich mit meinem Vater in sein Büro zurück und setzte mich an die Schreibmaschine, in der Hoffnung, eine, zwei schöne Zeilen zu Papier zu bringen. *Ich hör Descartes mit geschlossenen Augen / Entweder küsst mich die Muse oder trifft mich der Schlag …* Was letzten Endes dabei herauskam, war ein solcher, sich fortsetzender Unfug eben. Leider hielt sich die Muse wie stets von mir fern.

Gerade hatte ich das Blatt, auf das ich mein Werk geschrieben hatte, in fünfhundertzwölf Teile zerrissen, als mein Vater fragte: »Ich habe etwas in der Druckerei zu erledigen. Willst du mitkommen?«

Ich schüttelte den Kopf.

»Na dann nicht. Wenn ich bis mittags nicht zurück bin, gehst du mit deiner Mutter essen.«

»Ich weiß, wo die Kantine ist.«

»Sag Kerim Bescheid, wenn du etwas haben möchtest.«

»Okay, mach dir keine Sorgen.«

Als ich allein im Raum war, warf ich all die Papierschnipsel, die auf dem Schreibtisch lagen, in den Papierkorb und atmete die feuchte Luft tief ein. Ich dachte an die Aufgabe, die ich zu erledigen hatte. Sie war riskant, aber ich hatte keine andere Wahl. Ich fühlte mich allerdings noch nicht zum Startschuss bereit. Ich entschied mich, noch ein wenig Zeit im Büro zu vertrödeln. Um die Welt einmal von dieser Warte aus zu betrachten, setzte ich mich in den Sessel meines Vaters. Auf dem kleinen Beistelltisch rechts stand ein Computer mit schwarz-weißem Bildschirm aus der Steinzeit. Ich war mir sicher, dass er zu nichts taugte. Sie hatten ihn einzig dort hingestellt, um die Modernisierung in den Ämtern zu demonstrieren. Von dem Kleinkram auf dem Schreibtisch war ein Teil deprimierender als das andere. Eine braune Schreibunterlage, ein Schreibset, ein Messingschild mit dem Namen meines Vaters … Am traurigsten aber war das Foto, das er unter die schwere Glasplatte auf dem Schreibtisch gezwängt hatte. Das Foto eines dreijährigen Wonneproppens. Eines unheimlichen Kindes, das in gestreiftem T-Shirt und einer Nummer zu großen Shorts an einem offenen Fenster auf einem Stuhl sitzt und mit düsterem Blick förmlich die Welt außerhalb des Fotos zu beobachten scheint. Das war ich. Ich erstickte beinahe. Ich weiß nicht, wie ich es hinaus schaffte.

Gerade als ich das Lager betrat, tauchte Kerim vor mir auf. »Wolltest du zu deiner Mutter?«, fragte er und versuchte dabei vergeblich, den Kragen seines falsch zugeknöpften blauen Arbeitskittels zurechtzuziehen.

Mein Vater hatte mich offensichtlich seiner Obhut anvertraut. Na klasse. Wem er wohl Kerim anvertraut hatte? »Ich gehe in den Garten, um ein bisschen frische Luft zu schnappen.«

Plötzlich machte Kerim ein langes Gesicht. Er wusste, was er tun musste, wenn ich etwas trinken, auf die Toilette oder zu meiner Mutter gehen wollte, aber in dieser Situation, die außerhalb seines Reiz-Reaktions-Schemas lag, war er vollkommen ratlos. Hilflos streckte er die Hände seitlich von sich und murmelte etwas Unverständliches.

»Lass uns zusammen herumlaufen, wenn du nichts zu tun hast«, sagte ich, um den Armen nicht noch länger zu peinigen. Immerhin war sein Organismus das Denken nicht allzu sehr gewöhnt.

Er sah sich um und kratzte sich am Kopf. »Okay«, sagte er verunsichert.

Wir gingen hinaus und bewegten uns in Richtung neues Gebäude. Wir hatten gerade einmal fünfzehn, zwanzig Schritte gemacht, als die Frage kam, die ich schon erwartet hatte: »Wann fängst du mit der Schule an?«

»Ich werde nicht zur Schule gehen.«

Kerim lachte über meine Naivität. »Was soll das denn heißen, nicht zur Schule gehen? Natürlich gehst du zur Schule, damit du ein Mann wirst.«

»Bist du denn kein Mann?«

»Klar bin ich ein Mann, aber …«

»Ach, lassen wir das jetzt, Kerim Abi«, sagte ich. »Sag du mir lieber, für welche Partei du bist.«

Erstaunt sah er mich an. Ich glaube, er fragte sich, ob ich vielleicht ein Spion der Verwaltung sei. Er erhob seinen Kopf und sagte: »Für die Brotpartei.«

»So eine Partei gibt es nicht«, gab ich zurück.

Daraufhin änderte er seine Meinung: »Ich bin für gar keine Partei.« Und so einer soll eine Revolution machen? Das möchte ich erleben.

»Gut, aber bist du links oder rechts?«

»In unserer Philosophie gibt es kein links oder rechts.«

Philosophie? »Was gibt es denn in deiner Philosophie, Kerim Abi?«

Endlich war er mit einer Frage konfrontiert, deren Antwort er parat hatte, und verkündete freudig: »Ich heiße Kerim und bin gesund, lebe von der Hand in den Mund, und was morgen kommt, weiß der liebe Gott!«

Ach du guter alter Marx, erhebe dich aus deinem Grab und sieh dir an, was aus der Dialektik werden kann! Inzwischen waren wir an dem neuen Gebäude angekommen. »Ich gehe rauf zu meiner Mutter«, sagte ich, »danke, dass du mich hergebracht hast.«

Kerim schien erleichtert, weil er seine Aufgabe ordnungsgemäß ausgeführt hatte und von mir erlöst war. »Na dann los. Ich sag deinem Vater Bescheid, dass du bei deiner Mutter bist«, sagte er, dann marschierte er mit einem Volkslied über Ziegen und Schafe auf den Lippen von dannen.

Auf der Treppe nahm ich immer zwei Stufen auf einmal und betrat dann das Gebäude. Sofort sprang ich in den Aufzug und drückte auf den Knopf für die vierte Etage, nicht etwa für die dritte, wo das Büro meiner Mutter lag. Als ich meinen Fuß in die vierte Etage setzte, die ich zuvor nur selten aufgesucht hatte, begann mein Herz schneller zu schlagen. ›Das ist Wahnsinn‹, sagte eine innere Stimme zu mir, ›du wirst alles nur noch schlimmer machen.‹ Trotzdem betrat ich den Flur und begann, die Namensschilder an den Türen zu lesen. Den von mir gesuchten Namen entdeckte ich auf einer weitaus protzigeren und größeren Tür: *Erdoğan Ş. Baykurt, Direktor.* Damit ich es mir nicht anders überlegte, klopfte ich sofort kräftig an die Tür. Keine Reaktion. Ich klopfte noch einmal. Wieder keine Reaktion. Wenn ich schon einmal hier war, hatte ich nicht die Absicht, mit leeren Händen zurückzukommen. Ich öffnete die Tür und ging hinein. Der Herr Direktor war nirgends zu sehen. Das Büro war weitaus größer als das meines Vaters. Natürlich verfügte es auch über einen größeren Schreibtisch und einen fetteren Sessel. An den Fenstern befanden sich anstelle der Jalousien geschmacklose braune Vorhänge und auf dem Boden ein hier und da verfleckter beschissener Teppich. Ich trat an den Tisch und warf einen Blick auf das Papier, das auf der Schreibunterlage lag. Es war die Liste derer, die durch die Prüfung am Tag X das Recht erworben hatten, als Beamte anzufangen. Den obersten Namen kannte ich von irgendwo her: *Tuğrul Tanır.* Na klar, dachte ich, das war der nichtsnutzige Kumpel dieses Trottels, mit dem Erdoğan Bey an meinem Geburtstag geplaudert hatte. Ihr widerliches Geklüngel hatte also Früchte getragen.

In dem Augenblick ertönte hinter mir eine ermattete Stimme: »Frohes Schaffen, junger Mann!«

Reflexartig machte ich einen Schritt zurück. Erdoğan Bey trat hinter seinen Schreibtisch und warf den Zettel in eine Schublade. Nachdem er in den fetten Sessel seinen noch fetteren Arsch gezwängt hatte, zog er die Augenbrauen zusammen und musterte mich von oben bis unten. »Hast du gefunden, wonach du gesucht hast?«

Ich sagte gar nicht. Ich wollte den Start nicht vermasseln.

»Geh und setz dich dort hin«, sagte er und zeigte auf die niedrigen Sessel vor seinem Schreibtisch. »Ich bestell dir mal einen Saft.«

Ich setzte mich in einen der Sessel. Er war zwar weich, aber dennoch fühlte ich mich ausgesprochen unwohl darin. »Nicht nötig«, sagte ich. »Wenn Sie ein wenig Zeit hätten, würde ich gern etwas mit Ihnen besprechen.«

Ein ekelhaftes Grinsen breitete sich auf seinem Gesicht aus. Er hatte ganz genau verstanden, worum es ging. »Na, wie läuft die Arbeit in der Hölle?«, fragte das nachtragende Arschloch.

»Alles beim Alten. Wir warten sehnlichst auf Sie.« Schlechte Starts waren schon immer mein Schicksal. Trotz seiner selbsttönenden Brille konnte ich erkennen, wie er die Augen verdrehte. Wie hatte er sich bloß in die Idee eines Wortgefechts mit mir verlieben können? Oder war ich etwa in die Vorstellung verliebt, ihn rot werden zu lassen?

»Warum bist du hergekommen?«, zischte er hasserfüllt.

Hunderte von Antworten kamen mir in den Sinn, die er verdient gehabt hätte, aber es machte wenig Sinn, den Typen noch mehr zur Weißglut zu bringen. Vor allem, wenn man in der Position des Bittstellers an seiner Tür geklingelt hatte. »Um über die Versetzung meines Vaters zu sprechen«, sagte ich und senkte meinen Kopf so, wie ich hoffte, dass es ihm gefallen würde.

»Jetzt ist alles klar«, erwiderte er herablassend. Er steckte sich eine Zigarette an und blies mir den Rauch ins Gesicht. »Dein Vater hat dich also hergeschickt, um Mitleid zu erregen.«

Nun war es an mir, rot zu werden. Solche Typen fanden immer einen Weg, einen in noch peinlichere Situationen zu stürzen, als man befürchtet hatte. Trotzdem unterdrückte ich meine Wut. Aus Achtung vor meinem Vater sagte ich mit gekünstelter Ruhe: »Mich hat niemand hierher geschickt. Weder mein Vater noch meine Mutter wissen, dass ich hier bin.«

»Erzähl keine Märchen, Junge«, sagte er mit erhobener Stimme. »Das haben wir lange hinter uns.«

Vielleicht würde ein Wunder alles verändern, dachte ich und schluckte. »Wenn mein Vater es gewusst hätte, hätte er mir niemals erlaubt, herzukommen. Ich bitte Sie, schicken Sie ihn nicht nach Erzurum. Es ist sowieso alles sehr schwer für ihn. Er richtet sich zugrunde für mich. Für meine Erziehung …«

»Wann wurde Istanbul erobert?«, mit dieser Frage unterbrach er mich abrupt.

Ich war völlig verdutzt. War das ersehnte Wunder etwa wahr geworden? Würde er die Versetzung meines Vaters zurücknehmen, wenn ich die korrekte Antwort gab? Bestimmt handelte es sich um eine Fangfrage. Ich musste genau nachdenken. »Istanbul wurde viele Male erobert«, stammelte ich. »Welche Eroberung meinen Sie denn?«

Erdoğan Bey schüttelte den Kopf. »So erziehen Leute wie dein Vater ihre Kinder. Du verstehst es, mit deiner großen Klappe immer das letzte Wort zu haben, aber von der glorreichen Geschichte deiner Nation hast du keinen blassen Schimmer.« Ich durfte ihm auf keinen Fall auf den Leim gehen. Ich musste mich auf die Frage konzentrieren. Die Eroberung Istanbuls … Mit Sicherheit war das eine Fangfrage. Bestimmt meinte er die erste. Aber er redete weiter: »Geh und sag deinem Vater, anstatt sich mit solch billigen Tricks Hoffnungen zu machen, sollte er lieber die Verantwortung für seine Arbeit übernehmen und versuchen, seines Volkes und Vaterlandes würdig zu sein.«

Ich schloss meine Augen. Mir zerplatzte schier der Schädel. Es hatte keinen Zweck, darüber nachzudenken, wie sehr ich mich und meinen Vater erniedrigt hatte, um bei diesem widerlichen Typen Gnade zu erwecken. Und was für ein Dummkopf ich war. Ich musste die richtige Antwort finden. Ich spürte, dass ich ihr immer näher kam.

»Auch da, wo er hingehen wird, soll er auf der Hut sein. Er sollte seinen Platz kennen und auf keinen Fall über den Staat oder seine Vorgesetzten herziehen. Nicht alle sind so gnädig wie ich. Zack, und er ist …«

»1204!«, schrie ich und sprang auf die Füße. »Während des vierten Kreuzzugs!«

Erdoğan Bey zog eine Akte aus seiner Schublade und knallte sie auf den Schreibtisch. »Die Versetzungspapiere deines Vaters. Eigentlich wollte ich sie nächste Woche nach Ankara schicken, aber nun habe ich meine Meinung geändert.«

Ich konnte es tatsächlich nicht glauben. Ich hatte es geschafft. Ich hatte den gordischen Knoten gelöst. Meine Augen waren erfüllt von Stolz und Dankbarkeit. »Ich danke Ihnen, mein Herr.«

Der Herr Direktor vergrub seine Kippe im Aschenbecher. »Ich werde sie sofort absenden, damit sie euch so schnell wie möglich nach Erzurum schicken.«

fünf

die hohle staatsgewalt

Sobald meine lieben Eltern am nächsten Morgen das Haus verlassen hatten, sprang ich aus meinem Bett, in dem ich die ganze Nacht mit Skorpionen und Kakerlaken gekämpft hatte. Ich wollte so schnell wie möglich hinaus auf die Straße, aber die Regenschauer schienen das wenigstens für die nächsten paar Stunden nicht zuzulassen. Ich nutzte diese Zeit unter dem Diwan, um dann wieder einen Kontrollblick aus dem Fenster zu werfen. Leider schüttete es immer noch wie aus Eimern. Man konnte nicht auf die Straße, ohne in Kauf zu nehmen, bis auf die Knochen nass zu werden. Ich hatte keine andere Wahl, als zu Hause herumzuhängen. Die Zeitung, die ich morgens nur überflogen hatte, nahm ich mir nun genauer vor. Gleich neben der Seite, auf der in einer Anzeige zu lesen war, dass heute im Anschluss an das Freitagsgebet Hicabi Beys Trauergebet und Bestattung stattfinden würden, stand in einer Meldung, dass das Klonen von Menschen kurz bevorstünde. Ob seine Söhne nach der Lektüre dieser Nachricht wohl auf die Idee kämen, dem Vater, bevor sie ihn auf seine letzte Reise schickten, eine Extremität zu entfernen? Hunderttausende kreischende dreieinhalbjährige Hicabi Beys, die die Bonbon- und Kaugummibestände in Yakups Krämerladen plünderten, tauchten vor meinem geistigen Auge auf. Das Klingeln des Telefons riss mich aus meinen abartigen Fantasien. »Hallo?«

»Hallo?«

Das Zischen, das dieses Wort begleitete und das nervenschwachen Gemütern so eigen ist, kannte ich nur zu gut. »Eingeschnappte Leberwurst?«

Ein kurzes Zögern am anderen Ende. »Hallo? Ich bin's, Hakan.«

»Guten Tag, Hakan. Wie geht es dir?«

»Nicht schlecht. Und dir?«

»Sehr gut«, antwortete ich. »Sie haben angefangen, Menschen zu klonen.«

»Das freut mich.« Was immer ihn erfreute. »Soll ich vorbeikommen?«

»Ich habe eigentlich vor, rauszugehen, sobald der Regen nachlässt. Ich will mich klonen lassen.«

Er war natürlich sofort beleidigt. »Ich meinte ja nur, falls du mich vielleicht brauchst.«

»Aber klar brauch ich dich. Wer, wenn nicht du, könnte mir die Chaostheorie erklären?«

»Was?«

»Los, komm her.«

»Ich trinke noch meine Milch aus, dann komme ich«, sagte mein aufgeregter lieber Freund und bereute sogleich, dass ihm der Grund herausgerutscht war, warum er mich warten lassen würde. »Ein Glas Milch nach der Schule wirkt Wunder.«

»Kipp die Milch ins Waschbecken und komm«, sagte ich und legte auf.

Zehn Minuten später kam Hakan mit säuerlicher Miene, als hätte er einen kräftigen Fausthieb in die Magengrube kassiert.

»Ich hab dir doch gesagt, dass du diese Milch nicht trinken sollst.«

»Ich will meine Mutter nicht enttäuschen«, sagte er und versuchte seinen nassen Regenmantel aufzuhängen. »Im Augenblick ist sie total gereizt. Das Baby schafft sie. Außerdem haben sie und mein Vater sich momentan ständig in der Wolle.«

Ich nahm ihm seinen Mantel aus der Hand und hängte ihn über einen der Stühle in der Diele. Ich stapfte direkt in mein Zimmer und warf mich auf den Diwan, auf dem zwei Nächte zuvor Rebi Abi geschlafen hatte. Da sah ich, dass der Dussel vor der Tür stehenblieb. Natürlich. Er würde sich im Leben nicht hinsetzen, solange man ihm nicht einen Platz anbot. Bestimmt würden in der Zukunft die heiratswilligen Mädchen ihn heiß begehren. Er verfügte über alle Eigenschaften, die die Damen von einem Waschmittel erwarten würden. »Setzen Sie sich.«

Mit einer Ecke seines Hinterns setzte er sich auf den Stuhl vor meinem kleinen Schreibtisch. »Du warst gestern nirgends zu sehen.«

»Ich war mit meinen Eltern im Büro.«

Nachdem Hakan sich ein wenig auf dem Stuhl hin und her gewunden hatte, beugte er sich nach vorne: »Wir haben alles erfahren.«

Sie hatten also alles erfahren. Es war kein Geheimnis mehr, dass ich die Puppe, die auf dem Fernseher saß, ein paar Mal in der Woche in mein Bett mitnahm und vernaschte. Verfügten sie tatsächlich über derart verlässliche Quellen? »Was habt ihr erfahren?«

»Dass du Gazanfer Abi verpetzt hast«, sagte Hakan und zählte die Linoleumplatten. Es schien, als wollte er mich nicht noch mehr beschämen, indem er mir ins Gesicht sah. Ich sagte ja bereits, ein taktvoller Junge.

»Ich habe niemanden verpetzt«, sagte ich. Wie sie das wohl herausgefunden hatten?

Hakan beantwortete die Frage, die mir gerade durch den Kopf gegangen war. »Du hast doch gesagt, dass du ihn gesehen hast, als er aus Hicabi Amcas Haus kam. Das hat Cemalettin von Gazanfer erfahren. Und Gazanfer weiß es von der Polizei.«

Die Polizei! Ich traute meinen Ohren nicht. »Aber wie ist das möglich?«, stotterte ich.

Hakans Antwort fiel ungefähr so blöd aus wie meine Frage. »Ja.« Da meine Schuld mittlerweile eindeutig bewiesen war, konnte er seine lammfrommen Augen auf mich richten. »Koray Abi haben sie auch festgenommen. Erkin Abi haben sie nicht finden können. Sie suchen ihn.«

»Ich habe niemanden verpetzt«, wiederholte ich mit zusammengebissenen Zähnen.

»Ich denke, du hast dich vollkommen richtig verhalten«, meinte Hakan und betonte damit, dass es unnütz war, meine Schuld abzustreiten. »Ich an deiner Stelle hätte es genauso gemacht.«

Wenn du an meiner Stelle gewesen wärst, hättest du dir bloß in die Hosen gemacht, dachte ich. »Okay, mein lieber blöder Freund«, sagte ich wütend. »Wenn ich Gazanfers Namen verraten habe, warum sollte die Polizei dann hinter Erkan und Koray her sein?«

»Das weiß ich echt nicht«, sagte er in einer besserwisserischen Art, als wäre das mein Problem.

Ich war kurz davor, ihm den Schädel einzuschlagen, als das Telefon erneut klingelte. Sofort rannte ich ins Wohnzimmer und hob energisch den Hörer ab: »Hallo?«

»Hallo? Hier spricht Kommissar Onur Çalışkan.«

»Walter Matthau«, gab ich zurück.

»Wie bitte? Ich hab dich nicht verstanden.«

»Sie rufen wohl an, um mir zu sagen, dass ich in das Zeugenschutzprogramm aufgenommen wurde«, erwiderte ich. »Natürlich muss ich mich noch einer Gesichtsoperation unterziehen. Ich wollte schon immer aussehen wie Walter Matthau.«

Ich hörte lautes Gelächter. Der junge Polizist nahm das Ganze wohl nicht ernst. »Du bist mir vielleicht ein lustiges Kerlchen. Wie kommst du bloß auf solche Sachen?«

»Und wie kommen Sie darauf, einem Psychopathen zu erzählen, dass ich ihn verpfiffen habe?«

Onur Çalışkan hüstelte ein paar Mal, dann gab er eine Erklärung ab, die mich fühlen ließ, dass unser Staat mit all seiner Macht hinter mir stand. »Eh, dings, die Kollegen haben ihm, dings, sie haben halt … Mach dir keine Sorgen.«

»Wie Sie meinen. Was ist der Grund für Ihren Anruf?«

»Kannst du mir kurz deinen Vater geben?«

»Kann ich nicht. Er und meine Mutter arbeiten.«

»Ach herrje!«, entfuhr es Onur Çalışkan. Na so eine Überraschung, dass zwei Menschen Mitte vierzig am helllichten Tag arbeiteten.

»Vielleicht kann ich Ihnen helfen?«

Nachdem er die Lage abgeschätzt hatte, wobei er unverständliche Töne von sich gab, sagte er: »Eigentlich wollte ich deinen Vater darum bitten, dich herzubringen. Kannst du allein hierher kommen?«

»Schon möglich? Worum geht's denn?«

»Darüber reden wir, wenn du hier bist.«

Ich öffnete die Übergardinen einen Spalt breit und sah hinaus. Endlich war der Regen schwächer geworden. »Einverstanden.«

»Ich schicke sofort einen Wagen, der dich abholt«, sagte er mit unverhohlener Freude.

»Machen Sie das auf gar keinen Fall«, platzte es aus mir heraus. »In der Nachbarschaft heiße ich ohnehin nur mehr der Petzer. Da möchte nicht auch noch in einem Polizeiauto gesehen werden.«

»Ist ja gut, nicht böse werden«, erwiderte Onur Çalışkan in bestmöglichem Zeichentrickton. Offen gestanden störte es mich, dass ich so sehr zu seinem Amüsement beitrug. Als oberschlauer Rotzlöffel und Ähnliches hingestellt zu werden war für mich inakzeptabel. Ich spiele für niemanden den Clown. Und für einen Polizisten schon gar nicht. Mit seinen Spielchen vom guten Polizisten konnte er mich nicht herumkriegen. Ich war felsenfest davon überzeugt, dass er mich hassen würde, wenn ich fünfzehn Jahre älter wäre. Ich spürte, dass ich alsbald auf Distanz zu ihm gehen musste, um später nicht das Herz des Burschen brechen zu müssen, damit er wieder zu Verstand käme. Mit eisiger Stimme sagte ich: »Ich werde in zwanzig Minuten dort sein«, dann legte ich auf.

Hakan war hinter mir hergekommen und hatte auf einem der Stühle am Esstisch Position bezogen. »Mit wem hast du denn da so geredet?«, fragte er neugierig.

»Mit der Polizei«, antwortete ich und begab mich in die Diele.

»Du schwindelst!«

Ich konnte mich nicht mit ihm befassen. Wortlos ging ich zur Tür und zog mir einen den Klimabedingungen entsprechenden Mantel über. »Falls du bleiben willst, musst du beim Rausgehen die Tür dreimal mit einem ›Geh mit Gott‹ zuziehen.«

»Warte eine Minute«, sagte er und war bereits neben mir. In der Hand hielt er ein Papier und einen Stift, die er irgendwo herausgezogen haben musste.

»Ich hab's eilig, Hakan.«

»Wir haben heute in der Schule gelernt, wie man einen Brief schreibt. Unsere Lehrerin wollte, dass wir alle einem Freund einen Brief schreiben«, sagte er mit diesem dämlichen Grinsen, das er immer aufsetzte, wenn er von der Schule sprach. Ich wollte mit meinem Fluch schon bei der Lehrerin beginnen, als er schnell weiterredete. »Keine Sorge, ich hab ihn bereits fertig.«

»Und was willst du von mir? Dass ich eine Antwort schreibe?«

Er schüttelte den Kopf. Seine Augen leuchteten. »Ich habe dir den Brief geschrieben.«

»Das hab ich schon kapiert. Leg ihn irgendwohin. Ich lese ihn, wenn ich wieder zurück bin«, sagte ich, während ich meine Springerstiefel aus dem Schuhschrank nahm.

»Das geht nicht«, meinte er. »Ich werde ihn dir per Post schicken.«

Es hatte keinen Sinn, nach dem Grund zu fragen. Ich wusste nur zu gut, dass mein lieber Freund unter jener Starrsinnigkeit litt, die geistig Minderbemittelten so eigen ist. »Tu, was du für richtig hältst, mein lieber Hakan.«

»Beim Krämer sind allerdings die Briefumschläge ausverkauft. Wenn ihr welche da habt, könntest du mir einen geben?« Ein Nein würde er mir niemals abnehmen, denn er wusste, dass meine Eltern haufenweise Schreibwaren aus dem Amt mit nach

Hause brachten. Wütend schmiss ich meine Stiefel in die Ecke, ging ins elterliche Schlafzimmer und zog eine dreißig Jahre alte Air-France-Tasche unter dem Kleiderschrank hervor, die mit Büroartikeln gefüllt war. Ich nahm einen gelben Umschlag mit dem offiziellen Aufdruck vom Amt meiner Eltern und trug ihn zu Hakan. »Ist das denn in Ordnung mit diesem Umschlag?«

»Wenn er dir nicht gefällt, dann geh zum Schreibwarenladen und kauf dir einen ohne Aufdruck, Hakan.«

»Okay, okay. Da ist noch etwas. Sei so gut und schreib deine Adresse darauf«, bat er und drückte mir einen Stift in die Hand. »Meine Handschrift ist so schlecht. Ich hab Angst, dass der Briefträger es nicht lesen kann.«

Ich legte den Umschlag auf den Schuhschrank und tat wie geheißen. »Okay?«

Er schnappte sich den Umschlag und lächelte, als sei er das Wertvollste auf der Welt. Ich wertete das als ein Ja, band meine Stiefel zu und ging hinaus. Auch er zog sich an und sprang aus der Wohnung. Soweit ich mitbekam, vergaß er beim Türschließen auch nicht das Geh-mit-Gott-Gedöns. Ich rannte die Treppe hinunter und machte mich auf den Weg in Richtung Polizeiwache. »Und ich gehe zur Post«, rief Hakan hinter mir her.

Beim Betreten seines Büros hatte ich befürchtet, dass Onur Çalışkan mich mit überschwänglichen Freudebekundungen empfangen würde, aber dem war nicht so. Lächelnd, aber kühl schüttelte er mir die Hand und machte mich mit dem Mann bekannt, der drinnen an dem einzigen Tisch saß und diverse Unterlagen prüfte. »Das ist der Junge, den ich erwähnt hatte.« Dann wandte er sich an mich. »Der Herr Staatsanwalt will etwas sehr Wichtiges von dir.« Der Herr Staatsanwalt also. Daher die maßvollen Bewegungen.

Stille. Der Herr Staatsanwalt hob nicht einmal seinen Kopf von dem, was er da las. Am Schluss bequemte er sich, die Papiere auf den Tisch zu legen und mir in die Augen zu sehen. Mit dem glattrasierten Gesicht, dem sorgfältig gekämmten Oberlippenbart und dem schicken Anzug, der exakt an seinem schlanken Körper saß, verfügte der Herr Staatsanwalt beinahe über ein sanftes Äußeres. Doch wie sehr dieses Äußere trog! Die Autorität quoll ihm schier aus den Knopflöchern. An seinen Augen, die ruhig in meine Seele vorzudringen versuchten, konnte man seine Intelligenz ablesen; an den schmalen, zusammengekniffenen Lippen wiederum ließ sich erkennen, wie erbarmungslos diese Intelligenz war. Er gehörte zu der Sorte Mann, deren Freundschaft sogar sehr viel gefährlicher sein konnte als die Feindschaft Gazanfers. Er bemerkte, dass auch ich ihn abzuschätzen versuchte, und kniff sein rechtes Auge bedrohlich zusammen. Als er mich weiter anstarrte, begriff ich, dass wir das Wer-sieht-zuerst-weg-Spiel spielten. Typen wie er stehen auf dieses Spiel. Sie halten sich für etwas Besonderes, wenn jemand bei ihrer abstoßenden Fratze verlegen wird. Um ihm einen Gefallen zu tun, wandte ich meinen Blick nach oben. Aber gehässig, wie ich war, übertrieb ich bei der Bewegung, so, als erregte ein plötzlich ins Zimmer eindringender Vogel meine Aufmerksamkeit. Es sah schon urkomisch aus, als der Herr Staatsanwalt und Onur Çalışkan mich nachahmten, um den imaginären Vogel ebenfalls zu sehen.

Ich konnte mich nicht beherrschen und lachte los.

»Hat dieser Junge keine Eltern, Kommissar? Wie kann man denn einen Fünfjährigen allein herbestellen?«, fragte der Herr Staatsanwalt mit unverhohlenem Ärger.

Der arme Kommissar trat auf der Stelle, als müsste er dringend pinkeln, und suchte nach einer Antwort. Ich dachte, dass es besser sei, wenn er schwieg. Höchstwahrscheinlich war es egal, was er sagte, es würde den Staatsanwalt ohnehin nur noch mehr in Rage versetzen. Der hatte sich längst fest vorgenommen, ihm ordentlich eins auf den Deckel zu geben. »Meine Eltern sind Beamte wie Sie«, fuhr ich dazwischen. »Sie können nicht nach Lust und Laune der Arbeit fernbleiben.«

»Im Bericht ist der Arbeitgeber vermerkt. Wenn von Seiten der Staatsanwaltschaft keine Vorladung geschickt worden ist

…«, schloss Onur Çalışkan erleichtert meine Steilvorlage mit einem Tor ab.

Der Staatsanwalt sah ein, dass er seinen grundlosen Zorn, der, wie ich vermutete, die Essenz seiner Existenz bildete, nicht an dem Kommissar auslassen konnte, und wandte sich umgehend an mich, um zum Thema zu kommen. »Du hast ausgesagt, dass du vor dem Mord jemanden auf der Straße hast vorbeirennen sehen«, sagte er mit einer Stimme, aus der eindeutig hervorging, dass er das für eine Lüge hielt.

»Stimmt«, bestätigte ich.

»Aber wer es war, weißt du nicht.«

»Stimmt.«

»Würdest du die Person wiedererkennen?«

»Ich glaube nicht.«

Er zog drei, vier Fotos unter dem Stapel Papiere hervor und warf sie vor mich. »War es einer von denen?«

Ich nahm die Fotos und betrachtete sie. Erkin, Koray, Gazanfer sowie zwei Personen, die ich nicht kannte. Nur Erkin lächelte. So posiert hatte er nämlich nicht auf der Wache, sondern in einem Fotostudio. »Vielleicht«, sagte ich und zuckte mit den Schultern.

»Du lügst«, meinte der Herr Staatsanwalt genau so, wie ich vermutet hatte. Das war der Satz, den er in seinem Leben wahrscheinlich am häufigsten verwendete.

Onur Çalışkan trat zu mir und legte seine Hand auf meine Schulter, um mir Kraft zu spenden. »Sieh genau hin. Vielleicht erinnerst du dich.«

Ich schüttelte den Kopf. »Ich kann ihn unmöglich wiedererkennen. Es war dunkel, und ich habe den Mann höchstens eine Sekunde gesehen.«

»Du hast niemanden gesehen«, sagte der Staatsanwalt und erhob sich. Er kam um den Tisch herum und trat an mich heran. »Bei deiner ersten Aussage hast du so etwas auch nicht erwähnt. Du sagtest erst, dass du jemanden gesehen hättest, als man dich danach fragte. Du lügst, um Aufmerksamkeit zu erregen!«

Ich würde mich nicht derart herablassen, auf diesen Unfug eine Antwort zu geben. Sein Problem war eindeutig. Er war mit der Aufgabe betraut worden, einen wichtigen Mordfall zu untersuchen. Er hatte eine Leiche und einen Irren, der völlig durchgedreht neben der Leiche gefasst worden war. Das Einzige, was verhinderte, dass die einfache Verbindung zwischen den beiden amtlich wurde, war meine Aussage. Besser gesagt: ein kleines, aber unappetitliches Detail meiner Aussage. Mehr als an der Wahrheitsfindung war er daran interessiert, die Akte schnellstmöglich zu schließen. Der Herr Staatsanwalt würde jedoch noch lange darauf warten müssen, dass ich schniefend und schluchzend meine Lüge eingestand.

Als der Staatsanwalt eingesehen hatte, dass er nichts mehr aus mir herauskriegen würde, nahm er seinen Regenmantel vom Kleiderständer. Er ging hinaus, ohne uns auch nur ins Gesicht zu sehen, und gab Onur Çalışkan eine letzte Instruktion: »Lasst den Verdächtigen frei.«

Als er gegangen war, stieß der Kommissar die Luft aus, die er Gott weiß wie lange in seinen Lungen gehalten hatte. Er ging zu seinem Sessel und ließ sich hineinfallen. Er wirkte, als habe man ihn geohrfeigt. »Wir haben vielleicht ein Glück. Dass wir es ausgerechnet mit Metin Bilgin zu tun kriegen mussten«, murmelte er.

»Metin Bilgin?«

»Der Staatsanwalt«, erklärte Onur Çalışkan, während er seine Schläfen massierte. »So einen gibt es kein zweites Mal. Der haut einen in die Pfanne. Der Hauptkommissar ist wie vom Erdboden verschwunden, seit er erfahren hat, dass die Aufgabe Bilgin übertragen wurde. Und jetzt dürfen wir es ausbaden.«

Ich setzte mich in den Sessel vor seinem Schreibtisch. Ich zeigte auf das Messingschild mit seinem Namen. »Mein Vater hat auch so eins.«

»Ach ja? Was genau macht dein Vater?«

»Dasselbe wie sie. Er dreht langsam aber sicher durch.«

Onur Çalışkan warf mir einen interessierten Blick zu. »Bist du wirklich fünf Jahre alt?«

»Ich will Sie nicht belehren, aber ich würde vorschlagen, dass Sie diese Typen, die Sie festgenommen haben, mal dem verrückten Ertan gegenüberstellen.«

»Das haben wir längst getan, Herr Oberschlau.«

Oberschlau? Ich hielt das mal seiner Jugend zugute. »Fazit?«

»Nur als er Gazanfer sah, fluchte er ein wenig. Für die anderen interessierte er sich gar nicht.«

»Dass er Gazanfer anfluchte, hat nichts zu sagen. Der Schuft hat den armen Verrückten oft schikaniert«, sagte ich. »Und was denken Sie?«

In Mike-Hammer-Manier hatte er die Füße auf den Tisch gelegt. »Ich glaube, dass du die Wahrheit sagst, aber es scheint als gesichert, dass der verrückte Ertan den Mord begangen hat. Er hatte überall Hicabi Beys Blut an sich. Und auf dem Messer befanden sich seine Fingerabdrücke.«

»Hat der Herr Staatsanwalt den verrückten Ertan verhört?«

»Klar. Er hat seine Aussage höchstpersönlich aufgenommen, um uns zu zeigen, wie man ein Verhör führt.«

»Fazit?«

»Er hat etwas höchst Wichtiges in Erfahrung gebracht«, antwortete Onur Çalışkan und machte dabei keinen Hehl aus seinem Spott. »Der verrückte Ertan hat ihm gegenüber ausgesagt, warum er an jenem Abend Hicabi Beys Wohnung aufgesucht hat.«

Ich hielt meine Aufregung im Zaum. »Ach nee? Warum war er dort?«, fragte ich und stieß dabei in das gleiche Horn.

»Um sich mit seiner Freundin zu treffen!« Da brach der Herr Kommissar in lautes Gelächter aus.

Auch ich konnte mir ein Lachen nicht verkneifen. »Der arme Ertan«, murmelte ich. »Metin Bilgin wird ihn kräftig in die Mangel genommen haben.«

»Aber nein«, sagte Onur Çalışkan. »Er würde sich doch nie die Hände schmutzig machen.« Er wollte noch viel mehr sagen, da schien er sich daran zu erinnern, dass der, der da vor ihm saß, ein Dreikäsehoch war, und verstummte.

»Ich sollte langsam gehen«, sagte ich und stand auf.

»Okay. Komm hin und wieder mal vorbei, dann plaudern wir ein wenig.«

Bevor ich durch die Tür trat, drehte ich mich zu meinem Freund, dem Polizisten, um. »Versprechen Sie mir etwas.«

»Was denn?«

»Dass Sie kündigen, falls Gazanfer mich umbringen sollte.«

Wieder dieses süffisante Lachen. »Du brauchst keine Angst zu haben. Gazanfer wird dir kein Haar krümmen.«

Noch bevor ich das Präsidium verließ, wurde mir klar, warum ich Sympathie für diesen halbschlauen Kommissar empfand. Er hatte etwas, das mich an Hakan erinnerte. Warum ich Sympathie für Hakan empfand, das allerdings wussten allein die Götter.

Ich muss gestehen, dass die Luft nach einem langen Regen, selbst wenn man mitten in der Großstadt wohnt, einen innerlich beflügelt. Es würde nicht lange dauern: Nach nur wenigen Wochen würde man den verrückten Ertan in die Hände von Psychiatern übergeben haben, damit sie seine Seele kastrierten; die Würmer hätten sich durch das Leichentuch gefuttert und wären zu Hicabi Beys sterblichen Überresten vorgedrungen; die Versetzungsanordnung meines Vaters wäre eingetroffen; und Gazanfers Köter hätten meinen Hintern zerfleischt. Während all dem hätte meine Mutter andauernd Wäsche gewaschen. Wer weiß, wie viele Maschinen?

Dennoch lief ich von dümmlichem Wohlgefallen – nennen wir es nicht Glück, sondern lieber so – beseelt und pfiff ein paar Takte des Werkes *Frühlingsklänge* des großen Meisters der klassischen chinesischen Musik, Wu Zhao-Ji. Nach einem halbstündigen Marsch stellte ich fest, dass meine Füße mich an den Eingang des Friedhofs getragen hatten. Das Freitagsgebet musste gerade vorbei sein. Wenn ich mich beeilte, so dachte ich, könnte ich den Trauerzug noch erreichen, der Hicabi Bey die letzte Ehre erwies, und drang in das Reich der Toten ein.

Mit seinen gepflegten Bäumen, den Marmorgrabsteinen, den Grabmälern und dem sich zwischen all dem hindurchschlängelnden blitzblanken Weg war der Friedhof wirklich ein angenehmer und besonderer Ort. Allerdings konnte ich nicht ganz nachvollziehen, warum um alles in der Welt man die Passfotos mancher Verblichener in ihre Grabsteine eingearbeitet hatte. Vor allem, weil man für die Darstellung der verehrten Toten in der Regel Jugendfotos verwendet hatte. Vielleicht bezweckte man damit, den respektlosen Passanten, die beim Anblick der Gräber dachten »die sind tot, aber ich lebe noch« und sich dabei von einer ungebührlichen Freude mitreißen ließen, zu zeigen, dass die Person, die dort lag, einst um ein Vielfaches besser zu leben imstande gewesen war als sie selbst. Vielleicht sollten diese Fotos, die aus Epochen stammten, in denen die besagten Personen den Gedanken an den Tod tief im Unbewussten vergraben hatten, uns auch eine Lektion erteilen und uns zeigen, was aus ihnen geworden war. Ich konnte nicht genau abschätzen, welches Problem die Leute hatten, die dieses System anwendeten, doch – warum sollte ich lügen? – weder erweckten diese nicht mehr existenten Gesichter bei mir irgendwelchen Respekt noch sagten sie mir Dinge wie »carpe diem«. Unter uns gesagt glaube ich nicht, dass die Toten deswegen eingeschnappt sein würden. Zu denken, dass sie das Leben so ernst nehmen, ist meines Erachtens schlichtweg ein bescheuerter Ansatz.

Der Friedhof war weitaus größer und die Anzahl der zu Bestattenden viel höher, als ich angenommen hatte. Derweil fiel mein Blick auf einen Jungen, etwa zwei, drei Jahre älter als ich, in verschlissenen Klamotten, der eine Gießkanne aus Plastik in der Hand hielt und sich an die Rocksäume der Grabbesucher heftete. Gegen eine milde Gabe bot er Bewässerungsdienste für vertrocknete Gräber an. Sofort ging ich zu ihm. »Hey, Kumpel!«

Er starrte mich an. Ich war kein Kunde. Ob ich wohl eine Konkurrenzfirma war? »Was willst du?«

»Ich bin zu einem Begräbnis eingeladen, aber ich bin zu spät. Hast du irgendwo eine große Gruppe gesehen? Wo auch Polizisten dabei waren.«

Als er das Wort »Polizist« hörte, wurde er unruhig und entfernte sich von mir. Ich rannte hinter ihm her. »Hey, Bruder, warte einen Augenblick.«

Er beachtete mich nicht. Nun, da ich mich der Detektivarbeit verschrieben hatte, wollte ich es auch richtig machen. Ich holte ein paar Münzen aus der Tasche und ließ sie in meiner Hand scheppern. Der Bursche blieb wie angewurzelt stehen. Nachdem er mir das Kleingeld abgeluchst hatte, gab er mir wild durch die Gegend fuchtelnd eine Wegbeschreibung. »Geh dem Weg nach. Geh an dem Familiengrab der Firdevs vorbei, und wenn du bei dem von den Şimşirs angekommen bist, geh rüber und stell dich auf das von Halis Deveci, dann siehst du sie.«

Ich hatte keine andere Wahl, als ihm zu glauben. »Gott zum Gruß«, sagte ich und schlug die entsprechende Richtung ein.

»Junge!«, rief er hinter mir her. Ich drehte mich zu ihm um. »Braucht ihr Wasser?«

»Machst du Witze? Der Mann ist noch nicht einmal unter der Erde. Und außerdem, nach dem Regen von heute Morgen, wozu braucht man da dein Wasser?«, sagte ich und setzte meinen Weg fort.

Da kam doch dieser Bengel und hakte sich bei mir unter. »Ich lese auch aus dem Koran.«

»Das brauchen wir nicht, Bruder. Wir haben unseren eigenen Familien-Imam.«

Dennoch schien er mich überhört zu haben und begann, nach rechts und links schunkelnd, mit seiner Krähenstimme Koranverse zu zitieren. Noch immer hielt er meinen Arm fest umklammert. Ich befreite mich aus den Fängen des kleinen Wasserlieferanten-Imams und sagte: »Verschwinde.«

Ich hatte mich fünf, zehn Meter entfernt, als ich ihn hinter mir herschreien hörte: »Ich werde auf eure Gräber spucken.«

Zumindest seine Beschreibung stimmte. Ich musste nicht einmal auf das in der Tat monumentale Grab des ehrenwerten Bürgers der Stadt Siverek, des Vorbilds, guten Ehemannes und gewissenhaften Kurzwarenhändlers Halis Deveci klettern, um den prachtvollen Trauerzug mit den vielen Uniformierten zu sehen.

Unter denen, die die Fatiha für die Seele des Verstorbenen rezitierten, waren neben Hicabi Beys baumlangen Söhnen der Krämer Yakup und seine Familie und noch einige Leute aus der Nachbarschaft, die ich kannte. Ich drängelte mich in die vorderen Reihen und begann die Gesichter der Leute zu studieren. Wenn der Mörder zufällig unter uns war, konnte er sich durch neurotische Mimik oder eine falsche Geste verraten. Eine erbärmliche Methode für einen Detektiv, klar, aber mir fiel nichts Besseres ein.

Nachdem der Imam seine Rede beendet hatte, die er mit dem Arabischen vielleicht sehr zuträglichen, im Türkischen aber hochgradig absurd klingenden Betonungen gewürzt hatte, war nun die Bestattung von Hicabi Beys leblosem Körper an der Reihe. Der spindeldürre Bestatter warf den Spaten zur Seite und war sogleich zur Stelle, aber man stoppte ihn mit den Worten, dass das die Aufgabe derer sei, die dem Verstorbenen am nächsten stünden. Şemi Abi packte das Leichentuch, in welches der Körper eingewickelt war, der einstmals seinem Vater gehört hatte. Als am anderen Ende eine ganze Weile keiner zupackte, richteten sich alle Augen auf Rebi Abi, von dem die Erfüllung dieser Pflicht erwartet wurde. In dem Moment konnte man sehen, wie das Gesicht des jüngeren Sohns giftgrün anlief, ja manche vernahmen sogar ein kurzes Stöhnen, das seiner Kehle entwich. Der Gedanke daran, den Leichnam des Vaters haltend, ins Grab hinabzusteigen, hatte dem Armen eindeutig den Verstand geraubt. Gerade als alle zu der Überzeugung gelangt waren, dass er dieser Aufgabe nicht gewachsen sei – diese Überzeugung konnte ich nur vollstens unterstützen –, trat Rebi Abi vor und stieg in das Grab hinab. Beinahe wäre es ihm gelungen, uns alle zu beschämen. Allerdings weckte etwas unter seinen Füßen seine Aufmerksamkeit, er bückte sich, und als er sich wieder aufrichtete, konnten wir sehen, dass er einen riesigen Schädel in der Hand hielt. Nachdenklich betrachtete Hamlet Abi eine Weile den Totenkopf. Er schluckte. »Ma-maa!«, sagte er, schwankte vor und zurück und fiel dann wie ein Wolkenkratzer, dessen Fundamente man mit Dynamit gesprengt hatte, in der letzten Ruhestätte seines Vaters ohnmächtig in sich zusammen.

Dem Geschrei und Gezeter konnte ich entnehmen, dass die Entscheidung getroffen worden war, Hicabi Bey in den Schoß seiner geliebten Frau zu legen, da die Lücke neben Necla Teyzes Ruhestätte nicht über die notwendige Breite für ein weiteres Grab verfügte. Auf diese Weise erfüllte man auch den letzten Willen des Verstorbenen. Ein Fettsack, der, wie ich vermutete, zur Friedhofsleitung gehörte, hatte den Bestatter am Kragen gepackt und schrie: »Mann, Junge, haben wir dir nicht gesagt, du sollst die Knochen ordentlich zusammenräumen?«

»Chef, ich schwöre, ich hab gestern Abend nachgesehen, da war nichts …«, verfiel der Bestatter sogleich in den natürlichen Abstreitrhythmus.

Hastig wurde Rebi Abi zur Seite gezerrt. Alte Damen versammelten sich um ihn und bemühten sich, ihn mit Kölnisch Wasser wieder zu Bewusstsein zu bringen. Allerdings gaben sie ein solches Gekreische von sich, dass der Arme, wäre er versehentlich zu sich gekommen, im Glauben, er sei gestorben und bei den Teufeln gelandet, vor lauter Angst den Verstand verloren hätte. Zum Glück gelang es Şemi Abi mit der geschätzten Unterstützung des Krämers Yakup, den Vater endlich zu beerdigen, um gleich darauf die Hexen zu vertreiben. Im Anschluss daran verpasste er seinem geliebten Bruder mit der Vorder- und Rückseite seiner Hand höchst entschlossen zwei harte Ohrfeigen.

Unbestritten hatte die militärische Ausbildung dem Mann die Begabung verschafft, schnell zu entscheiden und flott in Aktion zu treten. Ich kann nicht leugnen, daran gedacht zu haben, dass auch die Annahme, Ohrfeigen, die einen munteren Mann niederstrecken, könnten auch einen bewusstlosen Mann wieder aufwecken, auf diese Ausbildung zurückzuführen ist. Die Tatsache, dass Rebi Abi sich nach ein-, zweimaligem Schnaufen an seinem Platz aufrichtete, bewies, wie trefflich sowohl Diagnose als auch Therapie ausgefallen waren. »Ich bin schuld, ich bin schuld«, jammerte der wieder erwachte leidende Sohn. In dem Moment kassierte er von seinem großen Bruder eine weitere Ohrfeige und wurde dann von einigen Polizisten in Paradeuniform auf den Rücksitz eines Autos verfrachtet.

Es war schon seltsam, aber dieses Vorkommnis hatte ganz plötzlich die bedrückte Atmosphäre vertrieben. Während Şemi Abi die Beileidsbekundungen entgegennahm, hatte man innerhalb der Gemeinde bereits mit fröhlichem Geflüster, ja sogar moderatem Klatsch über Hicabi Bey begonnen. Wer weiß, vielleicht hatte Rebi Abis Ohnmacht auch bei allen für ein Gefühl der Erleichterung gesorgt, dass alle genug getrauert hätten. Es schwirrten eine Menge Äußerungen über Themen wie Hicabi Beys Charakter, Vergangenheit, seine familiären Beziehungen und seine Ermordung bis hin zum Tod an und für sich durch die Gegend. Als eine der Frauen über Rebi Abis immerwährende Trotteligkeit schwafelte, sprang der Krämer Yakup, dessen Nähe zu dem verehrten Toten und seiner Familie offen zum Ausdruck kam, sofort für ihn in die Bresche. »Was soll er denn machen, der arme Junge? Die Mutter hat sich umgebracht, der Vater wurde von einem Verrückten ermordet … Das ist einfach zu viel!«

Ich spitzte meine Ohren. Rebi Abis Mutter hatte sich also umgebracht! Sofort begab ich mich zu dem Krämer. Wenn ich ihm die Frage stellte, die ich im Sinn hatte, würde er mich bestimmt nicht ernst nehmen, also zog ich es vor, mit seiner rechthaberischen Ader zu spielen. »Rebi Abis Mutter ist bei einem

Verkehrsunfall ums Leben gekommen«, sagte ich in meiner neunmalschlauen Art.

Der Krämer Yakup sah mich prüfend an und setzte das nervige Lachen derer auf, die den wahren Sachverhalt kannten. »Soll jeder weiterhin so denken. Sie ist aus dem dritten Stock mit dem Kopf zuerst auf den Bürgersteig gefallen, zack, ihr Kopf ist auseinandergekracht wie eine Diyarbakırer Wassermelone, aber …«

»Mann, Yakup, du bist vielleicht taktlos!«, meinte einer aus der Nachbarschaft.

Der Krämer Yakup war beleidigt und drehte sich nach vorne. Aber er war nicht der einzige Schwätzer und Tratscher in der Gemeinde. Eine der Hexen, die kurz zuvor bei Rebi Abi auf die Knie gegangen war, jammerte nun, ihr Kopftuch zurechtzupfend: »Ach, Necla Hanım, ach! Sie war eine so nette Frau. Und sie machte gefüllte Weinblätter, da konnte man sich die Finger danach lecken.« Aus dem Augenwinkel warf sie einen Blick auf Hicabi Beys Grab, das der Bestatter mittlerweile fast völlig mit Erde bedeckt hatte, und fuhr fort: »Man soll ja nicht schlecht über ihn reden, aber die arme Frau hat nicht wenig unter Hicabi Bey gelitten.«

Der Krämer Yakup, der mit Mühe zwei Sekunden den Mund gehalten hatte, tauchte wieder auf. »Ach, jetzt sind sie wieder vereint. Sie mögen beide im Paradies sein.«

Als ich mich von ihnen mit schnellen Schritten in Richtung Friedhofstor entfernte, waren all meine Zweifel restlos beseitigt. Sartre hatte recht. Die Hölle, das sind die anderen.

sechs

jeder buddhist vergöttert einen faschisten

Wie üblich war der Samstag wieder einmal verregnet. Nach einem späten Frühstück begann mein Vater ein Kreuzworträtsel nach dem anderen zu lösen, und meine Mutter stürzte sich auf die Wäsche. Wie die gesamte arbeitende Bevölkerung der Mittelschicht verbrachten sie ihre Arbeitstage damit, auf das Wochenende zu warten, um dann am Wochenende die Arbeit zu vermissen. Sie würden nicht einmal begreifen, wie sie am Ende ihres Lebens angekommen wären. Der Sieg des Systems.

Als keine Wäsche und keine Kreuzworträtsel mehr übrig waren, die noch zu waschen beziehungsweise zu lösen gewesen wären, stellte meine Mutter den Vorschlag in den Raum, gemeinsam Gönül Teyze zu besuchen, die drüben auf der europäischen Seite wohnte. Mein Vater, der sich prima mit ihrem Mann verstand, stimmte sofort zu. Doch für mich war die Aussicht auf die gesteigerte Anzahl an Erwachsenen in meiner Umgebung nicht zu ertragen. Sie davon zu überzeugen, dass sie mich besser zu Hause ließen, war nicht allzu schwierig.

Nachdem ich mir ein paar Stunden unsinniges Zeug im Fernsehen angesehen hatte, stellte ich fest, dass der Regen nachgelassen hatte. Ich steckte meinen Dallas Gold in den Hosenbund und ging hinaus auf die Straße. Ich wusste, dass ich keinen von den Jungs antreffen würde. Am Wochenende ließen ihre Mütter sie nicht so leicht aus dem Haus. Die Väter sollten die Aufzucht ihrer Sprösslinge – die Garantie für ihre erlesenen Gene und die spätere Pflege – verfolgen können und dadurch ihr Sklavendasein in ihren Köpfen ein Quäntchen rechtfertigen. Ein feines Know-how, wie es nur den Frauen eigen ist. Ich mache ihnen allerdings keine Vorwürfe. Würden sich die Männer nicht derart freiwillig in dieses Sklaventum begeben, würde keine der weiblichen Taktiken fruchten.

Ich ging direkt in den Garten von Yüksels Familie, streckte mich trotz der Nässe auf der Wiese aus und begann über den Mord nachzudenken. Ich war mir bewusst, dass meine Behauptung, der verrückte Ertan habe Hicabi Bey nicht getötet, völlig emotional bedingt war. Ich spreche allerdings nicht von einem Gefühl der Sorte: »Ich spüre, dass er nicht der Mörder ist.« Die Verantwortung für ein Verbrechen einem Verrückten aufzubürden machte es der Staatsgewalt nicht nur leicht, sondern passte ihr zugleich auch ins Konzept. »Der Mörder war sowieso ein Irrer« – den Fall mit diesem Satz abzuschließen kam ihnen sehr gelegen. Damit wollten sie andeuten, dass das System so perfekt war, dass man an dem Verstand eines jeden, der gegen die Gesetze dieses Systems verstieß, zweifeln musste. Und genau dieser Denkansatz brachte mich auf die Palme. Wer den Mord begangen hatte, war mir eigentlich egal.

Die Menschen dazu zu verdammen, ihren Geist verfaulen zu lassen, oder so weit zu bringen, ihren Trost in Schnapsflaschen oder Traumwelten zu suchen, ist ein viel größeres Verbrechen, und den Verursachern wollte ich zu gern ihre Heuchelei und Oberflächlichkeit ins Gesicht schreien. Sie sollten verstehen, dass nicht die Verrückten, sondern die geistig Gesündesten imstande sind, bei Leuten ins Haus einzudringen und ihnen die Gurgel durchzuschneiden. Sie sollten wissen, dass ihre an beheizte Klobrillen gewöhnten Ärsche in Gefahr waren, sie sollten nachts nicht mehr ruhig schlafen können. Ich war ein von Hass erfülltes Monster. Je mehr ich feststellte, wie sehr mich der Hass zerfraß, desto mehr hasste ich mich selbst. Ich würde es ihnen heimzahlen.

Ich wischte mir den Rotz an meinem Ärmel ab, dann stand ich auf und rannte in Richtung Güzelyayla. Völlig außer Atem pochte ich an die Tür der Wohnung Nummer vier. Ein ganz in Schwarz gekleidetes Mädchen von etwa sechzehn, siebzehn

Jahren, mit blassem Gesicht und braunem Haar, öffnete mir die Tür. Ich sah, dass sie Mühe hatte, ihr Gleichgewicht zu halten. Die Alkoholfahne, die mir gleich darauf entgegenschlug, erklärte dies hinlänglich. Eine Weile betrachteten wir einander mit leeren Blicken. Dann sagte ich: »Ich hätte gern mit Koray Abi gesprochen.«

»Koray ist nicht zu Hause. Du …« Sie versuchte zu fragen, was für ein Typ ich denn sei.

»Ich bin der Grund dafür, dass die Polizei ihn festgenommen hat. Ich muss mit ihm reden. Wann kommt er denn?«

Ihr Blick war derart leer, dass ich dachte, sie hätte bestimmt keine Ahnung von Koray Abis Festnahme und davon, dass Erkin Abi polizeilich gesucht wurde. »Er ist runter in den Laden«, lallte sie schulterzuckend. »Er ist bestimmt gleich zurück. Komm rein, wenn du willst.«

Ich nahm ihre Einladung an und ging hinein. Sie bat mich in ein Zimmer, in dem sich außer einem einzelnen Sofa sonst nichts befand, das man als Sitzmöbel bezeichnen konnte. Da überall die Gardinen zugezogen waren, war es stockfinster, zudem hatte man seit zirka einhundert Jahren nicht mehr gelüftet. Am grässlichsten war der Krach, der aus der Musikanlage ertönte. Eine Art Horrormusik, erzeugt von einer Band, deren einzige Motivation darin bestand, die Instrumente zu schreddern, und einem Typ, der sich den Arsch aufriss und vorgab, zu singen. Das Mädchen machte ein Bier auf und legte sich aufs Sofa. »Kann ich das ein wenig leiser stellen?«, fragte ich und zeigte dabei auf die Anlage.

»Nervtöter«, lautete ihre Antwort.

Ich wertete das als Bestätigung, und während ich die Lautstärke reduzierte, sagte ich: »Hundert Prozent. Die Musik kann einem echt den letzten Nerv töten.«

Sie stieß ein kindisches Lachen aus. »Das meine ich nicht! Die Band heißt so: Nervtöter!« Sie setzte das Bier so an, dass ich meinte, dass sie dabei gut und gern die Hälfte hinunterkippte. »Die machen geile Musik. Vor allem der Sänger ist einfach super.«

»Mir kam es eher so vor, als würde er blöken.« Ich nahm mir ein Polster vom Sofa, warf es auf den Boden und platzierte meinen kleinen Hintern darauf.

»Du musst die Musik spüren«, meinte sie und zeichnete mit ihrem Arm dem Rhythmus folgend eine riesige Acht in die Luft. »Er bringt den Schmerz zum Ausdruck, indem er ihn hinausschreit.«

»Wahrer Schmerz ist still«, sagte ich. »Wie in einem Altenheim.«

Durch Aufstützen versuchte sie sich aufzurichten, doch als ihr Ellbogen abrutschte, knallte sie mit dem Kopf auf die Armlehne. Mit einem Schmerzensschrei führte sie ihre Hand an den Kopf und massierte die betroffene Stelle. Ihre Bewegungen wurden allmählich aggressiver, und schließlich heulte sie einfach drauf los. »Oh Gott, ich will sterben, sterben will ich!«, brüllte sie nebenbei auch noch lautstark.

Ich war felsenfest davon überzeugt, dass das Weinen für eine Frau ein allzeit erstrebenswerter Seelenzustand war. Ähnlich der Neigung eines in die Luft geworfenen Gegenstandes, auf die Erde zurückzufallen. Deshalb überließ ich sie sich selbst. Nach einer Weile verstummte sie. Sie trank den Rest ihres Bieres aus und setzte sich unter großen Mühen auf. Ihr Blick war starr und auch ein wenig angsteinflößend. »Wie in einem Altenheim«, murmelte sie.

»Häng dich nicht so sehr an meinen Worten auf«, sagte ich genervt. »So ein Zeug gebe ich häufig von mir.«

Sie schlurfte aus dem Zimmer, und als sie zurückkam, hatte sie eine neue Bierdose in der Hand. Diesmal legte sie sich nicht aufs Sofa, sondern setzte sich und zog ein Bein unter sich. Wieder stürzte sie das Bier mit derselben Unbekümmertheit hinunter. Ein-, zweimal schluchzte sie. »Worüber willst du mit Koray reden?«

»Wenn er so säuft wie du, dann über gar nichts«, antwortete ich.

»Bist du ein Zwerg?«

»Das weiß ich nicht. Das wird die Zeit zeigen.«

»Du bist ein Zwerg«, sagte sie und trank weiter. »Über Zwerge lache ich mich immer kaputt.«

Plötzlich war ich fuchsteufelswild. »Eben hast du aber noch geheult wie ein Schlosshund.«

Sie schluckte, ließ ihren säuerlichen Blick durch den Raum schweifen und massierte sich die Schläfen. Ich dachte, dass sie sich ziemlich bald übergeben würde. »Du bist widerlich«, sagte sie und verzog dabei angeekelt ihren Mund. »Ihr seid alle widerlich. Alle Männer. Junge, alte, Knaben, Zwerge … Ihr alle.«

»Stimmt, aber ihr seid auch nicht viel besser«, meinte ich und erhob mich. Ich trat zu ihr, nahm ihr die Bierdose ab und stürzte das Bier hinunter. Verblüfft sah sie mir ins Gesicht. Ich nahm noch einen großen Schluck. »Ihr flüchtet vor der Auseinandersetzung mit euch selbst und instrumentalisiert stattdessen die dämlichen Männer für eure niederträchtigen Gelüste. Wenn eure Wünsche in Erfüllung gehen, kriegt ihr Anfälle von Reue, und wenn nicht, dann erleidet ihr Anfälle von Hysterie.«

Sie starrte leer vor sich hin. Sie war nicht in der Verfassung, meine Worte zu verstehen. Dann nahm sie sich ihr Bier zurück und brummelte: »Wo bleibt dieser Blödmann bloß?«

In dem Moment fiel mir wieder ein, dass ich mich ja in der Wohnung eines der Verdächtigen befand. Womöglich wusste das Mädchen etwas über den Mord. Vielleicht konnte ich mir ihre Trunkenheit zunutze machen und etwas aus ihr herauskriegen. Ich entschied, meinen Druck noch ein wenig zu erhöhen. Allerdings mit kürzeren Sätzen. »Vielleicht kommt er gar nicht mehr. Ich an seiner Stelle tät's nicht. Die Polizei denkt, dass Erkin Abi flüchtet, weil er der Mörder ist, aber ich glaube, er flüchtet vor dir.«

»Das ist eine Lüge!«, schrie sie mit funkelnden Augen. »Erkin liebt mich sehr. Mann, er vergöttert mich … Vergöttern tut er mich!«

Diesmal war es mir offensichtlich gelungen, sie zu einer Reaktion zu bewegen, allerdings in die falsche Richtung. Ihr war es vollkommen schnuppe, dass der Kerl gehängt werden würde; sie interessierte einzig, ob sie geliebt wurde oder nicht. Wer weiß, vielleicht war das auch ein Zeichen für eine höhere Bewusstseinsebene. Jedenfalls durfte ich nicht vergessen, dass ich mit einer Frau sprach. »Ach ja, klar«, erwiderte ich spöttisch. »Dich kann man einfach nur vergöttern. Besoffene Aphrodite!«

»Einen Scheißdreck weißt du«, sagte sie in ihrer widerwärtigsten Art. »Erkin würde sein Leben für mich geben. Und ich für ihn, kapiert? Er ist der süßeste, sanfteste Mensch auf der Welt. Er ist nicht so ein Ochse wie Koray. Er ist sensibel, verständnisvoll …«

»Okay. Dann wünsche ich euch viel Glück. Wenn sie ihn nicht aufhängen, dann kommt dein Liebster in dreißig Jahren aus dem Knast und ihr seid wieder vereint.«

Sie leerte die Dose, wobei ihr das Bier an den Mundwinkeln hinunterrann. »Du bist saublöd. Du kapierst gar nichts. Mein Freund ist doch nicht er, sondern Koray.«

»Koray, der Ochse?«

Sie nickte hastig mit dem Kopf, weswegen sie sogleich heftig rülpsen musste. Gottlob gelang es ihr zum zweiten Mal, nicht zu erbrechen. »Wir werden heiraten.«

»Ah, kapiert«, sagte ich mit dem Verlangen, ihr noch ein wenig mehr wehzutun. »Erkin betet dich an, aber er sieht dich nicht als Frau.«

»Aach, du bist wirklich … du bist saublöd, ey«, erwiderte sie mit einem aggressiven Lachen. »Die sind alle tierisch in mich verliebt. Koray, Erkin, Kayhan …«

Ich schnitt ihr das Wort ab, damit sie die Liste nicht fortsetzte. »Wenn das so ist, warum ziehst du einen Ochsen dem Mann, den du liebst, vor?«

Sie zerknüllte die Bierdose in einer Hand und warf sie in die Ecke. Ihr Gesicht nahm einen säuerlichen Ausdruck an. »Kayhan war stinkreich. Er hatte ein tolles Auto. Er führte mich zum Essen aus und in Diskotheken und so. Immer an teure Plätze.«

»Zum Teufel mit Kayhan! Erzähl mir lieber, warum du Erkin nicht willst.« Das Blut schoss mir in den Kopf. Mir war klar, dass ich vom Pfad des Verhörs abgewichen war, doch auf einmal war mir dieser Punkt wichtiger erschienen als alles andere auf der Welt. Welchen Sinn hat schon die Aufklärung eines Mordes, wenn es uns im Verständnis des Menschen nicht weiterbringt?

Mit geschlossenen Augen seufzte sie laut auf. Verträumt lehnte sie sich zurück und streckte sich. »Erkin«, säuselte sie. »Mein Leben. Ich kann ihm das nicht antun.« Das war also der Grund, dachte ich. Sie kann es ihm nicht antun. Sie will ihn nicht zugrunde richten, indem sie ihr Leben mit ihm teilt. Aber natürlich irrte ich mich erneut. Die besoffene Göttin fuhr fort: »Koray mochte mich gern wie jede andere Frau, doch Erkin liebte mich. Verstehst du das? Mich! Seine Liebe war wahr. Und damit das so bliebe, musste ich nein zu ihm sagen.«

»Aber wieso?«

»Weil die Wahrheit enttäuschend ist.« Während sie kicherte, liefen ihr die Tränen herunter. »Ich habe ihm mein Herz geschenkt. Ich habe alles, aber auch alles mit ihm geteilt. Nachts schlief ich mit Koray, und gegen Morgen ging ich zu Erkin und schmiegte meinen Kopf an seine Brust, bei ihm fand ich Frieden. Ich erzählte ihm, was Koray mir alles angetan hat. Manchmal übertrieb ich dabei kräftig. Ich sagte, dass Koray mich schlug und mich im Bett wie eine miese Hure behandelte. Erkin hörte mir still zu. Ich weiß, dass ich ihm sehr viel Schmerz zugefügt habe. Aber ich hatte keine andere Wahl. Wie hätte er mich sonst verstehen können? Mein Schatz. Ich kann ihm das nicht antun …«

Ich verspürte ein Brennen im Magen, und ich sah wohl etwas verschwommen. Der Alkohol bekam mir nicht. »Wie kann man nur so grausam sein?«, sagte ich, weniger zu ihr als vielmehr zu mir.

»Wie kannst du mich verurteilen, du dreckiger Zwerg?«, schrie sie. »Weißt du eigentlich, dass ich dieses elende Leben keine einzige weitere Minute ertragen könnte, wenn da nicht der Traum von den glücklichen Tagen in der Zukunft mit Erkin wäre?« Dann begann sie laut schluchzend zu weinen. Damit sie nicht zusammenbrach, hatte sie ihren rechten Arm als Stütze zwischen Schoß und Kinn geklemmt, während sie vor und zurück schwankte. »Ich bin nicht grausam«, wimmerte sie. Sie sah wirklich höchst bemitleidenswert aus.

Sie zimmerte sich also eine glückliche Zukunft mit Erkin zurecht. Vielleicht schlummerten hinter all diesem Unsinn für sie logische Beweggründe. Ich war voller Reue und Mitleid. Behutsam sank ich neben sie. Mittlerweile knabberte sie nicht mehr an ihren Fingernägeln, sondern geradewegs an ihren Fingern. An ihrem Seelenzustand waren neben ihrem Rausch die Missgeschicke, die sie in der Vergangenheit erlebt hatte, garantiert ebenso beteiligt. Die Nervensägen hatten eine langsame, psychedelische Melodie angeschlagen. Mittlerweile kam mir die Musik gar nicht mehr so übel vor. Der Mensch gewöhnt sich eben an alles. Ich nahm ihre Hand und zog sie zwischen ihren Zähnen weg. Ich war finster und gütig wie der Tod. »Erzähl mir von deinen Träumen.«

Sie zog die Nase hoch und klemmte meine Finger zwischen ihren Händen fest. Sie starrte in die Ferne und begann zu erzählen: »Ich heirate Koray, und Erkin … diese blonde Nutte. Beide Ehen verlaufen entsetzlich. Wir sind todunglücklich. Hin und wieder treffen wir uns. Wir reden über dies und das, wir lachen uns an, doch unsere Blicke erzählen uns die ganze Wahrheit. Etwa zehn Jahre später kommt Koray bei einem Motorradunfall ums Leben. Ich bin Anfang dreißig … Ich heirate Kayhan. Erkin ist inzwischen an die Spitze des Transportunternehmens seines Onkels getreten und sehr reich geworden. Von dieser Schlampe hat er sich getrennt und … er hat sich aufgemacht nach Tibet. Um Buddhist zu werden und die Wahrheit zu finden. Er hat immer gesagt, dass er das machen wird. Wir haben ihm nicht geglaubt. Aber siehst du, am Ende tut er, was er sagt. Meinetwegen … also dank mir. Ich bin mittlerweile reich. Ich schwimme im Geld und im Luxus. Meine Ehe ist allerdings noch schlimmer als die erste. Kayhan ist drogenabhängig. Mich gewöhnt er auch an das Zeug. Nach ein paar Jahren fängt er an, Prostituierte mit nach Hause zu bringen. Mein Schwiegervater hat wiederum ein Auge auf mich geworfen. Ekelhaft! Und eines Nachts vergewaltigt er mich wohl … Aber ich bin mir nie sicher. Denn in jener Nacht habe ich jede Menge Tabletten geschluckt, und meine Erinnerung verbirgt sich hinter einem Nebelschleier. Ich will glauben, dass ich nur einen Alptraum gesehen habe, doch die Blicke meines Schwiegervaters sagen mir, dass das alles wahr ist. Tag und Nacht krümme ich mich vor Migräne. Ich unternehme mehrere Selbstmordversuche, aber stets werde ich gerettet. So vergehen die Jahre. Und dann stirbt Kayhan. Mit fünfundfünfzig werde ich zum zweiten Mal Witwe.«

Ich wollte etwas sagen, doch ich hatte einen Knoten in der Zunge. Mir glühten die Ohren. Ich war mir nicht sicher, ob ich noch mehr ertragen können würde, doch zwischen ihrem Schluchzen und Rülpsen gab sie sich wie gefangen ihren sadomasochistischen Fantasien hin. »Als ich von Kayhans Beerdigung zurück bin, klingelt es an der Tür und vor mir steht er … Erkin. Zurück aus Tibet. Wir sehen uns an, ohne ein Wort zu sagen. Schließlich sagt er zu mir: ›Du hast das Glück nicht finden können.‹ ›Und du nicht die Wahrheit‹, erwidere ich. Er schüttelt den Kopf und lächelt. ›Ich bin nicht dorthin gefahren, um die Wahrheit zu finden, sondern um sie zu vergessen‹, gibt er zurück. Er beugt sich vor und küsst mich. Doch ich erwidere den Kuss nicht. Da versteht er, dass er das nie wieder tun darf. Nach diesem Kuss allerdings habe ich nie wieder Kopfschmerzen. In jener Nacht rolle ich mich neben ihm ein und schlafe, während er meine Hand hält. Ich schlafe friedlich und fest. Ich lasse ihn nie wieder weg. Nach Jahren spazieren wir auf einem auf Trümmern angelegten Blumengarten, und er sagt mir Gedichte auf und erzählt Geschichten. Die Vergangenheit erwähnen wir niemals. Hin und wieder denken wir, wenn doch alles bloß anders gekommen wäre, und grämen uns. Und …« In dem Moment erlitt sie einen Weinkrampf und konnte nicht weitersprechen. Sie weinte sich aus, während sie meine vor Schreck schweißnasse Hand noch immer festhielt. Dann richtete sie ihre blutunterlaufenen, angsterfüllten Augen auf mich. »Erkin hat nichts damit zu tun.«

Wir hatten noch nicht zum Thema kommen können, aber nun war das Thema zu uns gekommen. Allerdings war ich vollkommen durcheinander. Ich schluckte und versuchte, meine fünf Sinne zusammenzunehmen. Ich wusste, dass jedes falsche Wort alles kaputt machen konnte. »Ich glaube dir.«

»Ach, wegen diesem Mädchen wird sein Leben zerstört. Unser Leben!«

»Wer ist dieses Mädchen?«

»Diese Schlampe. Die er angeblich liebt. Aber eigentlich liebt er mich.«

»Daran habe ich keinerlei Zweifel«, sagte ich eilig. »Wie heißt sie? Wie wird sie euer Leben zerstören? Du musst es mir erzählen. Vielleicht kann ich helfen.«

»Uff! Ich kenne ihren Namen nicht. Erkin hat uns nicht viel von ihr erzählt. Er hat sich nämlich geschämt, weil sie eine Hure ist.« Sie fing an, stockend zu atmen, und das war kein gutes Zeichen. In Kürze würde sie alles von sich geben, was in ihr war. Nachdem ich das Fenster geöffnet hatte, um etwas frische Luft hereinzulassen, ging ich wieder zu ihr zurück. »Dieser Polizist, der ermordet wurde«, murmelte sie, »er war kein guter Mensch. Ich weiß das. Ich glaube, das Mädchen hatte ein Problem mit ihm. Ich weiß nicht genau, aber ich meine, das Weib hat Erkin angestachelt, den Bullen umzubringen. Und weil sie ihn nicht rumgekriegt hat, hat sie es selbst gemacht. Ja, diese Nutte hat den Mord begangen!«

Die Art, wie sie die beiden letzten Sätze gesagt hatte, ließ in mir den Gedanken aufkommen, dass sie etwas verbarg. Um das herauszufinden, musste ich mich eines Bluffs bedienen. »In der Mordnacht hab ich gesehen, wie Erkin Abi Hicabi Beys Haus verließ und hier hereinging«, sagte ich mit all meiner faschistischen Erbarmungslosigkeit.

Plötzlich richtete sie ihre gar nicht mehr so blöd dreinblickenden Augen auf mich. Sie versuchte herauszufinden, ob ich die Wahrheit sagte. Sie war ein intelligentes Mädchen, um ehrlich zu sein. Aber natürlich nicht so intelligent wie ich. Sie holte tief Luft und begann mit ihrer Story: »Einen Tag vor dem Mord hörte ich, wie Erkin mit Koray über irgendwelche Fotos sprach. Fotos, die der Alte besaß. Erkin wollte, dass Koray ihm dabei half, diese Fotos zu besorgen, aber Koray lehnte ab. Deswegen haben sie auch gestritten.«

»Was für Fotos waren das?«

»Ich weiß es nicht«, schrie sie aufgebracht. »Deshalb ist Erkin ja in jener Nacht zu dem Polizisten gegangen, kapierst du das? Um diese Fotos zu holen. Als er um Mitternacht zurückkam, war ich noch wach. Er war in einem grauenvollen Zustand. Er sagte, der Polizist sei tot. Dann packte er schnell seinen Kram zusammen und verduftete. Ich weiß nicht, wo er ist, aber ich bin sicher, dass er den Mord nicht begangen hat.«

»Wieso?«

»Weil er nicht buddhistischer Mönch werden kann, wenn er einen Mord begangen hat.«

Ich senkte den Kopf. »Ich verstehe.«

Als ein Knarren an der Eingangstür zu hören war, klammerte sie sich wieder an meine Hände. Wenn ich mich nicht irrte, hatte sie sich in mich verliebt. Aber ich konnte mich natürlich irren. Eine Sekunde später glotzte uns Koray Abi mit zwei großen Tüten voller Bierdosen in der Hand blöd an. »Yeşim! Wo kommt der Junge denn her?«

Zum ersten Mal wurde ich beim Zusammensein mit einem Mädchen in flagranti von ihrem Freund erwischt. Gar nicht schlecht für einen Fünfjährigen. Ich machte flotte Fortschritte.

»Du hast einen sehr schönen Namen, Yeşim«, sagte ich und platzierte einen Kuss nahe an ihren Mundwinkel, dann ging ich mit entschlossenen Schritten auf meinen Konkurrenten zu. »Pass bloß auf, was du tust. Ich werde dich genau beobachten.« Doch sofort bereute ich, was ich getan hatte. Erstens hatte das Gespräch mit Yeşim gezeigt, dass Koray Abi eine Menge wusste und es von großem Nutzen für mich wäre, seine Aussage aufzunehmen. Zweitens konnte es, so stark die Persönlichkeit auch war, leicht ins Lächerliche gehen, jemandem zu drohen, der einen Meter größer war als man selbst.

Auch wenn ich nicht gerade einen Höhenflug erlebte, so war ich doch ein wenig stolz auf mich. Warum auch nicht? Ich stand kurz davor, die Identität des Mörders zu ermitteln. Ich würde den verrückten Ertan retten. Ich würde Metin Bilgin zeigen, wer ich war. Ich war ein attraktiver Mann. Ich will allerdings nicht verschweigen, dass diese Bewunderung meiner selbst ein wenig überschattet war von einer unbestimmten Scham. Das mochte daran liegen, dass ich zum ersten Mal ein Mädchen »so« geküsst hatte, dass ich sie hereingelegt hatte, um sie zum Reden zu bringen, oder vielleicht daran, dass Glück mir nicht vergönnt war. Natürlich war es auch möglich, dass ich mich unwohl dabei fühlte, mein Glück auf Erkin Abis Untergang aufzubauen. Wenn man Yeşims Pläne für ihn mitberücksichtigte, wäre es für Erkin Abi womöglich gar nicht so übel, die nächsten dreißig Jahre im Knast zu verbringen. Sie sehen schon, ich war vollkommen verwirrt. Der Eintritt in die Männerwelt war gar nicht so einfach.

Ich hatte gerade einige Schritte in Richtung Ausgang gemacht, als ich den Körper bemerkte, der sich stocksteif vor der Haustür aufbaute. In dem Augenblick, in dem ich diesen Menschensohn erkannte, der glückselig lächelte wie ein Zen-Buddhist, der das Nirwana erreicht hatte, verzog sich die Wolke unter meinen Füßen, und ich krachte verdientermaßen auf die Erde zurück. »Sieh an«, zischte Gazanfer und bückte sich, um seine plötzlich auftauchenden Hunde Rex und Pluto am Hals zu kraulen. »Wen seh ich denn da? Einen kleinen Petzer.«

»Und ich sehe drei dreckige Hunde«, sagte ich. Ich glaube, das Leben ist gegen die Natur des Menschen. Zumindest gegen meine.

»Und, wie geht's?«

Es beunruhigte mich doch sehr, dass er sich mit einem dämlichen Grinsen nach meinem Befinden erkundigte, anstatt einen Wutanfall zu bekommen. Ich vermutete, dass er umso mehr frohlockte, je länger die Liste wurde, für die ich in Kürze zur Rechenschaft gezogen werden sollte. Ich war ehrlich gestanden derart nervös, dass man es mit Fug und Recht mit einem »Ich schiss mir in die Hose« umschreiben konnte. Es wäre sicher von Vorteil, mich ein wenig diplomatischer zu verhalten. »Normal.«

»Normal.« Er hob den Kopf und zeigte sein aufgequollenes und mit blauen Flecken übersätes Gesicht. »Ist das deiner Meinung nach auch normal?«

»Normal. Jeder, der Prügel bezieht, sieht hinterher so aus.«

Gazanfer sah gedankenverloren nach oben. Unentschlossen bewegten sich seine Lippen, dann richtete er sich auf und sagte mit ziemlich zärtlicher Stimme: »Ich reiß dir den Arsch auf.« In dem Moment, in dem er mit einem Fingerzeig auf mich den Befehl zum Angriff gab, begannen Rex und Pluto auch schon hasserfüllt zu knurren. Das Einzige, was ich tun konnte, war, mich umzudrehen und Reißaus zu nehmen in Richtung einzigen Fluchtweg, zur Hintertür des Güzelyayla. Umgehend tat ich das Notwendige. Eine Sekunde später befand ich mich im Garten des Hauses, in dem mein lieber Freund, der rotznasige Cemalettin, und natürlich auch mein Erzfeind Gazanfer wohnten. Weder Cemalettin noch eines seiner zweiundachtzigtausend Familienmitglieder waren zu sehen. Die stets offene Tür war geschlossen, die Gardinen waren fest zugezogen. Die gesamte Familie schien kooperiert zu haben, um für den großen Bruder die passendste Mordkulisse zu schaffen. Vielleicht bereiteten sie sich auch darauf vor, Sonnenblumenkerne knabbernd meine Abschlachtung zu verfolgen. Die Köter hatten sich bereits unter wildem Gebell an meine Fersen geheftet. Ich bedauerte zutiefst, dass ich die beiden an jenem Abend nicht vergiftet und Hicabi Bey mit auf den Weg gegeben hatte.

Panisch verbarrikadierte ich mich in einem der ehemaligen Kohleschuppen. Eine saublöde Idee. Die Hunde hatten sich auf direktem Weg vor mein Versteck begeben. Drinnen gab es keinen Riegel oder Ähnliches, um die Tür geschlossen zu halten. Ich hatte mich selbst in eine aussichtslose Lage gebracht. Es konnte nur noch Sekunden dauern, bis Gazanfer hier war. Innerlich stieß ich einen derben Fluch gegen Onur Çalışkan aus. Als die Schritte näher kamen, fiel mir kein besserer Ausweg ein, als Zeter und Mordio schreiend um Hilfe zu rufen. Andererseits wusste ich, dass mir das kaum nutzen würde. Zudem wollte ich mich vor einem solchen Strolch auch nicht derart erniedrigen. Ich musste mich körperlich auf eine ordentliche Rauferei vorbereiten. Doch als sich die Tür des Kohleschuppens öffnete und ich Nase an Nase mit Gazanfer kam, bewegte sich meine Hand reflexartig zu dem Dallas Gold in meinem Hosenbund. Ohne auch nur im Geringsten zu zögern, schoss ich ihm alle in der Trommel befindlichen Plastikpatronen ins Gesicht. Die ersten Patronen versetzten ihn zunächst nur in Erstaunen. Doch gerade als ich dachte, ich hätte meinen letzten Trumpf ausgespielt und verloren, wich er mit einem fürchterlichen Schrei zurück. Er hatte die Hände vors Gesicht geschlagen und krümmte sich vor Schmerzen. Ich hatte Gazanfer ins Auge geschossen. Im Kampf ums Überleben stieß ich den Armleuchter weg und stürzte mich zwischen den Hunden hindurch auf die Holzleiter, die an die gegenüberliegenden Kohleschuppen angelehnt stand. In zwei Schritten war ich oben und sah mich nach rechts und links um. Hinunterzusteigen wäre dem Selbstmord gleichgekommen. Gazanfer, den ich zum zweiten Mal innerhalb einer Woche fertiggemacht hatte, war mit aus vielerlei Gründen blutunterlaufenen

Augen auf den Holzschober geklettert und lief auf mich zu. Flink überwand ich den Stacheldraht und stürzte mich in Ruhan Beys Garten. Mein Sturz fiel weitaus härter aus als angenommen. Meine Knie bluteten, und der Draht hatte mir Hände und Gesicht aufgerissen. Ich verschob die Schadenskontrolle auf später und richtete mich auf, um mit all der mir zur Verfügung stehenden Kraft zu der Villa zu rennen. Ohne nachzudenken drang ich durch eines der glaslosen Fenster im Erdgeschoss ins Haus ein. Noch immer konnte ich hören, wie Gazanfer Flüche und Drohungen hinter mir herrief. Ich lehnte mich an die Holzwand an und atmete tief durch. Meinen Revolver nach wie vor in der Hand, sank ich auf den Boden und fing an zu lachen. Ich erlebte die aufregendsten Tage meines Lebens. Ich war umgeben von Feinden, die vernichtet, und von Frauen, die vernascht werden sollten. Wobei, meine Waffe war aus Plastik. Und meine Frauen auch. Dennoch war das immer noch besser als gar nichts.

sieben

denkzettel der dämonen

Nach einer kurzen Verschnaufpause analysierte ich schnell meine Lage. Gazanfer hatte sich zwar nicht getraut, von der Mauer zu springen, aber ich war mir sicher, dass er mich nicht so leicht laufen lassen würde. Wegen der hohen Mauern, die den Garten der Villa umgaben, würde ich das Gartentor zur oberen Straße hin benutzen müssen. Es leuchtete ein, dass Gazanfer dort mit seinen Kötern Stellung beziehen würde, um mich zu erwarten. Eventuell könnte er sogar den Mut aufbringen und den Garten betreten. Wenn man bedenkt, dass ich in Rex' und Plutos hochentwickeltem Geruchsgedächtnis zu denen gehörte, die zuallererst zu zerfleischen wären, hatte ich draußen keinerlei Chance. Das Vernünftigste wäre, mich ein paar Stunden nicht von der Stelle zu rühren.

Das Zimmer, in dem ich Zuflucht gesucht hatte, war vollkommen leer. Einen Großteil der einfachen Bodenbretter hatten die Holzwürmer erledigt. Zur Beleuchtung dieses offensichtlich wenig genutzten Raumes war ein Riesenloch in eine der versifften Wände gebohrt worden, aus dem ein Kabel mit einer Glühbirne heraushing. Das Einzige, was zur Anregung der Fantasie beitrug, waren die unterschiedlich großen Spachteln, Schneidwerkzeuge, Kleber und Blechdosen voller undefinierbarer Flüssigkeiten. Auffällig war der Müll wie etwa leere Büchsen und Zigarettenschachteln, die wahllos weggeworfen worden waren. Aber warum verursachte dieses übliche Bild des Elends, das man in der Behausung eines jeden Irren, der in die Jauchegrube des Lebens gedrängt worden war, antreffen konnte, ein merkwürdiges Unwohlsein? Gleich darauf verstand ich, warum. Der Grund war der Geruch. Jener angenehme und auf seltsame Weise bekannte Geruch, der in krassem Gegensatz zu dem verwahrlosten Zustand des Hauses stand.

Obwohl ich mir suggeriert hatte, dass ich diesen Raum nicht verlassen, ja mich nicht einmal von der Stelle rühren durfte, hielt ich es gerade mal fünf Minuten aus. Das Stillsitzen bekam mir natürlich nicht.

Seltsame Gedanken über den Mord, Gazanfer, seine Hunde und – warum auch immer – die Vorschuldirektorin fielen in beliebiger Abfolge über meinen Geist her und pickten wie Aasfresser an meinem Gehirn. Andererseits wollte ich, wenn ich schon in die Behausung des geheimnisvollsten Mannes in unserer Straße geschlüpft war, mich wenigstens ein bisschen umsehen und verstehen, mit was für einem Typen wir es zu tun hatten. Während meines Wettlaufs mit dem Tod hatte ich Ruhan Beys Lieferwagen nicht an seinem üblichen Platz stehen gesehen. Ich war also höchstwahrscheinlich allein im Haus. Eigentlich war es auch nicht vernünftig, derart vor ihm zu bibbern. Okay, er sah abstoßend aus, aber waren nicht letztlich alle Menschen auf der Welt abstoßend, ja sogar böse? Wir mussten böse sein, um unseren Fortbestand zu sichern. Sollte es früher einmal gute Menschen gegeben haben, so war von ihren Genen auf Erden nichts mehr übrig. Nehmen wir mich als Beispiel: ein Knabe, der täglich mehrere Stunden unter dem Diwan verbrachte, im Dorftrottel des Viertels seinen Seelenverwandten sah, im Angesicht einer Leiche mit durchgeschnittener Kehle nicht mit der Wimper zuckte, Fantasien mit zwanzigjährigen Frauen nachhing und ein Faible für Waffen und Alkohol hatte. Das Porträt des Monsters als kleiner Junge. Der wiedergeborene Rasputin.

Ich holte tief Luft, verließ mein Versteck und fand mich sogleich in der Diele wieder. Zu meiner Rechten befand sich die große Haustür, links von mir die Küche und die Wendeltreppe ins obere Stockwerk. Genau vor mir gab es einen zweiten Raum. Ich begab mich direkt dorthin. Der kleine Tisch in der Mitte, der

Diwan an der Seite sowie ein altes Radio und natürlich ein Fernseher waren klare Indizien dafür, dass ich mich im Wohnbereich des Hauses befand. Und die bunten Blumen in jeder Ecke. Bestimmt standen hundert Blumentöpfe in dem Raum. Ich musste lachen. Ein Kerl mit so einem muffigen Gesicht und doch ein Blumenfreund! Es war wirklich schwer, die Menschen zu kennen.

Meine zweite Anlaufstelle war die Küche. Zwar verspürte ich einen Anflug von Enttäuschung, als ich nichts Kühlschrankähnliches entdecken konnte, doch als ich einen Vorratsschrank voller Frühstückssachen wie Kekse, Milch und Marmelade erblickte, durchfuhr mein Herz ein wohligwarmes Gefühl. Ich krepierte beinahe vor Hunger und machte mich sogleich über das Essbare her. Je mehr ich mir die Wampe füllte, umso mehr fühlte ich mich dem Leben verbunden, sodass ich sogar einen Hauch von Sympathie für Gazanfer empfinden konnte. Ich kippte gerade ohne jegliches Schamgefühl ein großes Glas Milch hinunter, als ich auf einmal eine Gänsehaut bekam – lag es an dem Knarren oder an dem komischen Geruch, den ich schon eingangs gerochen hatte und der mir jetzt noch intensiver in die Nase fuhr? –, die Mampferei umgehend einstellte und aus der Küche floh. Aufmerksam schnupperte ich in die Luft. Nein, der verdammte Geruch stammte nicht von den Blumen. Andererseits schien alles normal zu sein. Vielleicht nahm mit dem Sättigungsgrad auch die Feigheit des Menschen zu.

Meine Aufmerksamkeit wandte sich der Treppe zu, die sich von Anfang an in einem Winkel meines Gehirns eingenistet hatte. Ich beendete meine kulinarischen Genüsse und setzte meine Suche nach Zoff fort, indem ich behutsam die bei jedem Schritt knirschenden Stufen hinaufstieg. Am Ende der Treppe erwartete mich eine geschlossene Tür. Ohne Rücksicht auf die enormen Schwingungen des Verbotenen stieß ich auch diese Tür auf. Wie ich bereits vermutet hatte, war dies der Raum, in dem Ruhan Bey sich seinen Träumen hingab und sich vorzugsweise einen runterholte. An der Zerwühltheit des riesigen Betts war nichts

Ungewöhnliches, verwunderlich war eher die Sauberkeit des Bettzeugs. Offensichtlich hatten wir den armen Mann jahrelang ungerechtfertigterweise als Menschenschlächter abgestempelt. Natürlich gab es keine Regel, die besagte, dass Menschenschlächter keine Blumen mochten oder ihr Bettzeug nicht wechselten, doch schien es eher einzuleuchten, dass Ruhan Bey ein armer Teufel war, der ein weitestgehend normales Leben zu führen versuchte. Genau in dem Moment entdeckte ich die Arzneischachteln und die Spritzen auf seinem Nachttisch. Soweit ich sehen konnte, handelte es sich bei der Schachtel um Morphinderivate. Als ich die Schublade öffnete, fand ich noch einen Haufen andere Medikamente. Dann sah ich die roten Pünktchen auf dem Kissen; die Fenster, die mithilfe von riesigen Pappstücken lichtundurchlässig gemacht worden waren; und dass es keine einzige Pflanze im Zimmer gab. Der Tod lag in der Luft.

Das Brummen eines motorisierten Fahrzeugs hielt mich davon ab, mich neuen Fantasien hinzugeben. Ich sprang ans Fenster und stellte beim Blick zwischen den Pappstücken hindurch fest, dass meine Befürchtung eingetreten war. Ruhan Bey parkte gerade seinen Lieferwagen. In einem Satz rannte ich die Treppe hinunter. Eigentlich wollte ich auf dem gleichen Weg wieder abhauen, auf dem ich hereingekommen war, aber der Teufel musste mich geritten haben, denn ich ging in die Küche, um die Sachen wegzuräumen, die ich auf dem Tisch stehengelassen hatte. Sobald ich fertig war, bewegte ich mich in Richtung des Zimmers auf der rechten Seite, doch kaum hatte ich zwei Schritte gemacht, als sich auch schon die Haustür öffnete. Da bemerkte ich unter der Treppe eine Nische, die mir vorher irgendwie nicht aufgefallen war, und eilte dorthin. Zum Glück sah ich in letzter Sekunde, dass es hier eine Mulde gab, die einen halben Meter tief lag, und vermied so, auf dem Boden aufzuschlagen. Mittlerweile konnte ich hören, dass Ruhan Bey ins Haus getreten war. Nachdem ich in die Grube gesprungen war, die an ein kleines Grab erinnerte, stieß ich wieder an eine Tür.

Ich fühlte mich wie in jenem berühmten Märchen mit den vierzig Türen und war nun an jener Tür angekommen, die sich niemals öffnen durfte. Bekanntermaßen muss ein unternehmungslustiger Trottel kommen und dieses Gesetz brechen, wenn man vorankommen will. In Erfüllung dieser Pflicht drehte ich vorsichtig den Türknauf. Dann betrat ich den Raum, vielleicht ein Lager oder eine Rumpelkammer, vielleicht aber auch der Ort, an dem Ruhan Beys Produkt eines irrsinnigen genetischen Experiments hauste, sein mordender Bruder mit den drei Augen und den sieben Hoden. Jener unglückselige Geruch schlug mir mit all seiner Intensität entgegen. Drinnen war es stockdunkel. Einzig die wenigen nach unten führenden Treppenstufen waren auszumachen. Vergeblich suchte ich überall nach einem Lichtschalter. Dies aber stellte für meine Wenigkeit, die es sich zum Motto gemacht hatte, stets allem auf den Grund zu gehen, natürlich kein Hindernis dar. Ich verschloss meine Ohren vor den Entsetzensschreien der Blumen oben im Zimmer, presste meine Handflächen an die Wände rechts und links von mir und stieg langsam die Treppe hinunter. Mit jeder Stufe verlor sich auch noch das letzte bisschen Licht. Da befiel mich irgendwie der seltsame Gedanke, dass der Mensch Licht brauchte, weil er den Anblick Gottes nicht ertragen konnte. Gott war die Dunkelheit. Wer sonst könnte Ihnen näher sein als Ihre Aorta, allgegenwärtig und allsehend sein und Sie allzeit umgeben? Sie würden ihn nicht sehen können, weil er sich stets hinter dem Licht verbarg. Ich atmete den betäubend schönen Duft ein und genoss diese »Erleuchtung«, als meine Hand an der Wand einen Lichtschalter zu fassen bekam. Ohne auch nur den Bruchteil einer Sekunde nachzudenken, drückte ich auf den Knopf. Das Licht war schwach, aber es genügte mir. Um Hicabi Bey zu sehen, der mit dem schönsten Ausdruck von Hass im kalkweißen Gesicht seine unheilvollen Hände bedrohlich nach meiner Kehle ausgestreckt hatte. Auch wenn ich von einem völlig neuen Horrorgefühl geschüttelt wurde, das nur wenigen Menschenkindern vergönnt ist, so war ich doch keineswegs erstaunt. Denn selbst wenn ich nicht gewusst hätte, dass Hicabi Bey tot war, so hätte ich doch mit einem kurzen Blick in jene blutrünstigen, eiskalten Augen erkannt, dass der, der da vor mir stand, der Satan in persona war. Nun war ich also an dem Ort, den ich mir stets in meinen Tagträumen vorgestellt hatte: in der Hölle. In dem festen Glauben, dass ich wenig später all meine Erinnerungen und Gedanken einbüßen würde, sie zumindest für mich all ihre Bedeutung verlieren würden, lehnte ich mich mit dem Rücken an die Wand, sank auf die Knie und wartete. Doch als die Minuten vergingen und der Satan keinerlei Anstalten machte, über mich herzufallen, hob ich den Kopf und sah ihn an. Es war schon seltsam, aber als ich Dutzende Dämonen mit mindestens ebenso grässlichen Gesichtern hinter ihm stehen sah, war ich irgendwie erleichtert. Vielleicht dachte ich, dass durch die Verantwortungsdiffusion das Maß an Hass pro Kopf sinken würde. Wer weiß? Allerdings wirkte keiner der Teufel so lebendig wie Hicabi Bey. Als wären sie von einem zornigen Zauberer urplötzlich versteinert worden. Dann stellte ich fest, dass Hicabi Bey nicht der einzige Bekannte in dieser merkwürdigen Mannschaft war. Neben einigen Typen, die ich aus der Nachbarschaft kannte, gehörten auch Erkin Abi, die Gebrüder Rebi und Şemi sowie der Krämer Yakup zu den Soldaten dieser zur Verdammnis verurteilten Armee. Wie sie so dastanden, mit Mienen, die das Wesen ihrer Seelen reflektierten, war jeder Einzelne eine hervorragende Darstellung von Hass, Gier oder Neid.

Auf einmal überkam mich die Angst, dass ich in der Ecke, in der ich mich hingekauert hatte, ebenfalls zu Stein und somit einer von ihnen geworden war. Ein plötzlicher Adrenalinschub verwandelte meinen bedeutungslosen Körper in pure Energie; mit ganzer Kraft stürzte ich mich auf das Phantom in Hicabi-Bey-Gestalt. Als die Masse unerwartet ihre Balance verlor, knallten wir beide zu Boden. Ich verstauchte mir mächtig das linke Handgelenk, doch im Vergleich zu meinem Feind ging es mir blendend. Der Arm des Verblichenen war abgerissen, sein Schädel in drei Teile zertrümmert. Diesem dümmlichen Geschehen musste Einhalt geboten werden. Ich musste diese spirituellen Illusionen beiseiteschieben und nüchtern und unter Einsatz meiner überragenden intellektuellen Fähigkeiten an die Sache herangehen. Ich führte eines der Bruchstücke an meine Nase, und mit einem Mal war das ganze »Mysterium« gelöst. Was ich in Händen hielt, war nichts anderes als ein Stück bemalte Seife. Dieser Geruch war es, der sich in allen Ecken des Hauses eingenistet hatte, und was da vor mir stand, waren keine Geschöpfe aus der Hölle, sondern Seifenfiguren.

Meine Erleichterung sollte jedoch nur von kurzer Dauer sein. Mit einem kurzen Knistern ging das Licht aus, und wieder war der Keller in Dunkelheit gehüllt. Noch bevor ich mir einreden konnte, dass es hierfür bestimmt eine logische Erklärung gab, spürte ich einen krächzenden Atem in meinem Nacken. Mir standen die Haare zu Berge, mein ganzer Körper war in Alarmstellung. Unter wildem Geschrei begann ich im Dunkeln zu laufen und rannte dabei alles über den Haufen, was vor mir auftauchte. Panisch stieß ich dabei gegen Wände und stürzte über Gegenstände stolpernd zu Boden, aber ich setzte meinen Weg fort. Der Keller zog sich unvorstellbar in die Länge, und soweit ich sehen konnte, war ich in einer Art Tunnel angekommen. Ein Luftzug schlug mir ins Gesicht, und irgendwo in der Ferne erblickte ich Licht. Gerade noch war ich vor Verzweiflung außer mir gewesen, doch dieser Hoffnungsschimmer spendete meinen Beinen und Lungen neue Kraft.

Als ich endlich auf eine höchstens fünfzehn Quadratmeter große Fläche mit Steinboden hinaustrat, nahm ich frische Luft und Tageslicht in mich auf. Mein Blick fiel auf den Garten jenseits der angrenzenden, in Höhe meiner Knie endenden Mauer. Sofort sprang ich hinüber. Obwohl ich das Gebäude, das vor mir auftauchte, zum ersten Mal von dieser Seite aus sah, erkannte ich es sofort: Es war das Appartementhaus, in dem Hakan wohnte. Und ich befand mich in dem dazugehörigen Hinterhof, von dessen Existenz ich bis zu diesem Augenblick nicht einmal gewusst hatte. Verblüfft versuchte ich zu begreifen, wie ich aus Ruhan Beys Keller heraus auf der anderen Straßenseite gelandet war, da ging mir ein Licht auf: Ich hatte zufällig den Geheimgang entdeckt, dessen Plan Rebi Abi seinerzeit gezeichnet hatte. Auch wenn der Tunnel gegen die Griechen nicht viel genutzt hatte, so war er doch meine Rettung aus diesem verwunschenen Haus.

Umgehend begab ich mich in Richtung des Eisentors, das in den Keller des Hauses führte. Meine Absicht war, vom Keller ins Erdgeschoss und von dort auf die Straße hinaus zu gehen. Doch eine Sekunde später wurde mir klar, dass das keine vernünftige Idee war. Hakans Haus lag exakt gegenüber dem Güzelyayla. Möglicherweise begegnete ich Gazanfer und seinen vierbeinigen Artgenossen. Zudem musste ich von dort aus bis zu unserem Haus zirka zweihundert Meter gefährlicher Wegstrecke zurücklegen. Sicherer würde sein, den geheimen Weg nicht zu verlassen, bis ich nicht nahe an meinem Zuhause angekommen wäre. Also machte ich mich auf, von Hinterhof zu Hinterhof zu springen.

Doch erstens kommt es anders und zweitens als man denkt. Der Weg, den ich eingeschlagen hatte, verlief nicht parallel zu unserer Straße, und so fand ich mich in einem Labyrinth aus vertrockneten Hinterhofgärten, Lichtschächten und Kohleschuppen wieder. Meinen Intuitionen folgend suchte ich nach einer Möglichkeit, hier herauszukommen. Ich hatte das Gefühl, mich unserem Haus allmählich genähert und meine geistigen Fähigkeiten in erheblichem Umfang wiedergewonnen zu haben. Ich zweifelte stark daran, dass meine Erlebnisse von eben wahr waren, hatte aber keine andere Wahl, als sie als real anzusehen und eine Analyse vorzunehmen.

Zunächst einmal verteidigte ich zwar meine Erkenntnis, dass die Dunkelheit Gott war, doch die Banalität, mir in den Nacken zu pusten, konnte ich nicht mit dem allmächtigen Schöpfer vereinbaren. Folglich musste es Ruhan Bey gewesen sein, wegen dem ich mir vor Angst beinahe in die Hosen geschissen hätte. Er hatte mich also gesehen, bevor er das Licht gelöscht hatte, und wenn man sein weiteres Verhalten in Betracht zog, war er von meiner Anwesenheit überhaupt nicht begeistert gewesen. Zweifellos hatte ich mir einen weiteren Feind hinzugewonnen. Dennoch schmeichelte es mir, nach einem Psychopathen wie Gazanfer einen Psychopathen mit überragenden künstlerischen Fähigkeiten wie Ruhan Bey zum Feind zu haben.

Meine Schritte oder mein Schicksal hatten mich inzwischen erneut an den Tatort zurückgeführt. Da war ich gegangen und gegangen und gerade einmal im Hinterhof des Hauses angekommen, in dem Hicabi Bey gemeuchelt worden war. Mit widersprüchlichen Gefühlen sah ich zu der Hausmeisterwohnung im Erdgeschoss, die leer stand, seit ich denken konnte. Dieses Haus evozierte zahlreiche negative Assoziationen in meinem Geist, doch befand es sich in der bestmöglichen Position, um mir wieder den Eintritt in die normale Welt zu gewähren. Befand ich mich erst einmal auf der Straße, war es nur noch eine Kleinigkeit, in einem strammen Sprint von wenigen Sekunden unser Haus zu erreichen. Ich tastete in meiner Tasche nach meinem Schlüssel, zog meinen Revolver und kletterte durchs Fenster. Eigentlich stand die Tür offen, aber so war es spannender. In Vorfreude darauf, in Kürze in mein warmes Heim und zu meinen neurotischen Eltern zurückzukehren, stieg ich hinauf ins Erdgeschoss. Doch das grausame Schicksal hatte nicht die Absicht, mich laufen zu lassen. Gerade als ich meine Hand nach der Haustür ausgestreckt hatte, öffnete sie sich von selbst, und ich sah mich im Angesicht eines Riesen, der zwei vollgestopfte Einkaufstüten schleppte.

»Du!« Şemi Abis Gesichtsausdruck erinnerte eher an Wut denn an Erstaunen. Ich fühlte mich, als hätte man mich nach einem Verbrechen geschnappt, auf das die Todesstrafe stand. Aufgeregt stammelte ich ein paar unverständliche Worte. »Was hast du hier zu suchen?«, fragte Şemi Abi streng.

Zu erzählen, was mir alles widerfahren war, würde mir nicht viel nützen. Ich war mir sicher, dass selbst die dümmste Lüge immer noch überzeugender klang als die Tatsachen. »Gazanfer Abi …«, stotterte ich und versuchte mir den Anschein zu geben, als würde ich bei der kleinsten Berührung losheulen, »der hetzt dauernd seine Hunde auf mich.« Die jämmerliche Syntax, die ich selbst als Einjähriger verachtet hätte, und die Bezeichnung des Dreckshundes Gazanfer als »Abi« ließ mich vor mir selbst ekeln, doch für je blöder Şemi Abi mich hielt, desto besser. Auf dieselbe schwachsinnige Art versuchte ich zu begründen, warum ich mich dort aufhielt. »Meine Mama und mein Papa sind zu Besuch, und bis sie wieder da sind, wollte ich draußen spielen. Der Gazanfer …«

»Der Sohn vom Hausmeister?«

Ich nickte heftig. »Beim Weglaufen vor den Hunden hab ich gesehen, dass die Tür offen ist, und da hab ich mich hierher geflüchtet und gewartet.«

»War die Tür offen?«, fragte Şemi Abi skeptisch. Sogleich stellte er die Tüten zur Seite und machte sich daran, das Türschloss zu untersuchen. Als er nichts finden konnte, richtete er sich auf und sah mich prüfend an. »War das Gazanfer?«, fragte er und zeigte dabei auf mein verletztes Knie.

»Beim Wegrennen bin ich hingefallen.«

Verdrossen kratzte sich Şemi Abi am Kopf und dachte nach. »Wenn das so ist, dann komm mit hoch und warte, bis deine Eltern zurück sind.«

»Nein, ich warte besser hier. Sie sind sowieso gleich da.« Eigentlich hatte ich den Wohnungsschlüssel ja in der Hosentasche, aber das behielt ich besser für mich, um ihn nicht erneut misstrauisch zu machen.

»Kommt gar nicht in Frage«, sagte er und schob mich in Richtung Treppe. »Außerdem können wir dann auch gleich dein Knie versorgen.«

Ich gab keine weiteren Widerreden. Gemeinsam gingen wir hinauf. Es war natürlich unsinnig zu denken, dass die Söhne nach Hicabi Beys Tod die Wohnung umdekorieren würden.

Trotzdem erstaunte es mich, dass alles ordentlich an seinem Platz stand. Die Schäden, die der verrückte Ertan angerichtet hatte, waren alle sorgfältig beseitigt und die Sessel mit dunkelbraunen Überzügen versehen. Wahrscheinlich, damit man im Falle eines weiteren Mordes auf einem der Sessel das Blut nicht sähe. Şemi Abi holte das notwendige Verbandsmaterial aus dem Arzneischrank und setzte mich genau an den Platz, an dem Hicabi Bey ermordet worden war.

»Erzähl mal – was will dieser Gazanfer von dir?«, fragte Şemi Abi, während er meine Wunde mit Wasserstoffperoxid säuberte.

»Eigentlich hat er sich mit allen in der Wolle. Aber für ein, zwei Leute, die sich gegen ihn wehren, hat er natürlich eine Sonderbehandlung parat.«

»Das heißt also, du bietest jemandem Paroli, der so viel größer ist als du?«

»Nur, wenn er mir zu sehr auf den Pelz rückt.«

»Bravo. Ich mag Leute, die Mut haben.« Ein schlauer Schachzug, mir das genau in dem Augenblick zu sagen, als er die Jodtinktur auf mein Knie schmierte. Obwohl mir der Schmerz fast die Sinne raubte, gab ich keinen Mucks von mir, um zu demonstrieren, dass ich das Lob verdient hatte. »Wenn du groß bist, musst du auch Soldat werden.«

»Ich dachte immer, beim Militär gälte nicht Paroli bieten, sondern Gehorsam als eine Tugend«, rutschte es mir heraus. Konnte mal wieder meine Klappe nicht halten.

Als hätte ich etwas gesagt, um ihn zu bestätigen, meinte er in höchst pädagogisch wertvoller Pose: »Natürlich ist Gehorsam für die Führung einer Kompanie unverzichtbar.« Bestimmt war er mit seinen Gedanken anderswo.

»Auf dem Friedhof waren so viele Leute um dich herum, da konnten wir nicht reden«, sagte ich hinunter zu dem oben kahl werdenden Kopf des Riesenkerls, der aussah, als würde er mir zu Füßen liegen, während er sich um mein Knie kümmerte. »Mein aufrichtiges Beileid.«

Mit einem zerstreuten Kopfnicken nahm er meine Beileidsbekundung an.

»Hat sich Rebi Abi ein wenig erholt?«

Mit Plattitüden wie »Er wird sich erholen. Man kann es ja nicht ändern. Schließlich werden wir alle eines Tages diesen Weg gehen« ließ er mich abblitzen. Er wollte das Thema beenden. Das war verständlich und sicher auch ein sehr viel ehrenwerteres Verhalten als das von Rebi Abi, doch hatte Şemi Abi bei mir den Eindruck erweckt, als versuchte er zu verbergen, wie sehr der Tod seines Vaters ihn eigentlich betrübte. Und dies nicht, um mich an der Nase herumzuführen, sondern aus Gewohnheit.

Er war fertig und richtete sich auf. »Ich lasse die Wunde offen. An der Luft heilt sie schneller ab. Sieh nur zu, dass du dir keine Bakterien einfängst.«

»Danke.«

»Der Mann, den du gesehen hast, als er von hier wegrannte …« Bei den Worten wurde ich hellhörig. Ich lauschte gespannt. »Sah der ein bisschen aus wie He-Man?«

Zuerst verstand ich wirklich nicht. Wohlwollend lotete ich verschiedene Möglichkeiten aus: posttraumatisches Stresssyndrom, Manie, akuter Psychoseanfall und Ähnliches … Nein, nichts davon traf zu. Mit seinem bisschen Grips versuchte er mich reinzulegen. Unter Verwendung dieses Trottels namens He-Man wollte das Spatzenhirn meine Fantasie ankurbeln, und ich würde Gott weiß was für Geschichten über meinen imaginären Verdächtigen erzählen. So würde er mir entlocken, dass meine Aussage, ich könnte keine Personenbeschreibung abgeben, gelogen war. Verblüfft begriff ich, dass nichts eindimensional war und sogar Schwachsinn sich auf einer genialen Ebene bewegen konnte. »Ja, genau«, antwortete ich aufgeregt. »Er hatte hellblonde Haare. Und an seinem Hintern baumelte ein ganz spitzer Schwanz.«

Für einen kurzen Moment hatten seine Augen aufgeleuchtet, doch dann erkannte er – an meinem Gesichtsausdruck? –, dass seine Bemühung erfolglos geblieben war. Mit seinem Finger zeigte er auf das Telefon mit Wählscheibe von anno Tobak, das auf dem kleinen Beistelltisch in der Ecke stand, und meinte: »Es wäre gut, wenn du zu Hause anrufst. Wenn deine Eltern zurück sind, könntest du auch heimgehen.« Dann hob er das Verbandzeug vom Boden auf und verließ das Zimmer.

Ich tat wie geheißen und ging zum Telefon. Ich wählte unsere Nummer und wartete. Dabei blieb mein Blick an dem Bücherregal aus zwei Brettern hängen, das knapp über dem Tischchen an die Wand genagelt war. Darauf aufgereiht standen mehr einander an Hässlichkeit überbietende Nippesfiguren als Bücher. Ich ging davon aus, dass der Verstorbene nicht gerade über einen entwickelten literarischen Geschmack verfügt hatte, aber trotzdem begannen meine Augen aus Gewohnheit über die Bücherrücken zu gleiten. Zwischen Bänden einer populärwissenschaftlichen Reihe aus einer Zeitungswerbeaktion, einigen Agatha-Christie-Krimis und lausigen Büchern über Persönlichkeitsentwicklung fanden sich durchaus interessante Werke.

»Hallo?«, meldete sich meine Mutter mit ihrem üblichen Tonfall, der einen denken ließ, ihr Ableben stünde kurz bevor.

»Ich bin's, Mama.« Drei Bände einer uralten Auflage der Reihe *Pardayanlar* von Michel Zévaco.

»Wir haben in allen Krankenhäusern und Polizeistationen angerufen! Wo warst du die ganze Zeit?«

»Ich bin bei einem Freund. Ich rufe an, um zu hören, ob ihr zurück seid.« Ein zerfledderter Jean-Jacques Rousseau: *Emile oder über die Erziehung*.

»Wir sind seit zehn Stunden zurück. Komm nach Hause, ich hab dich einiges zu fragen.«

»Das bringt nichts. Du verstehst meine Antworten sowieso nicht.« Vehbi Durmuş: *Das Dorf Durak: Traditionen, Überlieferungen, Ahnen*. Interessant.

»Komm schleunigst nach Hause«, forderte meine Mutter unter Tränen, bevor sie auflegte.

Bei dem Gedanken, mich zu Hause auch noch mit meiner Mutter auseinandersetzen zu müssen, bekam ich Beklemmungen. Um den Titel eines schön eingebundenen alten Buches lesen zu können, schob ich einen Porzellanesel beiseite und entdeckte dahinter einen kleinen Fotoapparat.

Während mein kurzgewachsener und hilfloser Körper von dem wer weiß wievielten Tachykardieanfall an jenem Tag geschüttelt wurde, fielen mir plötzlich Yeşims Worte ein. Sie hatte behauptet, Erkin sei an jenem Abend zu Hicabi Bey gegangen, um einige Fotos zu holen. Wahrscheinlich hatte sie das nur erfunden. Und selbst wenn es stimmte, hatten diese Fotos bestimmt nichts mit denen in diesem Apparat zu tun. Als die Polizei die Wohnung durchsuchte, befand sich wahrscheinlich nicht einmal ein Film in der Kamera. Dennoch schob ich den Apparat in einer seltsamen Vorahnung in meine Tasche.

Als nach dem Ertönen der Wasserspülung Şemi Abi zu mir kam, bedankte ich mich noch einmal bei ihm und fügte hinzu, dass ich jetzt gehen könnte, weil meine Eltern mittlerweile zu Hause seien. Ich bestellte auch Grüße an Rebi Abi und wünschte beiden ihr Leben lang viel Glück. Ich übertrieb sogar und bat ihn, mich gelegentlich ausführlich über die Aufnahmeprüfung an der Kadettenschule zu informieren. Über Letzteres war er zutiefst erfreut. Mit Hochachtungsbezeugungen an meine Eltern verabschiedete er mich. Auf dem Heimweg überlegte ich mir eine Antwort auf die Frage meiner Mutter, was ich denn den ganzen Tag getrieben hätte: »Ich hab einen Mann angeschossen, Hausfriedensbruch begangen und gestohlen. Du kannst aber trotzdem stolz auf mich sein, Mamilein, denn ich habe nur einen einzigen Zeugen hinterlassen: einen grinsenden Porzellanesel.«

* * *

Manchmal, meine verehrten Brüder und Schwestern, bricht einem die Welt zusammen. Das Leben büßt auf einmal jegliche Werte ein, die dafür sorgen, dass man ohne große geistige

Anstrengungen zurechtkommt. Ihr begreift, dass eure Meinungen, die euch höchst intelligent vorkamen, unsinnig und eure aufrichtigsten Gefühle gekünstelt sind. Dass ihr eigentlich überhaupt keine Meinung zu irgendeinem Thema habt, eigentlich für niemanden irgendetwas empfindet und der gesamte Kosmos euch mit derselben grausamen Gleichgültigkeit begegnet. In dem Moment, in dem ihr diese Tatsache erkennt, die ihr die ganze Zeit vor Augen hattet und bis zu jenem Tag irgendwie ignorieren konntet, steht ihr kurz davor, die göttliche Ordnung zu verstehen.

Gott schafft das Universum, um seine unerträgliche innere Leere zu füllen. In das Universum platziert er Planeten, zwischen die Planeten die Erde, auf die Erde Leben und ins Leben den Menschen. Und findet nichts, womit er den Menschen anreichern könnte. Das also ist die Geschichte, wie dieses seltsame Tier namens Mensch zu dem erhabensten und sinnlosesten aller Geschöpfe wurde. Während der Kleinste der gemeinsamen Sinnlosen das Universum hier und da mit Philosophie, Kunst, Liebe, ironischerweise sogar mit Gott schmückt, muss er natürlich eine Tatsache vergessen: In Wahrheit werden alle Bücher geschrieben, um Seiten zu füllen.

Der Tod einer geliebten Person beispielsweise kann es ermöglichen, dass man sich den eigenen Lügen stellt. Oder eine ordentliche Tracht Prügel durch die Mutter. Einerseits ist man bereit zu glauben, dass die Mutter berechtigte Gründe dafür hat, einen fertigzumachen. Andererseits ist es nicht das völlige Außersichsein der Mutter, das einen innerlich zerreißt, sondern ihr wohlüberlegtes Vorgehen, einen nur auf die Arme und Beine zu schlagen, um einem nicht das Hirn zu verletzen. Wenn man sich dann endlich aus ihren Fängen befreit hat und in sein Zimmer geflüchtet ist, stieben die fröhlich in der durch das Fenster herein scheinenden Abendsonne tanzenden Staubkörner in alle Richtungen. Ihren Frieden zu stören macht einen so traurig, dass man von einem entsetzlichen Gefühl der Ausgrenzung erfüllt ist. Plötzlich schießen einem die Tränen in die Augen. Man kann nicht ertragen, dass sich diese niedlichen kleinen Geschöpfe vor einem fürchten. Zwei Stunden Prügel hat man ohne einen Piep über sich ergehen lassen, und nun wirft man sich auf den Boden und weint bitterlich. Dann kommt ein Staubkorn und setzt sich einem auf den Finger. Behutsam bewegt man diesen Finger. Es ist immer noch dort. Dann gesellen sich auch andere hinzu. Man liegt auf dem Boden, und Staubkörner regnen auf einen herab. Und während das Leben, dem man den Rücken gekehrt hat, einen umarmt, verwandeln sich die Schluchzer in fraktale Tanzmusik.

Sollten einen die Staubkörner eines Tages umschlungen haben, dann hat man entweder das Nirwana erreicht oder ist verrückt geworden. Was davon zutrifft, muss man selbst entscheiden.

acht

der herr der fliegen gegen Leviathan

Den Sonntag verbrachte ich mit aktiver Entspannung, indem ich die Hinweise bezüglich des Mordes einer Bewertung unterzog und mich, von Händel begleitet, diversen Selbstmordfantasien hingab. Dementsprechend fühlte ich mich am Montag ausgesprochen fit und fidel. Mein Herz hatte auch den letzten Rest Angst vor Gazanfer abgeschüttelt, und so trat ich vom Nieselregen unberührt auf die Straße. Punkt eins auf meiner Tagesordnung war die Befragung des Krämers Yakup. Wie ich vermutet hatte, traf ich ihn vor seinem Geschäft bei seinem täglichen Freizeitritual an, nämlich beim Waschen seines grünen Toyota Corolla. »Frohes Schaffen, Yakup Abi!«

»Komm rein, Junge«, begrüßte er mich, legte sogleich seinen Lappen aufs Auto und ging in den Laden. »Was kann ich für dich tun?«

Seinen Krämerinstinkt nicht zu berücksichtigen war ein großer Fehler gewesen. Ihm zu sagen, dass ich nicht beabsichtigte, etwas einzukaufen, könnte seinen Widerstand gegen das Verhör mobilisieren. Zum allem Übel hatte ich keinen Kuruş Geld bei mir.

»Yakup Abi, hast du Honig aus Erzurum?«, fragte ich aufs Geratewohl, nur um einen Wunsch zu äußern. Dabei hatte ich zuvor noch nie etwas von einem solchen Honig gehört. »Von dem mit den Waben?«

Prompt zog der Schuft eine zylindrische Metallbüchse unter der Theke hervor! »Muss doch sehr bitten, Jungchen.«

Ich räusperte mich. »Das ist doch nicht etwa Honig aus Erzincan?«

Als Yakup Abi auf das kleine Etikett zeigte, war er mit sich und der Welt zufrieden. *Honigbiene Pummelchen. Von den weltberühmten Bienenstöcken Erzurums direkt auf Ihren Tisch.*

Ich nahm die Büchse an mich. »Du musst es allerdings aufschreiben. Wir bezahlen am Monatsanfang.« Er erwiderte nichts, doch als er einen neuen Schuldner in sein dunkles Heft schrieb, war zu erkennen, dass ihm das völlig gegen den Strich ging. Sogar als er sich wieder daran machte, die Karosserie zu polieren, legte er unübersehbar nicht mehr denselben Eifer an den Tag wie zuvor.

Ich ging zu ihm und stellte mich hinter ihm auf. »Yakup Abi, du wäschst zwar das Auto, aber in fünf Minuten regnet es bestimmt wieder.«

»Dann waschen wir ihn halt noch einmal«, sagte er mit stoischer Ruhe. Da begriff ich, dass ihn eine solche Wahrscheinlichkeit nicht beunruhigte, sondern sogar beglückte. Er war der geborene Autowäscher. Das Leben hatte ihn allerdings zum Krämerdasein verdonnert, wie so viele ausgezeichnete Gemüsehändler zum Abgeordnetendasein. So verschwenderisch ging das System mit Talenten um.

Das würde ich niemals zulassen. Ich war der beste Lügner der Welt, und darauf musste ich meine Karriere aufbauen. »Yakup Abi«, begann ich, ohne die leiseste Ahnung zu haben, was ich als Nächstes von mir geben würde. »Niemand kennt die Leute in diesem Viertel besser als du, und deshalb wollte ich dich in einer Angelegenheit nach deiner Meinung fragen.« Der Krämer erwies mir zwar nicht die Ehre einer Antwort, allerdings wischte er nun mit deutlich erotischeren Bewegungen über die Autoscheiben. Wenn ich schon die richtige Ader getroffen hatte, musste ich fortfahren, ohne ihm eine Verschnaufpause zu gönnen. »Mein Vater hat mir zu meinem Geburtstag einen tollen Lederball geschenkt. Mit dem haben wir letztens in dem Viertel oben Fußball gespielt, und da kommt der Hänfling, der Ochse, und tritt derart hart dagegen, dass der Ball bei der Villa in den

Garten fliegt. Nach unseren Regeln hätte der Hänfling den Ball holen müssen, aber wir haben ihn ums Verrecken nicht dorthin gekriegt. Die ganze Zeit hat er behauptet, der Typ, der da eingezogen ist, sei ein Vampir oder so was. Da bekamen wir es alle mit der Angst zu tun, und keiner traute sich, in den Garten zu gehen. Und jetzt mache ich mir vor Angst in die Hose, dass mein Vater nach dem Ball fragen könnte. Ich dachte, du weißt am besten, was für ein Kerl das ist. Wenn ich jetzt hingehe und nach meinem Ball frage, wird er mich dann wirklich auffressen?«

Während der Krämer seinen zerfetzten Lappen im Eimer anfeuchtete, konnte er sich das Lachen über unsere Blödheit nicht verkneifen,. »Was für ein Fanpir denn? Ruhan ist ein ganz normaler, harmloser Mann. Ich kenne ihn seit Jahren.«

»Seit Jahren? Ist er nicht erst vor Kurzem hier in die Nachbarschaft gezogen?«

»Er hat früher auch hier gewohnt, dann ging er weg. Besser gesagt, er musste weg …«, sagte unser klatschbesessener Krämer. Auf seinem Gesicht lag ein schalkhaftes Lächeln, das in einigen Theaterstücken bei Schauspielern anzutreffen ist, die übergescheite Genies verkörpern. Das bedeutete, er würde schweigen, solange ich nicht fragte.

Um ihn zum Reden zu bringen, musste man schlauerweise die Fragen vermeiden, die er gern gestellt haben wollte. »Also ich weiß nicht, er hat was ganz Furchtbares an sich.«

»Ach was, nein«, verteidigte ihn Yakup. »Er ist bloß ungepflegt. Eigentlich ist er ein hübscher Mann. Er hat lange, schlanke Beine. Und sein Gesicht sieht auch nicht übel aus.«

Ich dachte kurz nach. Nein, dieses implizite Anzeichen für Homosexualität hatte nichts mit unserem Thema zu tun. »Er hat nicht einmal Scheiben in den Fenstern.«

»Er ist halt ein armer Kerl«, meinte Yakup achselzuckend und machte sich an die Radkappen. Ach, das verdammte Geld. Dabei würden die beiden so prima zusammenpassen.

»Was er wohl arbeitet?«

»Er studierte früher einmal an der Fakultät der schönen Künste. Im Bereich Bildhauerei.« Das erklärte, was ich im Keller gesehen hatte. Zumindest einen Teil davon. »Dann warf man ihn von der Uni, weil er in irgendwelche politischen Geschichten verstrickt war. Danach kam er nie mehr auf die Beine.«

»Unser Vampir war also auf der Universität, was? Seltsam.«

»Ja klar. Du darfst Menschen nicht nach ihrem Äußeren beurteilen. Da war zum Beispiel dieser Cevahir bei uns im Dorf. Ein Hirte. Der war zehnmal besser als all diese Journalisten im Fernsehen …«, hub Yakup an, als zum Glück ein Kunde kam, wegen dem er zurück in den Laden musste, um ihn zu bedienen. Ich war zu der Überzeugung gelangt, dass mir ein weiteres Gespräch nichts bringen würde. Noch bevor ich die Gelegenheit beim Schopf ergreifen konnte, gegen seinen Eimer zu treten und zu verschwinden, war der verdammte Krämer auch schon wieder fertig und an seinem Auto. »Der selige Hicabi Bey hat ihm seinerzeit sehr geholfen.«

»Was du nicht sagst!« Jetzt waren wir beim Thema. Meine Spannung nahm zu.

»Ja klar«, meinte der Krämer und klappte einen der Scheibenwischer des Toyotas hoch. »Eigentlich war es Hicabi Bey selbst, der die Razzia in der Fakultät veranlasste und Ruhan Bey in den Knast warf. Damals war Hicabi Bey noch Hauptkommissar. Später stellte er fest, dass Ruhan ein ordentlicher Junge war und dass er keinerlei Verwandten hatte. Er tat ihm leid und er unterstützte ihn, wo er nur konnte. Nachdem Ruhan aus dem Knast war, besorgte er ihm immer wieder Arbeit, ja Ruhan ging sogar bei ihm zu Hause ein und aus. Stell dir mal vor, was für ein großherziger Mann!»

Der Verstorbene hatte Ruhan Bey also eingebuchtet. Da hätten wir doch ein prima Mordmotiv und nach dem verrückten Ertan und Erkin einen dritten potentiellen Täter. Wer weiß, vielleicht hatten sie den Mord auch gemeinschaftlich begangen? Vielleicht waren sogar noch andere beteiligt. Womöglich waren die Mitglieder des Clubs der Hicabi-Bey-Hasser zusammengekommen und hatten ihm in einem Ritual nach Mord-im-Orient-Express-Manier die Kehle durchgeschnitten. Um sich nicht die Hände schmutzig zu machen, hatten sie den verrückten Ertan benutzt. Hätte es etwa nicht so gewesen sein können? Doch, schon. »Wann ungefähr ist das alles passiert, Yakup Abi?«

»Zwanzig Jahre wird es her sein.«

»Die Hilfe des Verblichenen scheint Ruhan Bey allerdings nicht viel genutzt zu haben.«

»Der Ruhan hat doch nicht bei der Stange bleiben können. Bei allem rümpfte er die Nase. Und Hicabi Bey gab natürlich irgendwann die Hoffnung auf. Man kann nicht ständig jemanden durchfüttern. Wenn ich beispielsweise jeden andauernd anschreiben lasse, wie lange soll das gehen? Irgendwann gehe ich selbst pleite.«

»Und was hat es mit der Villa auf sich? Hat Ruhan Bey sie von seiner Familie geerbt oder so?«

»Nein, nein, was für ein Erbe denn? Das ist Staatseigentum. Soll seinerzeit das Sommerhaus der Familie eines Großwesirs gewesen sein. Ruhan Bey ging damals weg von hier. Ich sagte immer, aus ihm wird nie etwas Gescheites. Wer weiß, wie er all die Jahre gelebt hat. Man kann es sich ausmalen, wenn man ihn sich ansieht. Und dann ist er plötzlich wieder zurück in der Tretmühle.«

»Wie er wohl auf die Idee gekommen ist? Hast du ihn nicht gefragt?«

»Doch, beiläufig«, sagte der Krämer und verdrehte dabei die Augen. »Er druckste ziemlich herum. Ich meine, dass er versucht hat, wieder an Hicabi Bey heranzukommen. Den Schuh muss er sich natürlich anziehen.«

»Du meine Güte, wie kommst du denn auf die Idee?«

»Vor zwei Monaten ist Ruhan Bey hier dem Seligen zufällig über den Weg gelaufen. Da hab ich mitgekriegt, was sie so redeten.«

›Da hab ich meine Ohren ordentlich gespitzt‹, sollte es wohl besser heißen. »Und – hat Hicabi Bey ihn wieder an die Hand genommen?«

»Mitnichten«, schüttelte Yakup den Kopf. »Er wurde total wütend auf Ruhan. Genau hier vor meiner Nase hat er ihn zur Schnecke gemacht. Wie er sich das Recht herausnehmen könnte, Staatseigentum zu besetzen und so. Immerhin war der Verblichene ein Mann des Gesetzes.«

So ein Pech. Ausgerechnet als mein geduldiger Umgang mit Yakup Früchte zu tragen begann, wurde meine Befragung erneut durch die Intervention eines Kunden unterbrochen. »Ich will eine Schachtel Maltepe.«

In diesem meinem kurzen Leben war ich schon öfter Zeuge geworden, wenn jemand nach Maltepe-Zigaretten verlangte, aber noch nie auf diese Art. Was für eine Stimme, und die Betonung! Kein Fluss hatte je ein Meer, kein Liebender je seine Angebetete derart begehrt. Der Mann verging förmlich vor Verlangen nach einer Maltepe. Während der Krämer Yakup unverzüglich in seinen Laden ging, um die Vermittlerrolle bei dieser ersehnten Zusammenkunft zu übernehmen, wandte ich meinen Blick zu dem Schmachtenden. Der Herr, der seinen schlanken Körper auf seinen Regenschirm gestützt hatte und einen eleganten schwarzen Regenmantel trug, war kein Unbekannter. Leider.

»Hallo, junger Mann«, sagte Metin Bilgin steif und wirkte damit noch furchterregender als die Höllengeschöpfe in Ruhan Beys Keller. »Ich habe dich gesucht.«

Abhauen oder kämpfen. Das war hier die Frage. Eine falsche Entscheidung, und die Evolution verspeist dich zum Frühstück.

Bevor der Staatsanwalt das Päckchen Maltepe nahm, das Yakup ihm respektvoll hinhielt, hängte er sich seinen Schirm an den linken Arm. Dann öffnete er die Schachtel, klemmte sich eine Zigarette zwischen die Lippen und zündete sie an. Während der Krämer Yakup und ich gemeinsam auf das über uns verhängte Urteil des Staatsanwalts warteten, blieb uns nichts anderes übrig, als zu hoffen, dass die Nikotinmoleküle ihn ein wenig milder stimmten. Endlich blies Metin Bilgin den Rauch in die Luft und bezahlte bei Yakup. Der Krämer hatte bekommen, was er sich gewünscht hatte. Ich spürte, dass ich weniger Glück haben würde als er. »Lass uns ein paar Schritte gehen«, sagte der Staatsanwalt und wies mit dem Kopf in eine Richtung.

Wir zwei erbitterten Gegner ließen den Krämer mit seinem Toyota, seinem Schuldenheft und seinen geheimen homosexuellen Fantasien allein und gingen los. Ich war derjenige, der die würdevolle Stille unterbrach. »So sollten Sie nicht weitermachen.«

»Was willst du damit sagen?«, fragte der Staatsanwalt und hob eine Augenbraue. Mit meinem ersten Satz hatte ich ihn schockiert. Gleich würde er noch schockierter sein.

»Wenn wir so weitermachen, kommen wir im Paris-Viertel heraus.«

»Und?«

»Das ist ein gefährlicher Ort, an dem extrem arme Menschen leben. Zu den wichtigsten Erwerbsquellen dieses beinahe ausnahmslos vorbestraften Volkes zählen Taschendiebstahl, Raub und Überfälle. Das Lieblingsspiel der Kinder ist, in benachbarte Viertel einzufallen und ihre Altersgenossen auszuplündern. Keiner riskiert einen Streit mit ihnen, weil sie alle mit vier Jahren anfangen, ein Springmesser mit sich zu führen. Sie sind alle ziemlich zugeknöpft. Soweit ich weiß, laufen ihre geschäftlichen Beziehungen zu anderen Vierteln ausschließlich über Gazanfer. Und den haben sie dreimal aufgespießt. Noch irgendwelche Fragen?«

Machte sich da ein Grinsen auf Metin Bilgins Gesicht breit, oder kam mir das nur so vor? »Warum haben sie ein solches Viertel wohl Paris genannt?«

»Keine Ahnung. Vielleicht weil sie ein besonderes Faible für Baudelaire haben.«

»Das heißt also, dass sie in ihrer Freizeit, die ihnen neben ihren Gaunereien bleibt, Gedichte lesen?«

»Gedichte machen nicht satt«, sagte ich. »Ich sagte ja, sie sind bitterarm.«

»Nicht jeder, der arm ist, wird zum Gauner.«

»Und nicht jeder wird Baudelaire.«

Metin Bilgin verzog das Gesicht und nahm einen tiefen Zug an seiner Zigarette. »In meinem ganzen Leben ist mir noch kein Kind begegnet, das so ein Schwätzer ist wie du.«

Das Gespräch war nett, aber mittlerweile hatten wir die Grenze zum Paris-Viertel erreicht. Was versuchte er zu beweisen? Dass der Staat keinen Schritt zurückwich?

»Hier einfach so lässig hereinzuspazieren ist keine allzu vernünftige Idee.«

Der Staatsanwalt drehte sich zu mir und fuchtelte mit der Schirmspitze vor meiner Nase herum. »Du musst dich deinen Ängsten stellen, Junge. Nur dann wirst du deinen Seelenfrieden finden.«

Wir hatten es also mit einem buddhistischen Staatsanwalt zu tun, der Ärger suchte. Hilflos würden wir weitermarschieren. Zum einen musste ich mich gegen Metin Bilgin schützen, zum anderen musste ich wachsam sein vor Gefahren, die in der Umgebung lauerten. Ich war froh, dass ich meine Turnschuhe angezogen hatte. »Was kann ich für Sie tun?«

Seinen Grimassen war zu entnehmen, dass er meine Nummer des eifrig mit dem Gesetz kooperierenden Staatsbürgers sofort durchschaut hatte. Man durfte diesen Bekloppten nicht auf die leichte Schulter nehmen. »Was treibst du hier eigentlich?«

Obwohl ich bei solchen Fragen stets genau wusste, dass mein Gegenüber auf ganz andere Dinge abzielte, kam unweigerlich die Sorge in mir auf, er könnte meine Masturbationsgewohnheiten meinen. »In welchem Bereich?«

Metin Bilgin nahm einen letzten Zug von seiner Zigarette und schnippte die Kippe in einen der Gullis. »Weißt, ich glaube allmählich auch, dass der verrückte Ertan nicht der Mörder ist.« Ich war schon schlau genug, um zu wissen, dass Leute wie Metin

Bilgin nicht hinter jemandem herrannten, um ihm eine frohe Nachricht zu übermitteln. Ich war gespannt, was dahinter stecken würde. »Bezüglich der Tat gibt es noch jede Menge ungeklärte Fragen«, fuhr der Staatsanwalt fort. »Nehmen wir an, dass das Opfer zufällig von einem kleinen Jungen aufgefunden wurde. Werten wir es auch als normal, dass dieser Junge, der über eine etwas zu ausgeprägte Fantasie verfügt, einen geheimnisvollen Tatverdächtigen erwähnt. Aber wie erklärt man sich, dass einem bei jedem Stein, den man umdreht, derselbe Junge wieder und wieder begegnet? Dass er allein zur Beerdigung kommt, die Polizisten manipuliert, mit den Verdächtigen Kontakt aufnimmt und den Versuch unternimmt, heimlich den Tatort zu betreten?«

»Der Junge wird doch nicht etwa der Mörder sein?«

»Auf den ersten Blick sieht es so aus, aber es müsste ein Mordmotiv geben.«

»Dazu fiele mir Folgendes ein: Vielleicht hat das Opfer den Fernseher zu laut aufgedreht und den Jungen dadurch in den Wahnsinn getrieben. Der Selige war ja bekanntlich ein wenig schwerhörig. Und? Passen die Steine jetzt zusammen?«

»Eigentlich nicht. Die Tat wurde nämlich entschlossen, kraftvoll und mit einem einzigen Schnitt ausgeführt. Das schafft ein Kind niemals.«

»Ich sage, Sie sollten Kinder nicht unterschätzen.«

Metin Bilgin steckte sich eine weitere seiner heißgeliebten Maltepe an. »Ich stelle mir folgendes Szenario vor: Hicabi Bey war einst ein wichtiges Mitglied der Sicherheitsbehörden, da ist es normal, dass er viel gefährlichere Feinde hat als einen Verrückten.«

»Ich sage, Sie sollten auch Verrückte nicht unterschätzen.«

»Spinnen wir unseren Gedanken ein wenig weiter: Lassen wir den Jungen, der sich in Dinge einmischt, die eine Nummer zu groß für ihn sind, einen Vater haben, der irgendwie Dreck am Stecken hat …« Ich war wie vom Donner gerührt. Der verdammte

Scheißkerl wollte meinen Vater benutzen, um mir Angst zu machen. »Ein Mann, der in seiner Jugend jede Menge Dummheiten gemacht hat, von seinem Vorgesetzten nachgewiesen bekam, dass er am Arbeitsplatz kommunistische Propaganda betrieb, und deswegen bei den zuständigen Stellen gemeldet wurde. Für einen wie ihn prima Motive, um den Polizeidirektor zu töten. Mord ist natürlich keine leichte Sache, da ist man völlig am Arsch. Deshalb wählt unser Mann eine Methode, auf die schon zahlreiche Leute, die sich für schlau halten, tausendmal zurückgegriffen haben: Sie benutzen Personen, die nicht schuldfähig sind! Beispielsweise einen Geisteskranken, der stark genug ist, die Sache im Handumdrehen zu erledigen, und ein Kind, das über die Intelligenz verfügt, um den armen Kerl zu lenken – sprich: sein eigenes Kind. Und? Diese Geschichte klingt einleuchtender, nicht wahr?«

Nicht seine widerlichen Anschuldigungen waren es, die mich auf die Palme brachten, sondern dass er sich das Recht herausnahm, mich und meinen Vater derart unbekümmert zu beleidigen. Ich musste mich schwer zusammenreißen, um ihm nicht unter wilden Beschimpfungen ins Gesicht zu spucken. Trotz all ihrer Haltlosigkeit waren seine logischen Schlüsse dennoch furchterregend. Ich wusste, dass weitaus lächerlichere Behauptungen Menschen an den Galgen bringen konnten. Die sogenannte Gerechtigkeit ist nichts als eine Lüge. Menschen wurden nicht verurteilt, weil sie Straftaten begangen hatten, sondern weil Straftaten nicht begangen werden sollten. Das System fußte auf einer grausamen Abschreckung. Da wurden ein paar arme Schweine im Paris-Viertel fertiggemacht, und die anderen, die das sahen, begriffen, dass sie stillzusitzen hatten. Zum Schutz ihrer Macht richteten die Mächtigen Menschen zugrunde, ohne mit der Wimper zu zucken, und nannten dies gesellschaftliche Ordnung. Metin Bilgin konnte kraft seiner Macht in den Knast stecken, wen immer er wollte. Aus diesem Grund war es sinnlos, mit ihm zu diskutieren. »Was wollen Sie von mir?«

»Hör mir gut zu, Junge«, sagte er mit gekünstelter Zärtlichkeit. »Die Gerechtigkeit wird am Schluss alle Tatsachen ans Licht bringen. In einem Verfahren dürfte sich auch die Unschuld deines Vaters herausstellen, aber sei dir gewiss, dass dein Vater bis dahin viel Ärger haben wird. Bevor ich die Anklageschrift aufsetze, wollte ich mit dir reden, denn eine innere Stimme sagt mir, dass du etwas verheimlichst. Wenn du mir jetzt alles erzählst, wird später niemand unnötig leiden. Habe ich mich verständlich ausgedrückt?«

›Mein Gott‹, entfuhr mir ein innerlicher Aufschrei. Man rächte sich doch für die Sünden der Väter an deren Kindern! Warum passierte in unserem Fall immer genau das Gegenteil? In diesem Stadium hatte es keinen Zweck mehr, zu gestehen, dass ich in Bezug auf den aus Hicabi Beys Haus Flüchtenden gelogen hatte; es würde wahrscheinlich alles noch viel schlimmer machen. Kurz erwog ich, ihm zu erzählen, was ich von Yeşim und dem Krämer Yakup erfahren hatte, ihm von den Monstern in Ruhan Beys Keller zu berichten und ihm den Film aus Hicabi Beys Fotoapparat auszuhändigen. Vielleicht könnte ich so den Hals meines Vaters retten. Letzten Endes hatte ich es mit einem Mann des Gesetzes zu tun, der den Mord dank seiner Autorität und Macht sehr viel schneller würde lösen können als ich. Da entdeckte ich, dass einige auf dem Bordstein sitzende Strolche uns in einer Mischung aus Verwunderung und Freude abcheckten. Könnten sie ein Ausweg aus meiner schwierigen Situation sein? Würden sie nicht eine Wohltat begehen und die Welt auf ewig von Metin Bilgin befreien, wenn ich einen kleinen Krawall anzettelte? Letzten Endes würden sie dabei sicher auch mich kaltmachen, aber im Hinblick auf die Vorteile, die sich daraus für die Welt ergäben, wäre dies auch noch ein zusätzlicher Gewinn.

»Weißt du was? Ich war früher genauso wie du«, sinnierte Metin Bilgin und wies mit der Schirmspitze in seine ferne Vergangenheit.

»Ein Schwätzer?«, fragte ich so bissig wie möglich.

»So voller Hass.«

»Das kann ich nicht glauben! Ein so liebevoller Mensch wie Sie?« Er spürte wohl, dass ich ihm eigentlich etwas hatte erzählen wollen, es mir im letzten Moment aber anders überlegt hatte. Damit ich ihm keine Lüge auftischen würde, auf der er mich festnageln könnte, hatte er einen letzten psychologischen Schachzug unternommen. Eigentlich gar kein schlechter Versuch. Wenn jemand, von dem man erwartet, dass er einen zerquetscht, einen auf einmal in den Arm nimmt, steht er einem näher als sonst irgendjemand auf der Welt. Die wichtigste Voraussetzung für Gehirnwäsche besteht zudem darin, im menschlichen Geist die Kategorien von Gut und Böse durcheinanderzubringen. Dass ich auf solche Tricks nicht hereinfalle, versteht sich von selbst.

»Die Welt erschien mir wie die Hölle und jeder Mensch wie ein Teufel.«

»Hat das, was Sie auf der juristischen Fakultät gelernt haben, zu einem Meinungsumschwung bei Ihnen geführt?«

Einer der Typen, an denen wir gerade vorbeigegangen waren, hatte sich an unsere Fersen geheftet, und zwar der Schmächtigste. Wenn die beiden anderen nicht knapp hinter ihm waren, würden sie in Kürze vor uns auftauchen.

»Ich habe meine Meinung nicht geändert«, sagte Metin Bilgin, als spräche er zu sich selbst. Dem Leuchten in seinen Augen nach gehörte unser Mann laut psychiatrischer Klassifikation Mazhar Osmans zu den hochgradig Geistesgestörten. »Ich habe nur gelernt, dass es sogar in der Hölle Regeln braucht. Vielleicht lässt sich der Teufel nicht zur Vernunft bringen, aber man kann ihn bestrafen. Um ihn von Gott unterscheiden zu können, sollte man ihn zumindest für das, was er angestellt hat, bezahlen lassen.«

Seine Lage war ernster, als ich angenommen hatte. Sogar ernster als meine. Selbst wenn er mir all diese Märchen nur aufgetischt hatte, um mich an der Nase herumzuführen, so war dem doch zu entnehmen, dass er diesen Problemen gegenüber nicht unberührt geblieben war. Plötzlich war die Wahrscheinlichkeit, eines Tages einer zu werden wie er, gar nicht mehr so abwegig. Vielleicht lechzte ich auch nur wie alle anderen danach, mich mit dem Starken und Furchteinflößenden zu identifizieren. Was immer auch der Grund für dieses Gefühl war – es war ihm offensichtlich gelungen, mich durcheinanderzubringen. Er war kein gewöhnlicher Mensch. Hätte er doch bloß meinen Vater nicht auf diese niederträchtige Weise ins Spiel gebracht! »Eigentlich ist es interessant, was Sie da sagen«, meinte ich, »aber Sie tragen einen Schirm bei sich.«

»Was meinst du damit?« Sein Blick war streng, seine Stimme wütend.

»Ich traue keinen Leuten mit Schirm.« Ich hatte meine Entscheidung getroffen. Ich würde kein Metin Bilgin, sondern wenn möglich ein Ruhan Bey werden. Das passte besser zu mir.

Leider hatte ich nicht mehr die Gelegenheit, herauszufinden, auf welche Ebene mein eleganter Einwand unseren Dialog heben würde, denn der Strolch, der uns schon seit einer Weile verfolgte, kam endlich zu uns und zerrte Metin Bilgin an der Schulter: »Amca, gib mir 'ne Zigarette.«

Um zu sehen, wer dieser Rüpel war, dessen Hand noch immer auf seiner Schulter lag, drehte der Staatsanwalt sich wütend um. Als sie einander Auge in Auge gegenüberstanden, zog der Typ seine Hand sofort zurück. Er war maximal ein Meter fünfzig. Ein Auge war ihm ausgestochen worden, und sein Gesicht hatte einen schwer definierbaren Ausdruck zwischen furchterregend und schleimig. Jedenfalls schien er geschaffen, alle Schmähungen der Welt auf sich zu ziehen. Ich war verblüfft, dass Metin Bilgin, anstatt ihn abzuwimmeln, ihm die Schachtel hinhielt. Der Kerl nahm sich zwei Zigaretten, steckte sich eine hinters Ohr, die zweite zwischen die Lippen und deutete mit einem dreisten Grinsen an, dass er Feuer wollte. Während Metin Bilgin sich seinen Schirm in den rechten Arm hängte und diese Forderung ebenso erfüllte, bemerkte ich, dass auch die beiden anderen Gauner rasend schnell auf uns zukamen. Urplötzlich überkam mich eine Riesenangst. Als wäre ich nicht derjenige gewesen, der bis noch vor wenigen Minuten gehofft hatte, sie würden den Staatsanwalt in die ewigen Jagdgründe schicken. »Seien Sie vorsichtig«, flüsterte ich bange. Das menschliche Herz ist eben wie ein Pendel. Sowie es an dem gewünschten Punkt angekommen ist, bewegt es sich mit Höchstgeschwindigkeit in die entgegengesetzte Richtung.

Metin Bilgin war nicht im Geringsten anzumerken, ob er mich gehört hatte. Ohne zu ahnen, was ihm widerfahren würde, hielt er dem Kerl das Feuerzeug hin. Um zumindest meinen eigenen Hals zu retten, versuchte ich mir eine Strategie zu überlegen, wenn es ans Eingemachte ginge. Mir war klar, dass mein Dallas Gold gegen diese Halunken für den Arsch war. Die Tüte mit der vollen Honigbüchse war da eine viel verlässlichere Waffe. Ich machte mich kampfbereit, indem ich mir den Griff ums Handgelenk wickelte.

Der Einäugige packte Metin Bilgins Hand mit dem Feuerzeug, mit der anderen Hand hielt er die Zigarette. Die Distanz der beiden anderen war auf drei, vier Schritte geschrumpft, als er die Spitze der Zigarette in das Handgelenk des Staatsanwalts drückte. Ich konnte nicht glauben, dass wir auf eine derart simple Nummer hereingefallen waren. Während der arme Mann verdutzt mit dem Tode rang, würden sie alle über ihn herfallen. Doch die Sekunden vergingen, und nichts dergleichen geschah. Der Staatsanwalt lächelte bloß. Bestimmt ist er ein Androide, dachte ich, ein Wunder der Technologie. Metin Bilgin hob den Arm, an dem sein Schirm hing, und zeigte dem ziemlich blöd aus der Wäsche glotzenden Einäugigen das, was er fest zwischen den Fingern hielt: die noch immer brennende Zigarettenspitze. Bevor sie sein Handgelenk berührt hatte, musste er sie in einem unvorstellbaren Reflex abgeknickt haben. Einer der Schurken erkannte die Lage und stürzte sich mit Gebrüll auf Metin Bilgin, und ab dann verlief alles in Windeseile. Nicht dass der Staatsanwalt sich bloß nicht vom Fleck rührte, er drehte nicht einmal seinen Kopf, als er dem Angreifer die Kippe ins Gesicht drückte und mit der anderen Hand den Einäugigen mit einem teuflischen Trick in der Luft herumwirbelte und zu Boden warf. Es dauerte nur einen Augenschlag, bis er seinen Schirm an der Spitze gepackt und dem Strolch den gebogenen Griff um den Hals gelegt hatte, um ihn eine Runde zu drehen und dann an die Wand des etwas weiter gelegenen Wohnhauses zu schleudern. Durch die Wucht des Aufpralls klirrten die Fensterscheiben im Erdgeschoss. Metin Bilgin wich dem Butterfly-Messer aus, das der Schuft, der sich als Erster wieder aufgerappelt hatte, ihm ins Gesicht warf; er stellte einen Fuß zwischen die Beine des Kerls, stieß ihm mit seinem Schirm, den er inzwischen mit zwei Händen wie einen Stock hielt, gegen den Hals und brachte ihn, als er zu Boden gefallen war, durch einen entschiedenen und unerbittlichen Schirmhieb auf den Kopf endgültig zur Strecke.

Durch den Krach waren die Leute an die Fenster geströmt, und mehrere harte Jungs hatten sich um uns versammelt, die offensichtlich von ganz ähnlich gearteten Motivationen gelenkt waren wie ihre sich am Boden krümmenden Genossen.

Metin Bilgin drehte sich auf dem Absatz herum, schlug seinen Regenmantel zu beiden Seiten auf und stemmte die Hände in die Hüften: »Noch jemand, der ordentlich eins auf die Schnauze will?«

Keiner wollte.

Das öffentliche Gewissen steckte sich eine Maltepe an, betrachtete die Versammlung durch den aus seiner Nase entweichenden Rauch und verkündete das neugierig erwartete Urteil: »Dann verpisst euch.«

Die vor Schmerzen stöhnenden Angreifer rappelten sich auf und verdufteten schleunigst, die harten Jungs zerstreuten sich, die Fenster wurden geschlossen, die Straßenkatzen bezogen wieder ihre Wachposten unter den Autos. Ich denke, dass die Waffe im Gürtel des Staatsanwaltes eine wesentliche Rolle dabei spielte, dass die Reaktion so extrem kurz ausfiel. Nachdem er sich davon überzeugt hatte, dass die gesellschaftliche Normalität wieder eingekehrt war, wandte er sich an mich und meinte: »Siehst du, es ist gut, einen Schirm bei sich zu tragen.«

Wir drehten uns um und gingen schweigend, bis wir an unserem Viertel angekommen waren. Den ganzen Weg über spielte ich mit dem Film aus Hicabi Beys Kamera in meiner Tasche. Es fiel mir schwer, es zuzugeben, doch mit seiner Vorführung hatte der Herr Staatsanwalt sich ein Quäntchen mehr Respekt bei mir eingehandelt. Bevor wir uns trennten, reichte er mir seine Visitenkarte, die sowohl seine Büro- als auch die private und seine Handynummer enthielt. »Viel Zeit hast du nicht. Spätestens nächste Woche werde ich Anklage erheben.«

Ich nahm die Karte und setzte meinen Weg fort. Er hätte meinen Vater nicht ins Spiel bringen dürfen.

Meine Freunde fand ich in fieberhafter Geschäftigkeit vor. Der Hänfling, Cemalettin, Burhan, Hakan, Yüksel und alle Strolche zwischen fünf und zehn Jahren hatten sich um einen Kessel versammelt, in dem Teer brodelnd kochte, und bearbeiteten die Kronkorken von Sprudelflaschen mit großen Steinen oder spitzten Äste und Holzstücke mit verschiedenen Werkzeugen. Ich wusste genau, was es mit dieser Aktivität auf sich hatte. »Frohes Schaffen«, sagte ich zu Hakan, der einen schiefen und krummen Kronkorken an einem dreißig Zentimeter langen Götterbaumast zu befestigen versuchte. »Was gibt's?«

»Ich bastle einen Pfeil«, verkündete Hakan stolz.

»Ach nee, und ich dachte, du machst für Cemalettin einen Hinternkratzer.« Alle lachten, außer Cemalettin. Normalerweise hätte er diesen Spruch niemals unkommentiert stehen lassen, doch still fuhr er fort, den Teer mit einem langen Holzstock umzurühren.

»Wir haben der Walderdbeeren-Straße den Krieg erklärt«, brüstete sich Yüksel.

»Wieso? Haben sie Cemalettin belästigt?« Diesmal lachte niemand, nur von ein, zweien war ein leichtes Gebrummel zu hören. Sie hatten verstanden, dass ich auf Streit aus war. Ich ging zu dem unbeteiligt wirkenden Cemalettin und trat ihm gegen die Ferse. »Red schon, Mann. Oder hast du deine Zunge verschluckt?«

Cemalettin zog den teergetränkten Stock aus dem Kessel und machte ein paar Schritte zurück. »Lass mich verdammt noch mal in Ruhe! Sonst wird es nachher noch übel …«

»Was ist los, Mann?«, ging ich auf ihn zu. »Oder willst du mich bei deinem großen Bruder anschwärzen?«

»Wen hab ich denn jemals bei meinem Bruder angeschwärzt, he?«, sagte er und trat noch zwei Schritte zurück. Er bemühte sich, kein bedrohliches Gebaren an den Tag zu legen, doch seine Körpersprache bewies eindeutig, dass er vor der Anwendung des Gegenstands in seiner Hand nicht zurückschrecken würde.

»Spiel nicht den Dummen, Cemalettin, sonst knall ich dir eine. Wusstest du etwa nicht, dass dein beknackter Bruder hinter mir her ist? Warum hast du nicht den Mund aufgemacht und mir was gesagt?«

Abrupt stellte er sich kerzengerade hin, womit er andeutete, keinen weiteren Rückzug anzutreten. »Du kennst doch meinen Bruder, Mann! Das hättest du dir überlegen sollen, bevor du ihn bei der Polizei verpfiffen hast!«

Mit aller Kraft trat ich gegen den Stock, er flog ihm aus der Hand und landete in der Gegend. Beinahe brach ich mir dabei den Fuß, aber um mein Heldentum nicht zu beflecken, gab ich keinen Piep von mir. Um sie glauben zu machen, die Tränen in meinen Augen rührten von meiner Wut her, drehte ich noch ein wenig mehr auf. »Und was war, als ich am Samstag in eurem Garten mit den Hunden im Ringkampf lag? Bei euch ist doch immer jemand zu Hause, und nie ist die Tür geschlossen.«

»Mann, am Samstag waren wir bei meiner Oma!«, schrie Cemalettin und heulte dabei wie ein Schlosshund.

Ich packte die Hausmeisterbrut am Kragen und presste ihn an die Wand. »Soll ich dir hier jetzt den Arsch aufreißen?« Sinnlose

Wut hatte aus heiterem Himmel Besitz von mir ergriffen, ich war vollkommen außer mir. Abmurksen wollte ich den Hurensohn. Eigentlich sagte er vielleicht die Wahrheit. Das war sogar höchst wahrscheinlich. Aber mir war das völlig schnuppe. Der wahre Grund, warum ich mich mit ihm anlegte, hatte ja nichts mit dem zu tun, was ich da als Motiv angeführt hatte. Genau genommen hatte ich, bis ich Cemalettin sah, einen solchen Rachefeldzug gar nicht im Sinn. Doch nun wollte ich mich an ihm rächen für das, was mir widerfahren war. Doch nicht nur mir, sondern meinem Vater, dem verrückten Ertan und den Japanern. Ein wenig wollte ich wohl auch Metin Bilgin nacheifern. Einschüchtern wollte ich sie alle mit einem markerschütternden Schrei: »Noch jemand, der ordentlich eins auf die Schnauze will?« Meine Kraft reichte natürlich nur für Cemalettin. Was für ein Dreckskerl ich doch war.

»Immer mit der Ruhe«, trat Burhan dazwischen. »Wir müssen jetzt zusammenhalten. Gegen die Walderdbeeren-Straße. Eure Angelegenheit könnt ihr später erledigen.»

Voller Reue und Scham ließ ich von Cemalettin ab. Schniefend rannte er nach Hause. Ich fühlte mich miserabel und musste mich unbedingt austoben. Krieg! War es das, was ich brauchte? »Warum haben wir der Walderdbeeren-Straße den Krieg erklärt?«, fragte ich und hob einen langen, dünnen Stecken vom Boden auf. »Ich meine, eigentlich ist es ja egal, ich frage nur so aus Neugier.«

»Sie waren total fies zu Burhan«, piepste der Hänfling. Dann druckste er herum, als wollte er etwas sagen und wüsste nur nicht, wie. Auf diese Weise gelang es ihm, in den Köpfen derer, die nicht Bescheid wussten, die Idee aufkommen zu lassen, dass es sich dabei um einen Fall von Vergewaltigung handeln könnte – und das, ohne Burhan einen Trumpf in die Hand zu geben, den Hänfling deshalb ordentlich zu verprügeln.

»Ich war in die Walderdbeeren-Straße gegangen«, fuhr Burhan eiligst dazwischen, damit der Film nicht allzu lange in unseren Köpfen weiterliefe, »zur Erkundung.«

Das befremdete mich nicht, denn ich wusste, dass Burhan zu der Spezies Durchgeknallter gehörte, die sich für Generäle hielten. »Und dann?«

Burhans Augen waren hasserfüllt. »Die Kinder aus dem Viertel entdeckten und umzingelten mich. Ihr Anführer war dieser Bastard namens Sefa.«

»Wie viele waren es?«

»Ungefähr eine Kompanie.«

»Wie viele also?«

»Einhundert!«, schrie einer meiner schwachsinnigen Altersgenossen, der Burhan anhimmelte.

»Nee, so viele waren es nicht«, sagte Burhan. »Zehn, fünfzehn vielleicht. Egal, jedenfalls versuchte dieser miese Sefa mich einzuschüchtern, ›das hier ist unser Bezirk, mach dich vom Acker‹, mit solchen Sprüchen halt …«

Nebenbei vollführte der Hänfling außerhalb von Burhans Sichtfeld zweideutige Grimassen und Gesten, bei denen jeder auf die Idee kommen musste, dass die Geschichte in einer Katastrophe enden würde. »›Hör auf, dich mit den anderen im Rücken aufzuspielen. Wenn du ein Mann bist, dann lass uns das einer gegen einen ausfechten. Wenn du gewinnst, dann verschwinde ich und komme nie wieder hierher, aber wenn ich gewinne, dann unterstehen deine Männer und du ab sofort mir‹, sagte ich. Der arme Depp nahm an, weil er vor seinen Soldaten nicht einknicken wollte. Ich merkte natürlich, dass ihm der Arsch auf Grundeis ging. Ich dachte mir schon, dass er eine Sauerei vorhat, aber …«

»Und was für eine Sauerei! Das wünscht man nicht mal seinem größten Feind«, fuhr der Hänfling dazwischen, um Burhan vollends in Rage zu bringen.

»Halt die Schnauze, Mann, ich erzähle ja!«, brauste Burhan auf. »Letzten Endes einigten wir uns auf einen Wettkampf mit drei Disziplinen. Ringkampf, Armdrücken und Verstecken!«

»Verstecken?«

»Verstecken. Erst kam's mir auch komisch vor, aber der Schuft hat mich davon überzeugt, dass es dabei um taktische Intelligenz geht. In zwei Minuten hatte ich den Bastard am Boden, und beim Armdrücken hielt er keine drei Sekunden durch. Und dann kam …«, schluckte Burhan.

Der Hänfling ließ sich diese Gelegenheit nicht nehmen: »… das Verstecken.«

»Hätte ich mich bloß nicht darauf eingelassen, ich hatte ja schließlich zwei von drei Spielen gewonnen«, jammerte Burhan zu sich selbst.

»Schwamm drüber. Erzähl schon – was war?«, fragte ich. Ich platzte schier vor Neugier.

»Der Reihe nach sollten wir drankommen, zuerst ich, dann Sefa. Wer zuerst alle gefangen hatte, hätte gewonnen. Ich hielt mir die Augen zu und fing an zu zählen. Ich war ungefähr bei zwanzig, als ich plötzlich … etwas Warmes spürte. An den Hosenbeinen. Ich sah nicht nach, um die Spielregeln einzuhalten, aber ich wunderte mich. Als ich dann bei etwa siebzig angekommen war, merkte ich, dass meine Hosenbeine von den Knien ab klatschnass waren. Ich drehte mich um, und was sah ich?« Celal der Hänfling hatte die linke Hand am Gelenk angewinkelt und klappte sie fröhlich auf und ab. »Die Hurensöhne hatten mir alle ans Bein gepinkelt!«

Ich bemühte mich, dem in mir aufkommenden Lacher den Anschein eines Schluckaufs zu geben, und gluckste: »Diese Mistkerle!«

»Das lassen wir nicht auf uns sitzen«, sagte der erniedrigte Kommandant der Befreiungsarmee Ömer-Cemal-Bey-Straße. Er reckte den Ast in seiner Hand in die Luft und wandte sich an seine Waffenbrüder: »Niemals!«

»Niemals!«, quiekte der Hänfling und erhöhte dabei seine ohnehin piepsige Stimme um weitere drei Oktaven. Leider war er diesmal der einzige Schreier und konnte also sein kindisches Getue vor Burhan nicht verbergen.

»Hiermit entziehe ich dir deinen Dienstgrad, Mann«, sagte Burhan. »Ab sofort bist du kein Gefreiter mehr, sondern einfacher Soldat!«

Ich kann nicht beschreiben, wie gekränkt der Hänfling war. Kreischend begann er sich gegen diese Ungerechtigkeit zur Wehr zu setzen. Während die Debatte um seinen Rang in vollem Gange war, ließ ich sie allein und begab ich mich zu Yüksel, der mit einem Ast für sich allein das Fechten trainierte. »Ich muss etwas mit dir besprechen.«

»Worum dreht sich's denn?«

»So zwischen Tür und Angel geht das aber nicht. Komm, setzen wir uns hin.«

Wir ließen uns in der Nähe auf den Eingangsstufen eines Wohnhauses nieder. Gerade wollte ich anfangen zu reden, da bemerkte ich Hakan, der sich ein paar Meter vor uns aufgebaut hatte. »Es geht um etwas Privates, Hakan«, sagte ich, bemüht, nicht allzu unfreundlich zu werden.

»Ist mir doch egal, was ihr da quatscht, Mann«, gab er missgelaunt zur Antwort. »Ich wollte nur fragen, ob mein Brief angekommen ist.«

»Nee, noch nicht.«

»Nur wegen diesem blöden Briefumschlag«, brummelte er. Nachdem er noch eine Weile dagestanden und uns mit Hundeblick angeglotzt hatte, sah er ein, dass wir ihn nicht miteinbeziehen würden, und zog mit langem Gesicht von dannen. Auf diese Weise verlor ich auch noch den letzten mich liebenden Menschen auf dem Globus.

»Erst nimmt er sich Frechheiten heraus, und dann ist er auch noch eingeschnappt, der Streber«, sagte Yüksel.

»Zuerst musst du schwören«, überging ich seine Meinung zum Thema Hakan geflissentlich, »dass du es niemandem erzählst.«

»In welcher Angelegenheit?« Seine Augen leuchteten. Wir Kinder sind doch zu scharf auf Geheimnisse.

»Um das zu erfahren, musst du zuerst schwören.«
»Okay, ich schwöre.«
»Hör mal, wenn du den Schwur brichst, dann kriegst du Ärger mit Gott und mit mir, damit du Bescheid weißt.«
»Ich hab doch okay gesagt …«
»Du bist doch im Sommer immer mit deinem Vater in sein Fotostudio gegangen.«
»Ja, und?«
»Da hast du doch bestimmt gelernt, wie man Filme entwickelt, oder?«
»Na klar, Mann«, antwortete Yüksel mit missbilligender Miene. »Wieso fragst du?«
»Ich möchte, dass du in den Laden deines Vaters gehst und ein paar Bilder entwickelst.«
»Umsonst? Du Schlaumeier.«
»Mit Geld hat das nichts zu tun. Niemand darf die Fotos sehen.«
»Was sind das denn für Fotos?«, fragte er und musterte mich misstrauisch.
»Das weiß ich noch nicht.« Seinem Gesichtsausdruck war zu entnehmen, dass er mir das alles nicht abnahm und immer noch glaubte, ich wollte gratis ein paar Familienfotos machen lassen. »Ich werde dich dafür irgendwie bezahlen. Mit Murmeln, einem Ball, einem Buch … Wie du möchtest. Wenn du Geld willst, dauert es etwas länger. Aber ich werde mich für deine Hilfe revanchieren.«
»Nein, darum geht's nicht«, erwiderte er mit verzogener Miene. »Mir kommt das Ganze nur etwas komisch vor.«
»An der Sache ist nichts komisch. Du musst nur den Film entwickeln, ohne dass dein Vater es mitkriegt.«
»Was ist denn da drin?«, fragte er und zeigte auf die Tüte in meiner Hand.
»Erzurum-Honig. Hab ich vorhin beim Krämer Yakup gekauft.«

»Es gibt keinen Erzurum-Honig. Es gibt Erzincan-Honig«, sagte Yüksel, »Yakup hat dich übers Ohr gehauen.«

Voller Stolz zeigte ich ihm das Etikett. »Und was steht hier?«

»Das ist der mit Waben, stimmt's?«, fragte er und schluckte.

Ich reichte ihm die Tüte. »Lass ihn dir schmecken. Ich mag sowieso keinen Honig.«

Mit unverhohlener Freude schnappte er sich die Tüte. »Na dann abgemacht«, erhob er sich eilig, ließ alle Kriegsvorbereitungen sausen und machte sich schleunigst auf den Heimweg. Da würde er sich jetzt mit Honig vollstopfen. Wie ein Bär. Ich kapierte das nicht.

»Yüksel«, rief ich hinter ihm her.

»Was ist?«

»Hast du nicht was vergessen?«

Er glotzte mich groß an. Ich zog die Filmbüchse aus meiner Tasche und zeigte sie ihm. Widerwillig kam er zurück und nahm sie entgegen. Ich packte ihn am Handgelenk. »Wenn du das nicht hinkriegst, hole ich mir den Honig eigenhändig aus deinem Hintern zurück.«

neun

reise zum mittelpunkt der erde

Die Zeit verging wie im Flug. Eine Woche war es her, dass ich Yüksel den Film gegeben hatte, und zwei Jahre, dass ich gelernt hatte, dass Frauen nicht aus dem Hintern pinkeln. Dabei kam es mir vor, als sei beides gestern gewesen. Da mein Seelenzustand mir die Menschen noch unerträglicher machte als sonst, ging ich kaum aus dem Haus. Einen Tag zuvor hatte ich beim Brotkaufen vom Krämer Yakup erfahren, dass man Ruhan Bey festgenommen hatte. Die Polizei hatte endlich die Verbindung zwischen ihm und dem Opfer entdeckt. Der Herr Staatsanwalt hinkte also ein paar Schritte hinter mir her. Bravo. Wie auch immer – als eine ganze Mannschaft von Teehausbesuchern bezeugte, dass Ruhan Bey zur Tatzeit mit ihnen im Teehaus ein Fußballspiel angesehen hatte, setzten sie den mysteriösen Bildhauer wieder auf freien Fuß. Auch diese Spur hatte also zu nichts geführt. Tag und Nacht zermarterte ich mir das Hirn. Über das Paradoxon von Zenon, Frauen, die Zukunft, darüber, ob Metin Bilgin meinen Vater tatsächlich anklagen würde, und natürlich über den Mord. Meine Hirngymnastik führte jedoch zu nichts. Was die Lösung des Mordfalls betraf, hatte ich all meine Hoffnungen in die gottverdammten Fotos gesetzt, die Yüksel der Honigbär mir weiß der Kuckuck wann bringen würde. Auf meine diversen telefonischen Nachfragen, was er denn triebe, lautete seine Antwort, er warte auf die passende Gelegenheit, die Sache ohne Wissen seines Vaters zu erledigen. Ich dachte, er wolle das Ganze links liegen lassen, aber, aus Angst, er könnte den Film seinem Vater aushändigen, bedrängte ich den Mistkerl nicht weiter.

Zu Hause lief es noch schlimmer als gewöhnlich. Meine Mutter setzte meinen Vater permanent unter Druck, so schnell wie möglich nach Erzurum zu fahren, um eine Wohnung zu suchen, was wiederum bei ihm zu kleineren Nervenkrisen führte. Sie stritten Tag und Nacht. Ich hoffte, dass er sich eines Tages wie Gauguin nach Tahiti aufmachen würde, doch vergebens. Der einzige Ort, an den er fliehen konnte, war die schäbige Teestube in Beşiktaş, in der seine alten Freunde herumhingen. Mittlerweile ging er jeden Abend dort vorbei und kam jede Nacht später nach Hause.

Obwohl es längst dunkel war, kehrte mein Vater an jenem ominösen Abend einfach nicht in sein trautes Heim zurück. Die unangetastete Tafel bot einen betrüblichen Anblick, um der Stütze unserer Familie bei seiner Heimkehr zu demonstrieren, dass seine Frau noch immer keinen Bissen zu sich genommen hatte, was sein schlechtes Gewissen noch verstärken sollte. Der Salat, der eigens mit einem Teller zugedeckt worden war, damit die Vitamine sich nicht verflüchtigten, evozierte einen Seelenzustand, gegen den die Leiden des jungen Werthers nur eine Farce darstellten. Während meine Mutter am Fenster hin und her tigerte und meinem Vater und dem Weib, das sie miteinander bekannt gemacht hatte, die Pest an den Hals wünschte, saß ich mit einem Schälchen Sonnenblumenkerne, die ich aus dem Festtagsvorrat meiner Mutter stibitzt hatte, vor dem Fernseher und wollte nur noch sterben. Der Typ auf dem Bildschirm mit dem fetten Leberfleck im Gesicht schrie aus voller Lunge eines dieser Volkslieder aus der Gegend von Ankara, und Pelin saß mit ihrem gewohnten eingefrorenen Grinsen auf ihrem angestammten Platz auf dem Fernseher und beobachtete uns. Summa summarum: Unsere Lage entsprach dem leidvollen Szenario einer schlechten Komödie.

Als mein Vater dann endlich irgendwann des Nachts mit einer winzigen Alkoholfahne zurückkehrte, waren meine Lippen vom Sonnenblumenkerneknacken recht zerknittert. Was dann kam, folgte exakt dem Ablauf, den ich erwartete. Das wütende

Schweigen meiner Mutter, die nervtötende Gleichgültigkeit meines Vaters, erstes Gezänk und nach ein, zwei sich von Anfang als völlig zwecklos erweisenden Mahnungen, doch nicht vor dem Kind zu streiten, der Ausbruch des Gewitters. Während gegenseitige Schuldzuweisungen, Verwünschungen und Flüche durch die Luft flogen, wollte ich mich in mein Zimmer flüchten, aber es war mir unmöglich, mich von der Stelle zu rühren. Mein Gehirn konnte nur einen einzigen Befehl an meinen Körper aussenden: Knack Sonnenblumenkerne! Gerade als ich dachte, sie hätten genügend Gift und Galle gespuckt und würden sich ein wenig beruhigen, streute meine Mutter jenes gefürchtete Zauberwort in ihre Rede ein: ERZURUM! Und so brach ein neuer Streit vom Zaun. Es war nicht zum Aushalten. Ich musste dieser Entwicklung Einhalt gebieten. Ich musste unverzüglich aufstehen und meine Auflehnung zum Ausdruck bringen und ihnen zeigen, wie sehr sie meine kindliche Seele in Stücke rissen. Mit einer herzergreifenden Rede, wie Vergleichbares nur in Filmen aus der Feder meisterhafter Hollywoodautoren zu finden ist, musste ich sie auf den Gedanken bringen, dass sich hinter all dem rebellischen und ungezogenen Gebaren ein liebesbedürftiges Kind verbarg. Ich musste zündende Worte wählen, die sogleich in jede Windung ihrer eiskalten Herzen vordrangen und mein Leben auf magische Weise in ein Feenmärchen verwandelten. Wutentbrannt sprang ich auf die Füße. Als dabei das Schälchen mit den Kernen von meinem Schoß zu Boden fiel und zerbrach, verstummten meine Eltern und wandten sich zu mir. Ich richtete meinen Blick in die Ferne und brüllte: »Es gibt gar keinen Erzurum-Honig!«

Seltsam, aber dieser Satz beendete den Streit abrupt. Meine Mutter versank in Tränen, mein Vater schnappte sich seinen alten grauen Regenmantel vom Kleiderständer und verließ die Wohnung. Nachdem meine Mutter sich ausgeheult hatte, kam sie zu mir und ergriff meine Hände. »Es ist nichts, Junge, alles in Ordnung, sei nicht traurig«, wimmerte sie schniefend. Wahrscheinlich hielt sie mich wirklich für so hirnlos, zu glauben, es gäbe kein Problem, und wahrscheinlich brachte sie es bloß nicht über die Lippen zu sagen: »Dreh nicht durch.«

Nachdem meine Mutter die Scherben vom Boden aufgesammelt hatte, ging sie zu Bett. Als Gegenleistung für das, was ich gerade durchgemacht hatte, protestierte sie nicht, dass ich vor dem Fernseher herumhing. Es verging vielleicht eine halbe Stunde, da vernahm ich ein leichtes Klopfen an der Tür. Zuerst dachte ich, es sei mein Vater. Aber warum benutzte er nicht seinen Schlüssel? Um so betrunken zu sein, dass er nicht einmal mehr das Schlüsselloch fand, war zu wenig Zeit vergangen. Es war doch hoffentlich nicht einer meiner Feinde wie Gazanfer, Erkin Abi oder Ruhan Bey, die den Wunsch hegten, mich Hicabi Bey hinterherzuschicken? Durch das Guckloch war nix zu erkennen. »Wer ist da?«, fragte ich flüsternd.

»Rebi«, lautete die Antwort von draußen. Sollte ein Feind vor der Tür stehen, könnte dies durchaus gelogen sein, doch die Tatsache, dass er seinen Namen in gleicher Weise wie ich kaum hörbar flüsterte, war ein untrügliches Zeichen dafür, dass es Rebi Abi sein musste. Neben Hakan war er der Einzige, den ich kannte, der so dämlich sein konnte. Ich öffnete die Tür.

»Oder wart ihr etwa schon im Bett?«, fragte er und blickte sich um. Als würden wir alle in der Diele schlafen.

»Meine Mutter hat sich hingelegt«, antwortete ich. »Und mein Vater ist nicht zu Hause.«

»So ein Pech! Ich weiß, es ist ein wenig spät, aber ich fahre morgen zurück nach Bursa. Da wollte ich mich vorher verabschieden. Na denn, bestell den beiden schöne Grüße, okay?«

Er schickte sich an zu gehen, da hielt ich ihn auf: »Rebi Abi.« Fragend blickte er mich an. »Kannst du mir einen Gefallen tun?«

»Na klar.«

»Zwischen meinen Eltern läuft's im Moment nicht so gut. Sie haben sich gerade total gestritten. Deshalb ist mein Vater auch weggegangen.«

Rebi Abi senkte den Kopf. »Das tut mir leid.«

»Ich muss ihn so schnell wie möglich finden.«

»Und wie willst du das anstellen?« Sein ausweichender Tonfall zeigte, dass er bereits ahnte, dass der Gefallen größer ausfallen würde, als er erwartet hatte.

»In solchen Situationen geht er immer in eine bestimmte Kneipe. In Beşiktaş. Ich möchte, dass du mich da hinbringst.« Rebi Abi überlegte still. »Eigentlich kenne ich den Weg«, fuhr ich fort. »Aber ich fürchte, dass man mich auf die Polizei bringt, weil man denkt, ich sei von zu Hause abgehauen, wenn ich um diese Zeit allein unterwegs bin. Es gibt bekanntermaßen einen Haufen übereifrige Leute. Deshalb muss ein Erwachsener bei mir sein.«

»Es ist nicht in Ordnung, dass du in eine Kneipe gehst«, sagte Rebi Abi nervös.

»Ich gehe ja nicht dorthin, um mir einen hinter die Binde zu kippen, Rebi Abi. Es handelt sich hier um einen Sonderfall.«

»Es ist normal, dass sich Eltern ab und zu ein wenig zanken«, meinte er und strich mir mit falscher Zärtlichkeit über den Kopf. »Du darfst das nicht überbewerten. Ich meine, du solltest jetzt ins Bett gehen …«

»Wenn du mich nicht dort hinbringst, dann nehme ich das Risiko auf mich und fahre allein«, schnitt ich ihm das Wort ab.

»Und was ist, wenn deine Mutter aufwacht und merkt, dass du weg bist? Die arme Frau wird ja durchdrehen«, spielte er seinen letzten Trumpf aus.

»Kein Problem, wir schreiben ihr einen Zettel.«

Angespannt fuhr er sich mit den Fingern durchs Haar. Er wusste nicht, was er tun sollte. »Was ist schon dabei?«, bedrängte ich ihn. »Du bringst mich zu meinem Vater, und dann gehst du wieder. Falls er nicht da sein sollte, fahren wir zusammen zurück. Das kostet dich höchstens eine Stunde.«

»Darum geht's doch gar nicht«, so oder ähnlich stammelte er vor sich hin.

»Dann ist ja alles okay. Warte eine Minute. Ich schreibe meiner Mutter eine Nachricht, dann komme ich.«

Fünf Minuten später fuhren wir im Minibus Richtung Üsküdar. Von dort aus ging es mit dem Motorschiff nach Beşiktaş und dann zu Fuß bis zu *Muhittin's* hinten im Fischmarkt. Beim Hineingehen bemerkte ich, dass Rebi Abi etwas vor sich hinmurmelte. Wahrscheinlich verfluchte er den Moment, als er an unserer Tür geklingelt hatte.

Ich kannte die düstere Kneipe schon ein wenig von manchen früheren Beşiktaş-Touren mit meinem Vater, auf denen er hier vorbeischaute, um einige seiner Freunde zu sehen, die zu ungeduldig waren, um mit dem Trinken bis zum Abend zu warten. Zu jener nächtlichen Stunde unterschied sich der Anblick doch wesentlich von dem, den die Kneipe tagsüber bot. Hinter einer dicken Wand aus Zigarettenqualm standen etwa zehn Tische und um diese Tische herum saßen bestimmt hundert Mann mit mittlerweile blutunterlaufenen Augen, wobei die Frage, wie sie auf so engem Raum Platz fanden, ein unlösbares Rätsel darstellte. Die Melodie des Liedes *Ich traf Sie an einem Frühlingsabend* aus dem Munde eines Zigeunermusikers, begleitet von seiner verstimmten Geige, mischte sich unter das Gedröhne und Gläserklirren. Es mangelte also auch nicht an Musik – wenn man das denn Musik nennen wollte.

Ich ermittelte den Tisch, an dem mein Vater saß, und ging schnurstracks darauf zu. Als der ehrenwerte zahnlose Herr mich sah, der unter dem Spitznamen *Tevfik-Schätzchen* bekannt war und nach dessen Ableben die Firma Bafra-Zigaretten eine Einbuße von geschätzten fünfzig Prozent ihres derzeitigen Marktanteils würde hinnehmen müssen, stieß er mit einem »Huch!« meinen neben ihm sitzenden Vater an. »Ist das da nicht dein Sohn?«

Ohne meinem verdutzt dreinblickenden Vater die Gelegenheit zu geben, etwas sagen zu können, meinte ich: »Hallo. Wohl bekomm's.«

Außer Tevfik-Schätzchen saßen noch drei weitere Betrunkene am Tisch – der Amca Bey, der Holzkopf sowie der jüngere und rotgesichtigere Mecit, dem man meines Wissens noch nicht die Ehre eines Spitznamens hatte zuteil werden lassen.

»Donnerwetter, dein Junge ist aber schnell gewachsen«, sagte der Holzkopf, der sich leider für sehr witzig hielt, und zeigte dabei auf Rebi Abi.

»Nein, nein! Ich bin nicht sein Sohn, ich bin sein Nachbar«, ging Rebi Abi ihm mit ungebremster Blödheit ins Netz und präsentierte damit seine Kandidatur zum Volltrottel des Abends.

»Sieh mal an! Dabei sind Sie ihm wie aus dem Gesicht geschnitten«, machte der Holzkopf sich weiter über Rebi Abi lustig, während er ihm mit gekünstelter Erregung die Hand schüttelte.

»Was hast du hier zu suchen?«, fragte mein Vater. »Oder hat deine Mutter …«

»Mutter hat keine Ahnung, dass ich hier bin«, sagte ich unter Inkaufnahme eines Wutanfalls. »Rebi Abi hat mich dankenswerterweise hergebracht.«

Schweigend blickte mein Vater mir ins Gesicht. Schließlich verzichtete er darauf, sich nach dem Grund meines Kommens zu erkundigen. Wahrscheinlich fürchtete er sich vor der Antwort. Er wandte sich an Rebi Abi und fragte ihn halbherzig nach seinem Befinden.

»Mir geht's gut, sehr viel besser, Amca«, erwiderte Rebi Abi, als sei das eine reife Leistung. »Morgen beginnen die Abschlussprüfungen. Ich bin vorbeigekommen, um mich zu verabschieden, und …« Als Erklärung für alles Weitere zeigte er mit einer spastischen Handbewegung auf mich.

Mein Vater nickte verstehend. Sein Ärger war verraucht, Traurigkeit umwölkte seine Miene. »In Ordnung, ihr fahrt jetzt zurück. Rebi, Junge, sei mir nicht böse, dass wir dir solche Umstände gemacht haben …«

»Ohne dich gehe ich hier nicht weg«, sagte ich.

»Ich kann jetzt nicht nach Hause. Sonst artet der Streit mit deiner Mutter noch aus. Aber morgen komme ich, versprochen.«

»Ich bin doch nicht hergekommen, um dich nach Hause zu bringen. Ich dachte, wir trinken ein Gläschen zusammen. So von Vater zu Sohn.«

Mir entging die Freude in seinem Gesicht nicht, die er zu verbergen versuchte. »Das hier ist kein Ort für Kinder.«

»Die Vorschule auch nicht, aber da habt ihr mich hingeschickt.«

Diesmal musste er doch lachen. »Na, du Zecher! Du bist der größte Lümmel aller Zeiten«, sagte er und strich mir über den Kopf. »Mach dir keine Sorgen. Es kommt alles in Ordnung.«

Meist bin ich geneigt, den Worten meines Vaters Glauben zu schenken. Dass einem der Mund noch stärker brennt, wenn man nach Peperoni Wasser trinkt, manche Würmer sich bei Berührung mit einem Stöckchen zu einer Kugel zusammenrollen, der legendäre Beşiktaş-Spieler Şükrü Gülesin Dutzende Eckbälle in Tore verwandelt hat und *soldier* im Englischen Soldat bedeutet – das sind Tatsachen, die ich von ihm gelernt habe. Doch diesmal wusste ich, dass er sich irrte. Nichts würde jemals besser werden. Man könnte nur raffiniertere Besäufnis-Methoden für die Menschen entwickeln. »Ich glaube dir«, sagte ich.

»Lass gut sein«, fuhr der Holzkopf dankenswerterweise dazwischen. »Gott hat dir einen solchen Prachtjungen geschenkt, und du stänkerst hier herum! Lass ihn ein bisschen bei uns sitzen, und später geht ihr dann gemeinsam.«

»Na gut, also«, meinte mein Vater. »Du kannst ja eine Limo mit uns trinken.«

Ich weinte fast vor Glück.

»Dann möchte ich mich jetzt verabschieden«, sagte Rebi Abi.

»Kommt gar nicht in Frage«, widersprach mein Vater. »Komm, setz dich. Lass uns schön miteinander anstoßen.«

»Yurdakul! Junge, bring uns schnell eine Limo und zwei Stühle!«, brüllte der Holzkopf dem Gehilfen des Wirts zu.

Rebi kratzte seinen enormen und hohlen Kopf. »Ach Gott, ich weiß nicht …«

»Hab keine Angst, Rebi Abi«, sagte ich vergnügt, »das hier ist keine griechische Taverne. Du bist in Sicherheit.«

»Ich hab's nicht so mit Alkohol. Und ich hab auch kaum Geld dabei«, winselte der Riese.

»Lass doch das Geld aus dem Spiel«, entrüstete sich mein Vater.

Am Tisch war das Geschwafel über Rebi Abis Doofheit bereits in vollem Gange. »Mach bei der Limo zwei draus«, brüllte Tevfik-Schätzchen.

»Rebi ist der Sohn des verstorbenen Hicabi Bey«, stellte mein Vater ihn am Tisch vor. Um Rebi Abi aus dem Zielfeuer zu nehmen, hielt er es wohl für angebracht, auf die gerade erlebte Katastrophe hinzuweisen. »Hicabi Bey war der pensionierte Polizeidirektor, der in unserem Viertel wohnte. Unser Sohn fand doch die ...« Er hielt kurz inne und zog es dann vor, den Verstorbenen nicht als »Leiche« zu bezeichnen, sondern stattdessen seinen Satz lieber mit einem Fluch zu beenden.

Großmütig und mit leicht welterfahrener Gestik nahm Rebi Abi die Beileidsbekundungen entgegen, als der Gehilfe Yurdakul mit zwei Hockern auftauchte. »Hier, nimm, Abi!« Dann sah er mich und sagte: »Kind.«

»Rind«, redete Mecit blöd daher.

»Kinder dürfen hier allerdings nicht rein, Abi.« Stress sickerte Yurdakul aus allen Poren.

»Rinder«, meinte Mecit beharrlich.

Mit weinerlicher Stimme versuchte Yurdakul dem Heer von Betrunkenen pausenlos zu erklären, was für Scherereien er kriegen würde, sollte die Polizei plötzlich eine Razzia durchführen, der Wirt den Jungen sehen oder sich jemand beschweren, doch keiner schenkte dem Armen auch nur einen Funken Beachtung. Einzig wenn er »Kind« sagte, brüllten sie wie aus einem Munde »Rind« und lachten sich dabei schier zu Tode. Schließlich beugte sich der Gehilfe ans Ohr meines Vaters, der für ihn von allen der Vernünftigste am Tisch zu sein schien, was allerdings in Anbetracht der Tatsache, dass er einen halben doppelten Rakı in null Komma nix hinunterkippte, nicht mehr lange so bleiben würde. »Abi, versteh mich doch, bitte … Was soll ich denn sagen, wenn jemand fragt, was der Junge hier zu suchen hat?«

Der Gehilfe ging mir allmählich auf die Nerven. Weder würde es eine Razzia geben noch würde sich jemand über mich beschweren. Ich packte den Streber an seiner herumbaumelnden Krawatte und zog ihn an mich heran. Seine Nase berührte meine Wange. Ich drehte mich nicht einmal, um ihm ins Gesicht zu sehen. »Sag ihnen«, und dabei streckte ich die andere Hand nach dem Rakıglas meines Vaters aus, »das Kind ist der Vorfahr des Menschen.« Ich leerte das Glas und knallte es auf den Tisch. Obwohl ich seine Krawatte losgelassen hatte, stand er wie versteinert in gleicher Position. Als ihm dämmerte, mit was für einem verdammten Höllenknirps er es zu tun hatte, verzog er sich schleunigst und ohne ein Wort.

Mein widerliches Benehmen brachte mir mächtige Ovationen bei den Spinnern am Tisch ein. Der Holzkopf und Mecit feierten mich mit Applaus, der Amca Bey mit einem Röcheln, das ich als lobende Worte zu identifizieren glaubte. Nur mein Vater sah mich schief an und riss das Glas an sich. Damit wollte er wohl zum Ausdruck bringen, dass er mich bei einem weiteren ähnlichen Verhalten durch den Fleischwolf drehen würde. Dabei wusste jeder in seinem tiefsten Inneren, wie stolz er war. Er war nämlich ebenfalls ein Riesenspinner.

»Hoch die Tassen«, sagte der Holzkopf und erhob seinen Rakı. »Trinken wir auf Mecits Hochzeit.«

Dieser Vorschlag fand umgehend Zustimmung. Mecit kippte das Zeug hinunter und brüllte: »Ach Mann, ach!« Er fuhr fort mit der Liedzeile: »Wie konnte ich jene despotische Frau nur lieben!«

»Despotische Frau? Mann, Mecit, du bist vielleicht ein Schwätzer«, meinte der Amca Bey. »Du hast das Weib gerade einmal in deinem Leben gesehen. Und das war mit deiner Mutter bei der Brautschau.«

»Alle Frauen sind Despotinnen«, verkündete Tevfik-Schätzchen.

»Da spricht die Erfahrung«, sagte der Amca Bey. »Mann, Tevfik, hast du in deinem Leben auch nur eine Frau kennengelernt außer den Weibern im Puff?«

Der Holzkopf fuhr dazwischen, ohne Tevfik-Schätzchen die Gelegenheit zu geben, sich zu verteidigen. »Sag das nicht, auch Tevfik-Schätzchen hat Liebeskummer. Er war sechs Monate immer bei derselben Ausländerin. Letztens hat sie ihn rausgeworfen mit den Worten, er solle sich sein Geld sonstwo reinstecken und ihr nie mehr unter die Augen treten. Mannomann, du hast sogar eine Nutte dazu gebracht, dich zu verlassen, reife Leistung, echt!«

Während die Leute sich totlachten, vergaß Tevfik-Schätzchen seine Zigarette im Aschenbecher und zündete sich eine neue an. »Oksana«, wimmerte er, »ihr würdet nicht so reden, wenn ihr gesehen hättet, wie schön sie war.«

»Scheiß auf die Schönheit«, sagte der Amca Bey. »Das Äußere ist nicht wichtig. Auf die innere Schönheit kommt es an. Sie ist das Wesentliche.«

Dieser sufistische Denkansatz brachte die Stimmung am Tisch für einen Moment zum Erliegen, aber der Holzkopf beeilte sich, das Gespräch wieder auf die ursprüngliche Ebene zurückzuführen. »Hey, Amca Bey, sagst du nicht immer, im Wesen wären wir alle gleich?«

»Und?«

»Äh – wenn wir im Wesen alle gleich sind, dann gucken wir klarerweise schon nach dem Äußeren.«

»Das stimmt natürlich auch, Mann«, erwiderte der Amca Bey und kratzte sich am Kopf. »Ich glaub, du hast recht.«

Mit euphorischen Ausrufen bestätigten die Musketiere auch diese Schlussfolgerung und stürzten sich auf ihre Gläser. »Dann lasst uns auf schöne Frauen trinken!«, schrie Mecit.

»Um Himmels willen«, beugte sich der Holzkopf zu ihm hinüber. »Lass dich aber trotzdem bloß nicht von der Schönheit blenden. Da gibt es noch ein anderes Kriterium, das bei einer Frau mindestens genauso wichtig ist.«

Mit dieser Aussage versetzte er Mecit, der in Bälde in den Hafen der Ehe steuern sollte, ordentlich in Stress. »Und das wäre, Abi?«, fragte er mit voller Konzentration auf den Holzkopf.

»Wie sie im Bett ist«, antwortete der Holzkopf. Dann brach er in ein ekelhaftes Lachen aus.

In diesem Stil fuhren sie fort. Sie tranken und veralberten sich gegenseitig. Wenn hin und wieder ein etwas zu schlüpfriger Witz fiel, forderte einer die anderen auf, sich in Anbetracht meiner Anwesenheit doch etwas gesitteter zu benehmen, woraufhin ein anderer wiederum – in der Regel der Holzkopf – ihn an die Tatsache erinnerte, dass ich schließlich ein junger Bursche sei, und dann tranken sie alle auf mein Wohl. Ich tat dasselbe – heimlich aus Rebi Abis Rakıglas. Alle schienen mehr oder minder bei bester Laune zu sein.

Mein Vater war damit beschäftigt, sich still und ruhig einen Rakı nach dem anderen durch die Kehle zu jagen. »Abi, mach ein wenig langsamer, wenn's dir recht ist«, sagte Mecit. »Du musst morgen früh zur Arbeit.«

»Nein«, erwiderte mein Vater mit einer Miene, von der ich nicht genau sagen konnte, ob er lächelte oder aufbrauste. »Morgen wird nicht gearbeitet.«

»Alles in Ordnung, Abi? Oder hast du etwa gekündigt?«

»Ach was. Morgen findet in unserem Haus die Prüfung für die Aufnahme in den Staatsdienst statt. Da haben wir zwei Tage frei.«

»War die Prüfung nicht schon längst?«, fragte ich. Ich erinnerte mich an das Papier, das ich auf Erdoğan Beys Schreibtisch gesehen hatte. Ich war sicher, dass darauf etwas wie »Liste der Zugangsberechtigten in den Staatsdienst nach bestandener Prüfung« gestanden war.

»Und wenn schon?«, meinte mein Vater und leerte sein Rakıglas. »Ist doch alles nur Show. Schon Monate im Voraus steht fest, wer die Prüfung bestehen wird. Da kommt ein Haufen Leute aus allen Ecken des Landes und verkommt hier.«

»Das sind doch alles Hurensöhne, Abi«, sagte Mecit.

Mein Vater nickte. »Nimm unseren Vorgesetzten Erdoğan, diesen Arsch. Der verdient sich eine goldene Nase an dieser Geschichte.«

»Erdoğan, der Doppelarsch«, korrigierte ich.

»Und warum kann man diese Ärsche nicht entlarven, Abi? Warum rührt sich keiner?«

Mecits Augen glänzten blutunterlaufen, und seine Ausdrucksweise zeigte, dass sein Herz erfüllt war von jenem Sinn für Gerechtigkeit, der den Betrunkenen so eigen ist.

»Solche Dinge lassen sich nie beweisen«, sagte mein Vater. »Scheiß drauf.«

Wenige Minuten später waren mein Vater und seine Freunde in ein leidenschaftliches Gespräch über unvergessliche Beşiktaş-Spieler versunken. Ich selbst biss mir in den Hintern wegen der verpassten Gelegenheit. Wäre ich so schlau gewesen und hätte eine Fotokopie dieses Dokuments gemacht, hätte ich diesem Arschloch vielleicht das Fell über die Ohren ziehen können. Leider konnte ich in der Angelegenheit nichts mehr tun. Könnte ich wenigstens etwas finden, das zur Lösung des Mordfalls beitrug, und meinen Vater wenn schon nicht vor dem Exil, dann wenigstens vor den ekelhaften Verleumdungen Metin Bilgins retten! Da er nun mal gerade neben mir saß, überlegte ich mir, ob ich etwas aus Rebi Abi herauskriegen könnte. Ich ließ noch einmal alle Geschehnisse seit dem Mord bis dato Revue passieren, und da kam mir eine Frage in den Sinn, die eigentlich nicht allzu wichtig schien, mir aber schon eine Weile unter den Nägeln gebrannt hatte. Behutsam wandte ich mich an Rebi Abi, der wegen des Krachs und des Qualms völlig am Ende zu sein schien. »Bei der Beerdigung deines Vaters«, sagte ich so beiläufig wie möglich, »habe ich mitbekommen, wie du einen Minianfall von schlechtem Gewissen erlitten hast, nachdem Şemi Abi dich wachgerüttelt hatte. Wenn ich mich nicht irre, sagtest du so etwas wie: ›Das ist meinetwegen passiert.‹ Was nagt denn da so an dir, mein lieber Rebi Abi?«

Sogar in den begrenzten Lichtverhältnissen der Kneipe war klar zu erkennen, wie Rebi Abi erbleichte. Er hob sein Rakiglas, schwenkte die Flüssigkeit darin und stellte das Glas wieder ab. Er holte tief Luft und versuchte, sich zu entspannen. Unglückseligerweise hub genau in dem Moment der fiedelnde Alleinunterhalter mit dem Lied *Eine solch tiefschwarze Nacht ist meine Seele / Es wird nicht Morgen* an, und Rebi Abi brach in Tränen aus. Dass dies niemanden befremdete, war schon seltsam. Wieder und wieder entschuldigte sich Rebi Abi bei allen, dass er ihnen die Stimmung kaputt gemacht hätte; währenddessen strichen sie ihm beschwichtigend über den Rücken. Wahrscheinlich waren sie bei ihren Versammlungen an diese Art von heftigen Stimmungsschwankungen gewöhnt. Da ich von Natur aus derlei Rührseligkeiten nicht schätzte, beachtete ich Rebi Abi nicht weiter. Als ich zwischen all seinem Gestammel allerdings den Satz »Ich war's« heraushörte, sprang ich von meinem Platz auf. Anstatt mich im Namen der vielen Unschuldigen wie dem verrückten Ertan, Erkin Abi oder meinem Vater zu freuen, erlebte ich in dem Augenblick, als er den Satz aussprach, eine tiefe Enttäuschung. Da begab ich mich in zahllose Gefahren, um den Fall zu lösen, und dann bekam der Mörder in einer dreckigen Kneipe plötzlich Gewissenbisse und gestand die Tat. Es war einfach nicht zu fassen.

»Ich hab meine geliebte Mutter umgebracht«, wimmerte Rebi Abi und schnäuzte sich in eine Serviette. »Meinetwegen ist sie gestorben.«

»Dann soll dich der Teufel holen!« Ich weiß nicht, warum ich das sagte. Eigentlich war ich erleichtert, als ich begriff, dass er seinen Vater nicht umgebracht hatte und nur wie alle Männer, die zu tief ins Glas geschaut hatten, jammerte, er hätte die Liebe seiner Mutter nicht verdient. Ich denke, es handelte sich um eine

Art Gefühlsausbruch. Ich hätte im Dienst nicht trinken sollen. In dem Moment hob mich mein Vater unter den Armen in die Lüfte und setzte mich weit weg von Rebi Abi wieder ab. Das war eine vernünftige Maßnahme, denn dass Rebi Abi mich als ersten Ansprechpartner einstufte, könnte zu einem fatalen Ende führen.

»Erzähl, Junge«, sagte der Holzkopf und legte Rebi Abi die Hand freundschaftlich auf die Schulter. »Dann wirst du dich leichter fühlen.«

»Ach, meine liebe Mutter«, winselte Rebi Abi zwischen zwei Schniefern. »Wie konntest du dir das antun? Was für ein Monster, was für ein Widerling war ich, dass ich mich kein bisschen um dich gekümmert habe! Obwohl ich wusste, wie unglücklich du warst … Gott möge mich in die Hölle schicken!« Mein Vater drehte sich zu mir und warf mir einen giftigen Blick zu. In jener Nacht würde ich also zum ersten Mal Prügel von meinem Vater beziehen, dachte ich. Mittlerweile ging der Riesenesel immer mehr aus sich heraus: »Ich war sehr jung. Ich hatte mich in ein Mädchen namens Ayşe verguckt. Sie war völlig durchgeknallt. Sie hatte sich ein Loch mitten in die Zunge stechen und einen Ring einsetzen lassen. Sie nahm Drogen. Und ich rannte hinter ihr her. Manchmal ging ich eine Woche lang nicht nach Hause. Bei allem brüllte ich herum und tat meiner Mutter im Herzen weh. Eines Nachts kam ich heim, es war niemand da. Der Krämer Yakup erzählte mir, dass meine Mutter sich aus dem Fenster gestürzt hätte und seit drei Tagen im Militärkrankenhaus im Koma läge. Ich dachte, ich werde verrückt. Als ich ins Krankenhaus kam, traf ich meinen Bruder Şemi. Er sagte, meine Mutter sei tot. Die Beerdigung wäre am nächsten Tag.« Er unterbrach seine Rede und nahm einen winzigen Schluck Rakı. Er verzog das Gesicht und schnalzte ein-, zweimal mit der Zunge, um den scharfen Geschmack loszuwerden. »Die heilige Frau, die mich mehr als irgendjemand und mehr als alles auf der Welt liebte, hatte ich für immer verloren. Und wofür?«

»Für ein Mädchen mit einem Ring durch die Zunge«, antwortete der Amca Bey.

»Ich wollte sie wenigstens noch ein letztes Mal sehen. Mein Bruder sagte mir, dass es dafür zu spät sei, weil man sie bereits in die Leichenhalle gebracht hätte. Jemanden zu finden, der die Halle um diese Zeit aufschließen würde, war unmöglich. Ich aber war fest entschlossen, nicht wegzugehen, bis ich meine Mutter noch einmal gesehen hätte. In jener Nacht schlief ich im Krankenhaus. Am nächsten Morgen wurde ich früh geweckt. Der Arzt meiner Mutter war ein Kamerad meines Bruders aus seiner ersten Einheit beim Militär. Şemi bat ihn, und er öffnete die Leichenhalle. So konnte ich meine Mutter noch ein paar Minuten sehen. Sie war so schön … Ihr blondes Haar lag auf ihren Schultern, und ihr Gesicht sah beinahe friedlich aus. Niemand hätte glauben können, dass sie tot war. Wer weiß – vielleicht war sie wirklich glücklich, weil sie dieser Welt entkommen war.«

»War es das, woran du auf dem Friedhof denken musstest?«, fragte ich auf die Gefahr hin, dass mein Vater noch stinkiger werden würde.

Rebi Abi schüttelte den Kopf. »Bevor ich ging, wollte ich zum Abschied meine Mutter auf die Wange küssen. Mein Bruder hielt mich davon ab mit den Worten, ich hätte kein Recht dazu. ›Weder du noch mein Vater haben das Recht, sie zu berühren!‹, schrie er. ›Ihr habt sie in den Selbstmord getrieben und sogar in ihrem Todeskampf allein gelassen!‹ Vollkommen wild geworden fiel ich über ihn her. Die Krankenpfleger gingen dazwischen. Sie gaben mir eine Beruhigungsspritze. Als ich Stunden später wieder zu mir kam, war die Beerdigung längst vorbei.«

Während alle respektvoll abwarteten, dass Rebi Abi seine Tränen trocknete, schlürfte ich unbeobachtet am Rakı meines Vaters. Endlich führte der Amca Bey die Intervention durch, auf die alle gewartet hatten: »Kommt, lasst uns über was anderes reden.«

»Mecit, Junge, die Sache mit der Heirat hat dich richtig melancholisch gemacht. Früher hattest du immer eine Geschichte aus der Militärzeit auf Lager«, sagte Tevfik-Schätzchen mit wohldosierter Fröhlichkeit.

»In unserer Kompanie war ein Mann aus Ankara«, begann Mecit und zündete sich eine Zigarette an. »Ich erinnere mich nicht mehr an seinen Namen. Er war sehr still und höflich. Ein blonder Typ. Er blickte immer so traurig drein, wie ein Schaf. Einmal fragten wir ihn, was denn sein Problem sei. Er erzählte, in seinem Heimatort lebte er zusammen mit seinen Eltern, seiner Frau und seiner Tochter. Er würde die ganze Zeit an sie denken. Na und? War das etwa Mamas Schoß oder die Armee? Wir alle vermissen unsere Familien, aber rennen wir alle so verstört durch die Gegend? So versuchten wir ihn zu trösten. ›Ihr könnt euch das nicht vorstellen‹, meinte er. ›Bei mir ist es nicht einfach nur Sehnsucht, es ist Angst.‹ ›Wovor?‹, fragten wir. ›Vor dem Tod‹, antwortete er. Er dachte also, dass jede Minute jemand aus seiner Familie sterben würde, deshalb war er mit den Nerven am Ende."

»Tolles Thema hat der Blödmann da angeschnitten«, motzte der Amca Bey.

»Nach einer Weile schnappte er vollkommen über. Er aß nicht, weinte ständig, klappte beim Appell einfach zusammen. Anfangs schlugen sie ihn, doch als das nichts brachte, schickten sie ihn zum Divisionspsychologen. Der verordnete ihm eine Luftveränderung, und er fuhr in seine Heimat. Ich erinnere mich sogar noch gut daran, dass wir darüber sprachen, dass der Schlaumeier die ganze Nummer nur zu dem Zweck abgezogen hatte.«

»Eh? Ging's ihm wenigstens besser, als er wieder zurückkam?«, fragte Tevfik-Schätzchen in der Hoffnung, dass die Geschichte ein glückliches Ende finden würde, bevor Rebi Abi einen Tobsuchtsanfall bekam.

»Nein, er kam nämlich nicht wieder. Eines Nachts, als alle schliefen, drehte er den Gashahn auf. Die ganze Familie kam dabei ums Leben.«

»Menschenskind, Mecit! Du und deine gottverdammte Psychologie!«

»Was ist?«, gab Mecit aufgebracht zurück. »Ihr wolltet doch, dass ich was aus der Militärzeit erzähle. Bei dem Wort Leichenhalle ist mir eben diese Geschichte eingefallen, also habe ich sie erzählt.«

»Super gemacht«, sagte Tevfik-Schätzchen und stand auf. »Gute Nacht zusammen. Ich mach mich vom Acker. Sagt Muhittin, er soll's anschreiben. Ich zahle Anfang des Monats.«

»Seht euch das an, der benimmt sich in der Kneipe, als sei's ein Krämerladen«, redete der Holzkopf hinter ihm her.

Mein Vater legte einen großen Geldschein auf den Tisch. »Wir machen uns auch langsam auf den Weg.«

Bevor Rebi Abi ging, wandte er sich noch einmal an die Leute am Tisch und sagte: »Nochmals Entschuldigung, dass ich euch die Stimmung kaputt gemacht habe.«

»Ist doch wurscht, Junge«, erwiderte der Amca Bey. »Wenn wir uns amüsieren wollen, gehen wir ins Theater. Hierher kommen wir doch, um zu leiden. Leid tröstet gegen Leid.«

Wir verließen die Kneipe und sprangen in ein Taxi. Rebi Abi setzte sich auf den Beifahrersitz und schlief sofort ein. Mitten auf der Bosporusbrücke sagte ich: »Papa, ich will mich ja nicht in deine Angelegenheiten einmischen, aber wir sollten zuerst nach Harem fahren.«

»Was gibt's denn in Harem?«

»Den Busbahnhof. Und am Busbahnhof gibt es Busse, Busse nach Erzurum.«

»Hat dich deine Mutter hinter mir hergeschickt?«

»Das hier ist eine Scheißstadt«, sagte ich. Um das zu sagen, hatte ich den schlechtesten Ort gewählt. Der Bosporus erstreckte sich unter uns in all seiner Pracht, und an beiden Ufern leuchtete die Stadt. »Das Panorama trügt. Eigentlich ist Istanbul innerlich verfault. Die Stadt hat uns nicht verdient.« Schweigend strich mir mein Vater über den Kopf. Ich konnte sehen, dass er lächelte. Das spornte mich an. »Wir kaufen in Erzurum ein Grundstück. In unserem Garten pflanzen wir Tomaten und

Paprika an. Wenn uns langweilig ist, gehen wir im Wald spazieren. Das Klima ist dort auch viel besser. Mutter wird das guttun. Sie wird ruhiger werden.« Ich redete wie die Miniaturausgabe des Schauspielers Sadri Alışık. Ich glaubte kein einziges Wort von dem, was ich sagte. Ich hatte ohnehin nicht die Absicht, meinen Vater von meiner Aufrichtigkeit zu überzeugen. Und genau dieses Dilemma war es, was meinen Vater dazu bringen sollte, die Reise nach Erzurum anzutreten. Was für eine Teufelsbrut ich doch war!

Schließlich verlief alles so, wie ich es mir gedacht hatte. Mein Vater beschloss, sich noch in dieser Nacht auf die lange aufgeschobene Fahrt nach Anatolien zu begeben, und fünf Minuten später erreichten wir den Haremer Busbahnhof, der an einen Jahrmarkt erinnerte. Bevor mein Vater ausstieg, drückte er mir ein wenig Geld in die Hand und umarmte mich fest. »Übermorgen komme ich zurück. Macht euch keine Sorgen. Gib deiner Mutter einen Kuss von mir.«

Zustimmend nickte ich. Ich fürchtete, ich könnte losheulen, wenn ich den Mund aufmachte. Ich wollte meinen Vater nicht im letzten Moment traurig machen. Mein Vater gab mir einen Kuss, stieg aus dem Taxi aus und verschwand im Menschengewühl.

»Wohin geht's jetzt?«, fragte der Taxifahrer.

»In die Ömer-Cemal-Bey-Straße.«

»Du sagst mir, wo wir lang müssen. Ich bin ein wenig fremd hier.«

»Ich weiß«, gab ich zurück. Vom Leanderturm wurde ein Feuerwerk abgeschossen, und Rebi Abi schnarchte auf dem Vordersitz. »Wer von uns ist das nicht?«

zehn

tatsachen und gewissheiten

Am nächsten Morgen stand ich früh auf und bereitete meiner Mutter ein schönes Frühstück vor. Diese ungewohnte Geste und die Nachricht über die Fahrt meines Vaters nach Erzurum für die Wohnungssuche machten sie an jenem Morgen überaus glücklich. Sie ermahnte mich weitaus weniger als sonst, bevor sie zur Arbeit ging, und gab mir einen Kuss. Ich jedoch war zappelig und aggressiv. Ich hatte keine Geduld mehr, noch länger zu warten. Gleich nach meiner Mutter verließ ich die Wohnung und machte mich auf zu Yüksels Haus.

Mein Freund, der Honigliebhaber, war keineswegs erfreut, als er mich vor der Tür stehen sah. »Ach, du bist's. Komm herein«, sagte er mit säuerlicher Miene.

»Los, Mann, gib den Film her. Ich lass ihn selbst entwickeln.« Besorgt sah er sich um und bedeutete mir, leise zu sein. Er fürchtete, seine Mutter könnte uns hören. »Geh runter in den Garten, unter die Treppe«, flüsterte er. »Ich komme gleich.«

»Hast du die Bilder etwa entwickelt?« Ich platzte vor Anspannung.

»Tu, was ich dir sage.« Und zack! knallte er mir die Tür vor der Nase zu.

Ich hatte keine andere Wahl, als hinunterzugehen und zu warten. Der Mistkerl ließ mich bestimmt zehn Minuten schmoren. Als er dann endlich kam, waren seine Hände leer. Ich war total enttäuscht. Da packte ich ihn am Kragen. »Willst du dich etwa lustig …«

Mit einer schroffen Bewegung befreite er sich von mir. »Was glaubst du, wer du bist, Mann?«, fuhr er mich an.

Ich musste mich schwer beherrschen, dem Kerl nicht eine ordentliche Abreibung zu verpassen. »Ich hab keine Zeit für Spielchen.«

»Wo hast du denn den Film her?«

»Ich bring dich um, Yüksel«, sagte ich mit zitternder Stimme, »bei Gott, ich bringe dich um.«

»Das dürfte schwierig sein«, meinte er, doch er war sichtlich beängstigt. Er zog einen großen gelben Umschlag unter seinem Pullover hervor. »Schließlich tut man dir hier einen Gefallen.«

Eifrig riss ich ihm den Umschlag aus der Hand und warf einen Blick hinein. Beim Anblick der vielen Fotos und der daran gehefteten Negative machte mein Herz einen Sprung. Wortlos drehte ich mich um und entfernte mich. Yüksel rief lange etwas – ich vermute Übles – hinter mir her, aber ich verstand kein Wort. Ich verließ den Garten, überquerte hastig die Straße und fing an zu rennen. Unbewusst bewegte ich mich in Richtung Bolzplatz. Der wurde aus irgendeinem Grund »Farm« genannt und lag auf einem riesigen, teilweise buckeligen Gelände. Ich ging die gesamte Fläche entlang und erreichte den Bach am Fuße der Pappeln, die die Farm abgrenzten.

Ich suchte mir einen geeigneten Baum aus und ließ mich nieder. Meine Lippen waren völlig trocken, meine Hände zitterten wie Espenlaub. Ich schloss die Augen und atmete tief durch. Ich konnte mich einfach nicht beruhigen. Meine Anspannung war nämlich nicht physiologischer, sondern psychologischer Natur. Ich streckte mich auf der Wiese aus und versuchte, Ruhe zu finden, indem ich mich auf das Rauschen des Bachs konzentrierte. Leider kamen mir immer nur grässliche Dinge in den Sinn. Ein im Gras verborgener Skorpion etwa, der an meinem Kragen hineinkrabbelte und mich biss. Ich betrachtete die bunten Pilze, die überall sprossen. Dass sie giftig waren, hatte mir mein Vater beigebracht. Welche Wirkung sie bei angemessener Dosierung hatten, wusste ich wiederum aus persönlicher Erfahrung.

Dann ging mir das komische Lied *Qué será, será* durch den Kopf. Ich fühlte mich wie Kafka, der, als Milenas fieberhaft erwarteter Brief nach Wochen endlich im Postkasten lag, das Öffnen dieses Briefs ständig hinauszögerte. Ich brockte einen der Pilze in meiner Reichweite und biss die Hälfte ab. Trotz aufkommender Übelkeit kaute ich lange darauf herum und schluckte ihn dann hinunter. Als ich auch die andere Hälfte in meinem Magen versenkt hatte, öffnete ich den Umschlag und zog den Inhalt heraus. Aufmerksam betrachtete ich jedes einzelne Foto. Ein Mann und eine Frau. In gemeinsamer Aktion. War es Ballett? Akrobatik? Nein, das war es beides nicht. Sie paarten sich. Die Protagonisten besagter Aktivität? Keine Unbekannten. Einer war der verrückte Ertan. Die andere Person war wohl die Frau, von der er bei seiner Aussage auf der Polizei behauptet hatte, sie sie seine Geliebte. Eine schöne Frau. Eine Frau, in deren traurigen Augen stets Sternschnuppen aufleuchteten.

Nach fünf Minuten auf der Wiese und einigen Pilzen mehr hatte meine ungestüme Seele ihren Frieden gefunden. Eine innere Stimme sagte mir, dass dieses letzte Detail das Bild komplettierte. Ich dachte nach, ohne mir allzu sehr das Hirn zu zermartern, und kam zu dem Schluss, dass ich recht hatte. Ich richtete mich auf, steckte die Fotos in den Umschlag, stopfte diesen in mein T-Shirt und machte mich auf den Rückweg in unser Viertel.

Ich ging in unser Nachbarhaus in den dritten Stock und klingelte lange an der Wohnung, die durch eine Stahltür mit diversen Riegeln von der Außenwelt abgeschottet war. »Wer ist da?«, war von drinnen eine zittrige Stimme zu hören.

Ich klingelte noch einmal. Mein Magen brannte wie Feuer. Als Alev Abla endlich öffnete, war sie sichtlich erleichtert, mich zu sehen, und stellte die sinnlose Frage: »Ach, du bist's?«

»Darf ich reinkommen?«

»Ich muss aber gleich weg. Ich ruf dich, wenn ich zurück bin, okay?«

»Es wird nicht lange dauern«, beharrte ich. »Höchstens fünf Minuten.«

Nägel knabbernd überlegte sie kurz und gelangte wohl zu der Überzeugung, mich gegebenenfalls leicht loswerden zu können. »Na, wenn das so ist«, bat sie mich herein.

Ich ging ins Wohnzimmer und setzte mich auf einen der unsäglich geschmacklosen beigefarbenen Sessel am Fenster. Nie zuvor hatte ich mich im Beisein von Alev Abla derart entspannt und angriffslustig gefühlt. »Ist Remziye Teyze nicht da?«

»Meine Mutter ist für ein paar Wochen ins Dorf gefahren.« Sie redete in ihrem gewohnten Ton einer niedlichen Märchentante, doch ihre angespannte Mimik verriet, dass mein Besuch sie beunruhigte.

Auf dem Beistelltisch neben meinem Sessel stand die Entenversion des Porzellanesels, den ich in Hicabi Beys Wohnung gesehen hatte. Ich nahm die depperte Ente in die Hand und murmelte: »So ein Pech.«

»Was gibt's? Was hast du mit meiner Mutter zu schaffen?«

»Gott möge dich davor bewahren, aber gestern Abend ist der Teufel ein wenig in mich gefahren, und ich wollte sie bitten, ihn mir wieder auszutreiben. Nun denn, dann muss ich ein, zwei Wochen so zurechtkommen.«

Alev Abla lachte nicht. »Wolltest du mir etwas sagen?«, fragte sie beunruhigt. Mir fiel auf, dass sie dabei die ganze Zeit versuchte, unbemerkt den Flur im Auge zu behalten.

Um ihr auch noch den letzten Nerv zu töten, blickte ich, bevor ich ihr antwortete, ebenso in den Flur. Nichts und niemand war zu sehen. »Du erzählst mir doch ständig irgendwelche Märchen«, sagte ich und beugte mich vor. »Und heute möchte ich dir ein Märchen erzählen.«

»Okay, aber geht das nicht später? Wie gesagt …«

»Es war einmal in alter grauer Vorzeit«, begann ich, aber ehrlich gestanden war ich mir nicht sicher, ob ich bis zum Ende durchhalten würde. Mein Körper schlief allmählich ein, mein

Geist war umnebelt. »Nicht allzu fern, in einem nahe gelegenen Viertel, lebte eine Witwe mit ihrer Tochter. In ihrer Nachbarschaft war das Weib als Wunderheilerin bekannt. Man traf sogar Schwachköpfe, die sie als Heilige bezeichneten. Dabei tat das dreckige Weib nichts anderes, als ihre Tochter an die Kerle zu verschachern, die zu ihnen nach Hause kamen. Ja, so war das.«

»Du …«, sagte Alev Abla, ihr gekünsteltes Lächeln war zu einer Maske erstarrt.

»Im gleichen verwunschenen Viertel lebte noch ein anderer Schuft, der mindestens so grausam war wie diese Hexe. Die größte Freude dieses Greises, wegen dem sich seine Frau aus Gram ins Jenseits beförderte, war, die Tochter der Hexe mit dem Dorftrottel bumsen zu lassen und sie dabei zu fotografieren. So lebten sie glücklich, bis eines Tages ein dummer Junge auftauchte, der nichts anderes wollte, als ein Bremer Stadtmusikant zu sein, und der alles durcheinanderbrachte. Der Dummkopf entflammte für die kleine Nutte, vergaß seine Leidenschaft für Bremen und beschloss, sie zu heiraten.«

Alev Abla strauchelte einen Schritt auf mich zu. »Du verdammter …«

»Da bat das Mädchen seinen Liebsten, zu dem dreckigen Alten zu gehen, die Fotos zu holen und ihn danach abzumurksen. Vielleicht hatte das Mädchen auch nur die Fotos gewollt, und es ergab sich, dass der Jüngling gezwungen war, dem Typ die Kehle durchzuschneiden.« Ich redete wie ein Maschinengewehr, doch mein Geist sendete mir Warnungen zu, dass die Bilder, die von meinen Augen eintrafen, eine ernsthafte Bedrohung enthielten. Die Anzahl meiner Zuhörer hatte sich urplötzlich auf vier erhöht: zwei davon waren Alev Abla und zwei Erkin Abi. »Der vergnügungsgeile zähe Gockel, der letzten Endes das bekam, was er verdiente, verfügte gleichzeitig über eine ausgesprochen paranoide Persönlichkeit und war dementsprechend kein Typ, der mitternächtlichen Besuchern so einfach die Tür öffnete. Wohl wissend protestierte das Mädchen denn auch nicht, als im Haus des Mannes eine letzte Orgie organisiert wurde. Anstatt selbst hinzugehen, schickte sie in jener Nacht allerdings ihren Liebsten. Der arme Greis öffnete die Tür, weil er ja dachte, es sei das Mädchen. Die kleine Nutte währenddessen …« Alev Ablas Ohrfeige zwang mich zu unterbrechen. Eigentlich tat mir der Schlag ins Gesicht sehr gut, denn er stellte die Verbindung meiner schwindenden fünf Sinne zur Welt wieder her. Zumindest sah ich mittlerweile nur noch zwei Personen vor mir. Ich schluckte die Mischung aus Blut und Spucke hinunter und fuhr fort: »Die kleine Nutte beobachtete von ihrer genau gegenüberliegenden Wohnung aus das Geschehen. Als ihr Liebster aus dem Haus des Kerls rannte, freute sie sich so sehr … Aber leider war die Freude nur von kurzer Dauer. Denn beim Blick aus dem Fenster bemerkte sie auf der Straße auch den schmuddeligen Nachbarsjungen und dass auch er den Bremer Stadtmusikanten gesehen hatte. Der Knabe bewegte sich auch noch in dieselbe Richtung. Beinahe wäre alles, aber auch alles zerstört gewesen …«

»Bring ihn um.« Die Stimme gehörte Alev Abla, und sie konnte das nicht zu mir gesagt haben.

»Was redest du da für Unsinn!«, schrie Erkin Abi. »Ich kann doch kein Kind umbringen. Ich kann niemanden umbringen!«

»Schrei nicht, du Blödmann! Jemand wird dich hören.«

Was mich betraf, so war ich wild entschlossen, das Szenario, das ich mir vorstellte, zu Ende zu erzählen. »Kommen wir zu dem anderen Comics-Held, dem Verrückten … Da der Knabe ihn nicht ins Haus gehen sah, muss er sich zum Zeitpunkt des Mordes im Haus befunden haben. Tatsächlich …«

Da legte Alev Abla ihre Hände um meinen Hals. »Dann mach ich ihn eben selbst fertig …«

»Bist du vollkommen irre?«, brüllte Erkin Abi und zerrte sie von mir weg.

Alev Abla strampelte wie eine Verrückte und hackte ihm die Fingernägel ins Gesicht. »Lass mich, du Trottel! Sie werden uns beide aufhängen!«

»Ich hab die Schnauze voll, endgültig!« Mit diesen Worten versetzte Erkin Abi Alev Abla einen Fausthieb, dass sie zusammen mit dem Couchtisch, der mitten im Raum stand, auf den Boden krachte. »Es soll endlich vorbei sein!«

Es war, als ginge es nicht um mein Leben, sondern als sähe ich mir einen spannenden Film an. »Hattet ihr von Anfang an eingeplant, dass der verrückte Ertan dort sein sollte? Um die Schuld auf ihn abzuwälzen? Oder war das purer Zufall?«

»Halt endlich die Klappe«, sagte Erkin Abi und schleifte mich in Richtung Tür. »Siehst du nicht, dass sie dich umbringen wird? Verschwinde schleunigst von hier.«

Alev Abla tauchte mit einem zerbrochenen Tischbein neben uns auf. Sie brüllte wie ein wildes Tier, als sie das Tischbein auf meinen Kopf niederfahren ließ. Hätte Erkin Abi nicht seinen Arm dazwischengestreckt, hätte sie mir das Gehirn zu Brei geschlagen. Dem Knacken zufolge war der Arm gebrochen. Außer sich vor Wut stand Erkin Abi auf und ging auf unsere Nachbarstochter los. Ohne Rücksicht auf Verluste prügelte er die Frau meiner Träume windelweich. Ich muss zugeben, dass ich einen Moment lang erwog, dazwischenzugehen. Ob Alev Abla mich dann geliebt hätte? Das war natürlich alles Unfug. Um die Gelegenheit zu nutzen, die Erkin Abis kurze Verschnaufpause mir bot, fragte ich: »Habt ihr auch Remziye Teyze ermordet?«

»Kapierst du denn gar nichts, Junge?«, meinte Erkin Abi schweißüberströmt. »Wenn du noch länger bleibst, wird das mit deinem Tod enden.«

»Ich gehe nicht, auch wenn es meinen Tod bedeutet«, sagte ich lachend. »Ich will Antworten auf meine Fragen.«

Um eine neuerliche Attacke Alev Ablas zu vermeiden, platzierte Erkin Abi seine Knie auf ihren Armen. Eine überflüssige Maßnahme, wenn man mich fragt. Alev Abla war fix und fertig. Sie lag bewegungslos da, ihre Augen starr an die Decke gerichtet. Die Wahrscheinlichkeit, dass sie tot war, war ausgesprochen hoch. »Wir haben niemanden umgebracht«, sagte Erkin Abi mit schmerzverzerrtem Gesicht. »Weder den Polizeidirektor noch ihre verfluchte Mutter, diese Zuhälterin.«

Diese Pilze sind ein merkwürdiges Zeug. Man beginnt sogar an so hohle Phrasen wie Weltfrieden und Brüderlichkeit zu glauben. »Ich glaub dir, Abi«, laberte ich, zog den Umschlag unter meinem T-Shirt hervor und drückte ihn ihm in die Hand.

Erkin Abi drehte den Umschlag hin und her und zog die Fotos heraus. Er glotzte mich mit Kuhaugen an, als er fragte: »Wo hast du die her?«

»Das tut nichts zur Sache«, antwortete ich. »Ich weiß eine Menge. Wenn du mir jetzt noch erzählst, was ich nicht weiß, kann ich vielleicht helfen.«

Der arme Kerl war völlig konfus im Kopf. Er biss sich auf die Lippen und begann zu singen: »Alev hat x-mal mit dem Arschloch, also mit dem Verstorbenen, gesprochen. Sie versuchte ihm zu erklären, dass sie damit aufhören und eine ehrenwerte Frau werden wollte. Aber der Typ ließ sie einfach nicht in Ruhe. Er machte sie runter und beschimpfte sie. Er bedrohte sie damit, sie mit den Fotos vor allen unmöglich zu machen, ja sogar, sie wegen Prostitution einbuchten zu lassen. Wir hatten keine andere Wahl, verstehst du? Ich ging an dem Tag zu ihm, um ihn einzuschüchtern und die Aufnahmen zu holen. Seine Wohnungstür stand offen. Da sah ich seine Leiche auf dem Sofa. Ich hatte Riesenangst, aber trotzdem nahm ich all meinen Mut zusammen, um die Fotos dort zu suchen, wo Alev mir geraten hatte. Am Schluss fand ich sie alle. Das dachte ich zumindest. Gerade als ich gehen wollte, stieß ich mit dem verrückten Ertan zusammen. Er war aus dem anderen Zimmer herausgeschossen. Da begriff ich, dass er den Mord verübt hatte, und floh in wilder Panik.«

Eigentlich war die Geschichte hochinteressant, aber ich konnte mir das Gähnen nicht verkneifen. »Okay«, sagte ich. »Ich werde dich da rausholen. Keine Angst. Dann heiratest du halt Alev Abla oder Yeşim, und wenn das nicht klappt, dann haust du eben ab nach Tibet.«

Mit entsetzter Miene sah Erkin Abi seiner letzten Chance in Form meiner Wenigkeit ins Gesicht. »Was bist du?«

»Die Negative sind dabei«, sagte ich und deutete mit meinem Kopf auf den Umschlag. »Denk einfach, dass Gott mich geschickt hat. Oder der Satan. Das kannst du dir aussuchen.«

Gerade drehte ich mich zum Gehen um, da hörte ich, wie Alev Abla knurrte: »Der Satan. Du bist die Brut des Satans.« Sie lebte also noch. Das freute mich. Sie hatte tiefdunkle Ringe unter den Augen, und Tränen rannen ihre Wangen hinab. In jener Stimmung war sie die schönste Frau, die ich je in meinem Leben gesehen hatte. Hass stand ihr besser zu Gesicht als Blumen. So ist es bei allen Frauen.

»Da war doch dieses Märchen, das du mir erzählt hast«, sagte ich und beugte mich zu ihr. Unmerklich berührte ich ihr Haar und ihre Wangen. »Du weißt ja, dass das Ende nicht ganz vollständig ist. Die Menschen, die Glassplitter im Auge haben, können sich durch Weinen retten. Mit den Tränen fließen nämlich auch die Splitter weg. Aber bei manchen sind die Splitter bis ins Herz vorgedrungen. Und sie können weinen, so viel sie wollen, es wird ihnen nichts nützen, sie werden auf ewig verdammt sein.«

Ich rannte hinaus – das war ein großer Fehler. Ich verlor das Gleichgewicht und purzelte mindestens fünfzehn Stufen bis ins Erdgeschoss hinunter. Als ich auf die Straße trat, war ich zutiefst erstaunt, wie sehr sich die Farben des Lebens verändert hatten. Der Himmel sah tatsächlich aus wie Marmelade, und das in Geschmeide gehüllte kleine Mädchen winkte mir tatsächlich vom Himmel zu. Ich winkte zurück und schleppte mich mit letzter Kraft nach Hause. Ich stöpselte das Telefon aus und klemmte ein Stück Pappe in die Klingel. Höchstens fünf Minuten, nachdem ich meinen Platz unter dem Diwan eingenommen hatte, verwandelte sich das alte, verrostete Gestell in ein prächtiges Tor. Ich brauchte es nur ganz leicht aufzudrücken.

elf

also schlief zarathustra

Es hätten Don Quijote und Sancho Panza sein können. Oder Leyla und Mecnun. Tom und Jerry. Eventuell sogar Oya und Kaya. Warum aber Öztürk und ich? Darüber musste nachgedacht werden. Waren wir Seelenverwandte? Eine psychoanalytische Metapher? Oder waren wir bloß ein simples Missgeschick des Zufalls? War Öztürk für mich das, was ich für Öztürk war? Was machte uns letzten Endes aus? Bezüglich der Probleme zwischen uns gab es noch jede Menge weitere Fragen, die man nicht eindeutig beantworten konnte. Waren beispielsweise Öztürk und ich in dieselbe Frau verliebt? Hieß diese Frau Duygu Fırtına, Gefühlssturm? Existierte eine solche Frau tatsächlich? War Öztürk, der als Jugendlicher verstorbene Freund meines Vaters aus Kindertagen, ein Traum von mir? Oder ein Traum meines Vaters? War dieser Öztürk etwa der Komödiant Öztürk Serengil? Öztürk Serengil war doch nicht etwa ein Traum? Der vom Vater an den Sohn überging? Ein Traumvirus? Was würde auf den Sohn zukommen, wenn er mehr zu erreichen versuchte als sein Vater? Mein Ziel war nicht, Antworten auf all diese Fragen zu finden. Ich wollte nur, dass Sie wissen, dass nicht alles so normal ist, wie es erscheint.

Im Vorspann trafen Öztürk und ich uns wie immer auf der Anhöhe, von der man Blick auf die Wüste hatte. Um die Wüste zu betrachten und zu plaudern. Das taten wir oft. Nie aber tranken wir Tee, während wir uns den Himmel über der Wüste ansahen. Hielten wir das nicht für notwendig? Die Wüste ist ein zu heißer Ort. Wie bitte? Sagten Sie Eistee? Damit Sie beim Lesen dieser Zeilen über Öztürk und unsere angenehmen Gespräche nicht durcheinander geraten, drängt sich die Notwendigkeit, einige Punkte zu erläutern, mit all ihrer Wucht auf. Für den Moment wehre ich mich dagegen, und ich nehme an, dass Sie mich verstehen, zumindest tolerieren. Oder wälze ich mich nur im Sumpf der Subjektivität? Das weiß Gott allein.

Ziel der Wüstengespräche zwischen Öztürk und mir ist, die Welt zu retten. Vielleicht ist es auch nur anscheinend das Ziel. Damit sich ein Drama entwickelt und wir unterschiedliche Gefühle erleben und auslösen. Der einzige Weg, Gefühle lebendig zu erhalten, ist die Bewegung. Während Stillstand die Geisteskraft erhöht, macht er den Menschen gefühllos *(Quelle: »Zeitgenössisches Leben, Enzyklopädie des kommerziellen und agoraphobischen Wissens«).*

Auch an jenem Tag saßen Öztürk und ich da, mit Blick auf die Wüste, und machten uns ohne Eile warm mit Forschungs- und Entwicklungsfragen zum Thema »Wovor retten wir heute die Welt?«

»Die Vergangenheitsfresser«, sagte Öztürk. »Die müssen wir aufhalten.«

»Sie sind heute vielleicht ein Direkt-zum-Thema-Kommer.«

»Das gebietet meine Natur, das ist nicht nur heute so. Vielleicht sind Sie heute eher ein Auf-Personen-Fixierter.«

»Schon möglich. Das ist mir lieber. Themen sind etwas für oberflächliche Menschen.«

»Auf-Personen-Fixierter zu sein gewährt Ihnen nicht gleichzeitig das Recht, ein Klischeeverfechter zu sein. Darauf möchte ich Sie hinweisen. Tee?«

»Gern. Merci.«

Wie in den westlichen Filmen goss Öztürk aus einer einzelnen Teekanne Tee in meine Tasse aus chinesischem Porzellan und sagte: »Vergangenheitsfresser. Wenn du nichts dagegen hast, sollen sie heute das Objekt unseres Kampfes sein.«

»Das hängt davon ab, wie interessant das Thema ist«, lautete meine höchst angemessene Antwort. Vor allem, als der Tee meine Oberlippe leicht verbrannte. »Erzählen Sie, wenn Sie möchten.«

»Hängt das Schicksal der Welt davon ab, wie interessant Sie ein Thema finden?«

»Mein Schicksal hängt davon ab, mein Augenstern.«

»Die Distanz, die Sie zwischen sich und die Menschheit bringen, erstaunt mich jedes Mal zutiefst, mein Teuerster.«

»Wenn Sie wollen, kann ich Ihnen darauf eine passende Antwort geben, aber welchen Sinn hat das, wenn nicht einmal eine Duygu Hanım zwischen uns steht, der wir den Kopf verdrehen wollen?«

»Ich verbitte mir das.«

»Ich habe das nicht ernst gemeint, ich wollte nur auf unsere schlechten Neigungen hinweisen.«

»Lassen Sie uns nicht über Bosheiten sprechen und uns damit die Laune verderben. Wir sollten nicht die düsteren Seiten unserer Seelen ehren.«

»Ein Thema zu vermeiden kann genauso als Interesse daran interpretiert werden, wie es anzusprechen. Ich glaube, der Blick auf die Haltung des Einzelnen bringt uns an diesem Punkt nicht weiter. Letzten Endes hat der Mensch häufig nicht allzu viele Alternativen. Menschen mit unterschiedlicher Intelligenz und Reife können zu derselben Einstellung gelangen.«

»Lassen wir den Verdruss!«, brauste Öztürk in seiner sinnlosen Art auf, an die ich allerdings bereits gewöhnt war. »Wir sind Aktivisten!«

»Das stimmt leider nicht«, sagte ich. »Erzählen Sie mir dennoch Ihre Geschichte von den Vergangenheitsfressern. Dann machen wir uns auf und werden aktiv.«

»Lassen Sie Ihren Tee nicht kalt werden«, meinte Öztürk und schlürfte an seinem eigenen. Ich tat es ihm nach.

Wir redeten kein Wort, bis wir unseren Tee ausgetrunken hatten. Ich sage nicht, dass wir nicht reden konnten, beachten Sie das bitte genauestens. »Ich weiß, warum du so denkst!«, brüllte Öztürk und schwenkte sein von irgendwoher auftauchendes Zepter gen Himmel. Scheinbar befürwortete er, dass alle Punkte, die den Eindruck erweckten, ich beschäftigte mich nur wider Willen mit dem Thema Vergangenheitsfresser, der Reihe nach und mit großer Entschlossenheit behandelt wurden. »Wir sind nämlich keine Aktivisten, weil … Wegen deiner perversen Fantasien.« Der alte Öztürk war verschwunden und an seine Stelle ein Schauspieler getreten. Er redete in der Manier eines wütenden Gladiators. Ich hatte natürlich vorher schon gehört, dass er wie ein wütender Gladiator redete, aber nicht mit mir. Während eines anderen Abenteuers, bei dem wir die Welt vor den Römern retteten, hatte er manche Sklaven oder Caesar – ich weiß nicht mehr, wen – so angebrüllt *(Aus der Episode: »Ergonomische Unglücksfälle«).* Und warum spielte er sich derart vor mir auf? Sollte ich ihn jetzt schlagen? Ich scherte mich nicht darum und ließ ihn in seinem Oratorium fortfahren. »Ein Meer voller Feinde / Wo ist unser Schiff?«, sagte er, diesmal wie Caesar. Er litt unter einem Anfall von gespaltener Persönlichkeit. Einer Art Halluzination. »Welche Feinde haben wir mit dir besiegt, welche Frauen geliebt?« Duygu Fırtına? »Aber du verleugnest jetzt alles für eine Lüge! Nein, wir hätten diese Tage nicht erlebt, nein, mich gäbe es gar nicht, nein, das seien alles deine Fantasien! Woher nimmst du das?« Dieses hässliche Finale passte nicht recht zu dem prächtigen Einstieg. Öztürk war und blieb eben Öztürk.

»Vergessen wir das alles, mein lieber Öztürk. Das alles habe ich dir in einem Moment der Schwäche erzählt«, sagte ich, kurz bevor ich für diejenigen, die die früheren Folgen verpasst hatten, eine informative Klammer öffnete (In einer Folge hatte der Protagonist unserer Geschichte seinem geliebten Waffenbruder Öztürk erzählt, dass es die Welt, in der sie lebten, gar nicht gab, dass Öztürk persönlich in diese nicht existente Welt gehörte und dass alles nichts anderes war als eine Kaskade von Fantasien, die sich ein in der realen Welt unter einer narzisstischen Persönlichkeitsstörung leidendes Mittelklassekind unter seinem Diwan zusammensponn. Öztürk hatte heftig dagegen protestiert und die Idee verfochten, das angesprochene Problem resultiere daraus, dass der Professor, der in dem Abenteuer mittels eines ausgefeilten Elixiers den Verstand der Menschen okkupierte, dasselbe auch mit unserem Protagonisten anstellte. Danach bekam der verrückte Professor die gerechte Strafe, die Debatten zwischen dem Haupt- und dem Nebenhelden jedoch fanden kein Ende. *Aus dem Abenteuer: »Der Grüne Apfel und die Prüfung durch das Bewusstsein.«*) Klammer zu, der Regisseur forderte mich auf, weiterzumachen: »Ich hätte das nicht tun sollen. Niemand will daran glauben, dass er eine Lüge ist. Aber so ist es. Jeder ist eine Lüge.« Ich muss gestehen, dass ich eine Nanosekunde – garantiert nicht länger – überlegt hatte, den Satz in der Form *»Jeder ist eine Riesenlüge«* zu formulieren. Ich entschied mich nicht für den Glamour des amerikanischen Kinos, sondern für die Kraft der Bescheidenheit.

»Wie erklärst du dir, dass wir heil aus all diesen Abenteuern herausgekommen sind?«

Mit welcher Ernsthaftigkeit er eine Antwort erwartete! »Okay, aber wie erklärst du, dass nicht ich dir, sondern du mir ausgerechnet die Frage gestellt hast, die meine These vollkommen unterstützt?«

Eine Zeitlang starrte mich Öztürk mit weit aufgerissenen Augen an. Ich glaube, er dachte dabei auch nach. »Tja«, entfuhr es ihm schließlich. »Tja, es muss etwas Telepathisches sein.« Er wollte das Thema schleunigst beenden.

»Ja, ja«, sagte ich mit wegwerfender Geste. Dann stellte ich fest, dass meine Art, die Dinge abzuwimmeln, seine rechthaberische Ader gänzlich beflügeln würde, und unternahm sogleich ein korrigierendes Manöver. »Daran hatte ich auch gedacht. Eine solche Wahrscheinlichkeit besteht leider.«

Meine Haltung, die ich ihm präsentierte, mich mit einem 1:1-Gleichstand abzufinden, erschien Öztürk nicht allzu überzeugend. »Darf ich dann fragen, warum Sie bei jeder Gelegenheit in dieser verlogenen Welt auftauchen? Um Ihre größenwahnsinnigen Fantasien zu befriedigen?«

»Darum geht es natürlich auch«, gestand ich ein und fügte sofort hinzu: »Aber eigentlich, mein lieber Öztürk, geht es darum, dass ich mich hier auch intelligenter fühle und nicht nur glücklicher und in Sicherheit.« Dann drehte ich mich um wie Kartal Tibet in dem Film *Senede Bir Gün.* Als wäre es nicht Kartal Tibet, der nach was weiß ich wie vielen schrecklichen Jahren im Knast aus dem Jemen floh, um zu seiner Liebsten zurückzukehren; der am Tag seiner Rückkehr erfuhr, dass seine Liebste in dem Glauben, er sei tot, an einen anderen versprochen wurde; den seine Liebste aufsuchte, nachdem sie die Hochzeit mitten in der Zeremonie platzen ließ, als sie von seinem Kommen erfuhr; der ihr aber – dem eine Minute zuvor geäußerten Wunsch ihres Vater folgend – vortäuschen musste, er hätte die Jahre in diesen fernen Ländern gern verbracht und nicht, weil er dazu gezwungen gewesen war; der seiner freundlich lächelnden Liebsten erzählte, er habe in Erzurum ein wenig Land gekauft, geheiratet, zwei Kinder in die Welt gesetzt und sei glücklich – nicht der berühmte Schauspieler war das, sondern ich, euer treuer Diener. Genau wie Kartal Tibet spielte ich meine Rolle mit leidvoller Mimik, die nicht nur mein Gesprächspartner, sondern Millionen von Menschen sehen sollten. »Ich habe eine bittere Kindheit verbracht, Öztürk«, sagte ich schniefend. »Ich konnte nicht einmal krumme Sätze bilden. Ich konnte es nicht, weil ich Angst hatte. Ich trug Verantwortung. Während sich meine Altersgenossen in ihrem gebrochenen Türkisch prima verstanden, sich unterhielten und dabei alle Grammatikregeln vergewaltigten, ohne Kenntnis von Einleitung, Aufbau und Schluss einen Aufsatz mit zufälligen Absätzen schrieben, blieb ich ... Blieb ich den Satzelementen treu und betrog mich dabei selbst. Mein Leben zog in Form von korrekten Sätzen dahin. Natürlich machte ich, ohne es zu wissen, Fehler. Wenn ich es gewusst hätte ... (An dieser

Stelle fiel mir durch eine heftige Kopfbewegung mein gegelter Pony in die Stirn, und höchstwahrscheinlich ballte ich meine Fäuste.) Wenn ich es gewusst hätte, hätte ich den Inhalt umgebracht und den Satz gerettet. Aber sieh dir an, wie es jetzt um mich steht. Die Worte sind ungenügend, die Grammatik ist penetrant! Ich bilde unsinnige Sätze, und das Glück, das ich empfinde, bereitet mir Scham und Sorge!«

»Das ist nichts Beschämendes«, sagte Öztürk, seine Hand freundschaftlich auf meine Schulter legend, und erklomm gleichzeitig den Gipfel der Unfähigkeit, Kontexte herzustellen. »Du hast nur das getan, was notwendig war.«

»Nein! Nein!«, schrie ich ablehnend und schlug mich selbst. »Ich hätte das nicht tun dürfen, ich hätte diese Bedeutungen nicht opfern dürfen!«

»Du hast sie nicht geopfert«, verkündete Öztürk begeistert die gute Nachricht wie ein netter alter Opa, der in den Anfangsjahren des Islam gelebt hatte. »Worte gehen über ihren eigentlichen Wortgehalt hinaus.«

»Sagst du die Wahrheit, alter Mann?« Noch einmal war ich in der Wüste – diesmal handelte es sich allerdings um ein Filmset –, und ich schüttelte den Alten, der mir gesagt hatte, dass meine Liebste nicht tot war, auf dass er es immer und immer wieder sagte. Gleichsam. »Ich bin also eigentlich unschuldig, stimmt's? Stimmt's? Lass mich dir danken, allmächtiger Gott!«

»Du bist nicht nur unschuldig, sondern ein bisschen naiv!« Dieser schlechte Witz, diese falsche Vertrautheit ... Öztürk arbeitete darauf hin, mich zu mir selbst oder mein Selbst zu mir zu bringen. Er musste einen Grund dafür haben. Ich hatte Angst und zog mich in mein Selbst zurück. »Viel Zeit haben wir nicht«, äußerte Öztürk sofort sein Anliegen. »Die Vergangenheitsfresser können jeden Moment an unserer Tür klopfen.«

»Ja, natürlich«, sagte ich. »Zu diesem Thema wollte ich ohnehin kommen.«

»Das haben Sie sich nicht anmerken lassen.«

»Auf dem Gebiet bin ich speziell ausgebildet worden«, begann ich, und Öztürk hob reflexartig seine Hand, aus der Besorgnis heraus, ich könnte wieder abschweifen. Ich räusperte mich. »Sag, Öztürk, mein Waffenfreund, was sind das für Typen, diese Vergangenheitsfresser?«

»Sie kommen aus der Vergangenheit«, begann er zu erläutern. »Und fressen.«

»Ich habe sie mir ganz anders vorgestellt«, gestand ich. »Was weiß ich? Außerirdische Gedächtniskonsumenten oder so. Am Ende hat der Mann keine einzige Erinnerung übrig und lebt sein Leben, als würde er jeden Augenblick neu geboren und so weiter …«

»Aber so ist es nicht«, brauste Öztürk wütend auf. »Wenn du einmal die fixe Idee ablegst, dass alles deiner Fantasie entspringt, kann ich dir noch mehr erklären.«

»Es freut mich, wenn ich überrascht werde. Bitte fahren Sie fort.«

»Sie starten an einem Punkt des Gedächtnisses und bestrafen dich. Auf schrecklichste Weise. Meistens, indem sie morden.«

»Von welchem Punkt des Gedächtnisses aus?«

»Von irgendeiner Erinnerung aus. In einem völlig unerwarteten Moment greifen sie an, töten und verschwinden wieder.«

Wäre es unangebracht zu fragen, wohin? In diesem Moment erinnerte ich mich an jene goldene Regel (wenn du zweifelst, lass es!), die Autofahrer unseres Landes nie zu schätzen wissen, und schwieg. Diese Unterlassung durchlief alle möglichen Labyrinthe und Komplexe meiner komplizierten Hirnwindungen und verschaffte sich schließlich in einem Spruch Gehör: »Die Geschichte besteht nur aus Zweifeln.«

»Eine äußerst treffliche Feststellung«, sagte Öztürk. »Das Opfer erlebt in seiner Geschichte wiederholt dieselbe Begebenheit und wird so zum Subjekt dieses Satzes!«

»Würden Sie mir, wenn ich Sie darum bitte, die Realität an einem Beispiel erklären?«

»Niemand hat die Realität anhand eines Beispiels erklären können. Nicht einmal David Hume. Aber diese Geschichte kann ich schon an einem realen Beispiel erklären.« Als ich verstand, dass er ohne eine Zustimmung meinerseits nicht weitererzählen würde, machte ich – unter weitestgehender Vertuschung meiner Schwächen – mit bestimmten Mimiken und Gesten deutlich, dass ich seinen Einwand vernünftig und ausreichend fand. Dankenswerterweise fuhr er mit seiner Rede fort: »Unsere enge Freundin Duygu Fırtına, die in manch einem Abenteuer mit uns den Säbel schwenkte und mit ihrem Geiz, den sie trotz ihres Reichtums an den Tag legte, unter all den Helden einen eigenen Platz eingenommen hatte, ging einem Vergangenheitsfresser ins Netz.«

Angewidert betrachtete ich Öztürk, der nicht Duygu Fırtınas Schönheit und scharfen Verstand, sondern ihren Geiz hervorhob. Nicht, weil er nicht für einen Funken seinen Mann stand, sondern weil er es vorzog, diese verwinkelten Wege einzuschlagen und so die Tatsache, dass wir beide in dieselbe Frau verliebt waren, sowie die daraus resultierenden herzbrecherischen Schlussfolgerungen zu ignorieren. Anstatt ihm meine Gedanken mitzuteilen, zog ich es vor, der Situation angemessen mit Entsetzen »Was!« zu brüllen.

»So ist es auch richtig«, formulierte Öztürk. Dabei hätte er erwidern müssen: »Das stimmt.« Wer weiß, was ihm durch den Kopf ging, welche Geister ihn ritten. »Aber ich habe eine gute Nachricht: Der Vergangenheitsfresser, der Duygu Fırtına heimsuchte, ist der König und der Stärkste von ihnen.«

»Darf ich den Grund erfahren, warum uns diese frohe Botschaft so fröhlich stimmt?«, fragte ich mit einem halben und künstlichen Lächeln.

»Zuallererst erschütterte mich die Nachricht, dass sich einige Vergangenheitsfresser gegenseitig attackierten und bei dem Aufruhr krepierten«, begann Öztürk seine Erklärung. Na denn Prost. »Ich war in meiner Dienststelle. Ich dachte nach. Warum hatten sie das wohl getan? Ich strich über die Troddeln an meiner Uniform und nahm die Sache in Angriff. Später fügte ich dem Ganzen noch einige statistische Daten et cetera hinzu.« Hatte das Generalsein Öztürk eine effeminierte Haltung eingebracht, oder kam das nur mir so vor? »Dann habe ich ihr Geheimnis gelüftet: Wenn wir ihren König umbringen, können wir die Vergangenheitsfresser vernichten!«

Zweifelnd kratzte ich mich am Kinn und kniff die Augen zusammen (mein Kinn juckte tatsächlich). »Sind Sie sicher, dass sie zu jener Gattung gehören? Und außerdem – wie haben Sie die Verbindung zwischen den Daten hergestellt?«

»Sie verstehen nicht, Meister!«, sagte der verdammte Öztürk, die Hände in der Luft ringend, und beugte sich an mein Ohr, als würde er mir ein Geheimnis verraten. Das tat er dann auch: »Die Vergangenheitsfresser verfügen über Antennen. Antennen, mit denen sie schlechte Erinnerungen orten. Sie treffen keine bewusste Wahl, sondern attackieren instinktiv die schlechteste Erinnerung in ihrer Umgebung. Verstehen Sie immer noch nicht?«

»Du sagst also, dass sie irgendwie blind sind«, überging ich seine Frage oder Rhetorik mit einer diplomatischen Antwort.

»Diese kannibalistischen Vergangenheitsfresser griffen eigentlich nur das stärkste Leid in ihrer Umgebung an. Das ist auch der Grund dafür, warum sie sich gegenseitig auffraßen. Und ich sage: Das Schlimmste, woran ein Vergangenheitsfresser denken und sich dementsprechend später erinnern kann, ist der Tod seines Königs«, sagte er lachend, den Kopf um fünfunddreißig Grad nach rechts geneigt und boshaft mit seinem Finger herumfuchtelnd.

Ohne meinem Freund die Gelegenheit zu geben, meine Hirnlosigkeit noch ein weiteres Mal zu betonen, führte ich ein Manöver aus, das als schützende Polemik in die Literatur eingegangen ist: »Ich bin scheinbar zu doof; all das sagt mir gar nichts.«

Öztürk reagierte auf meine Taktik mit einem Schachzug verständnisvoller Dominanz. »Ich verstehe. Lass mich erklären: Ich begriff, dass, wenn der Tod des Königs eine so grässliche Erinnerung für die Vergangenheitsfresser war, ihre Antennen eine solch attraktive Beute nicht ablehnen würden. Sie würden übereinander herfallen und allesamt krepieren.«

»Hast du das in einem Buch gelesen oder ist das auf deinem Mist gewachsen?«, wurde ich für einen kurzen Moment vulgär.

»Meinen Berechnungen zufolge kann kein Mensch in einem Umkreis von vierzigtausend Kilometern ein stärkeres Schmerzerinnerungssignal geben als ein Vergangenheitsfresser, dessen König tot ist. Lass es mich so formulieren: Stellen wir uns einen Vergangenheitsfresser vor, der an der Nase des jungen Werther vorbeigeht. Wenn es in vierzigtausend Kilometer Distanz einen weiteren Vergangenheitsfresser gibt, dessen König tot ist, wird das Monster dem jungen Werther keinerlei Interesse entgegenbringen und sofort zum Angriff auf seinen Artgenossen übergehen.«

»Das ist kaum zu glauben!«, widersprach ich vehement.

»Es gibt weniger Leid auf der Welt, als du denkst.«

»Oder weniger Menschen«, meinte ich, und das erschien mir äußerst bedeutsam. »Und was ist, wenn zwischen zwei Vergangenheitsfressern mehr als vierzigtausend Kilometer liegen?«, fragte ich dann, um ihn zu ärgern.

»Den Informationen unserer Pioniereinheiten zufolge ist das nicht möglich«, stauchte mich mein Freund und größter Rivale zusammen.

»Wie sieht ein Vergangenheitsfresser aus, wo lebt er, was isst er, was trinkt er, und wie kann man ihn töten?«, fragte ich, mein Schicksal akzeptierend.

»Im Allgemeinen sind sie elektromagnetischer Schnickschnack«, antwortete Öztürk. Ich wusste, dass er ein spezielles Interesse für diese elektrischen Dinge hegte, aber ich provozierte das Thema nicht. »Allerdings verwandeln sie sich beim Eintritt in den menschlichen Körper elektrochemisch in eine organische Substanz und nisten sich im Corpus callosum ein.«

»Also in dem winzigen Nerv, der die beiden Hirnhemisphären miteinander verbindet«, erklärte ich mit blitzenden Augen meinem an Anatomiekenntnissen armen Publikum.

»Genau an diesem kritischen Punkt erwartet dich ein Monster.«

Steckte in diesem Satz nicht etwas Merkwürdiges, in Öztürk nicht etwas Heuchlerisches? »Wieso erwartet es nur mich, mein Freund? Haben Sie etwa Wichtigeres zu tun, dass Sie mich bei diesem Rendezvous allein lassen? Eigentlich sollte das zwischen Helden kein Thema sein, schreiben Sie es einfach meiner Neugier zu.«

»Bei diesem Abenteuer sind Sie leider allein, mein Freund«, brachte Öztürk sein Bedauern über sich oder sein Schicksal zum Ausdruck. »Denn es gibt nur einen Weg, diesen Vergangenheitsfresser zu erreichen und …«

»Ah, in der Tat. Den gibt's ja auch noch«, unterbrach ich ihn. »Wie finden wir diese gottverdammte Kreatur?«

»Mit Hilfe des Superverkleinerers unseres Erzfeinds Fanzager *(Aus dem Abenteuer: »Tollpatschiges Bewusstsein«).* Sie werden sich erinnern, wie sehr Sie sich über mich lustig machten, als ich emsig die Betriebsanleitung des Superverkleinerers durcharbeitete. Aber heute, während ich das Gerät meisterhaft zu bedienen imstande bin, können Sie nur die Position des Probanden einnehmen.«

»Sie meinen also, ich werde es nicht verstehen, wenn Sie es mir erklären?«, insistierte ich.

»Garantiert nicht«, erwiderte Öztürk, seltsamerweise ohne einen Anflug von Wut. »Jeder kleinste Fehler könnte in einer Katastrophe enden. Außerdem – glauben Sie etwa, dass es leicht für mich ist?«

›Meinen größten Rivalen in das Gehirn der Frau zu schicken, die ich liebe‹, wollte er sagen, konnte es aber nicht. Ich respektierte seinen Schmerz. »Wenn das so ist, gibt es nur noch einen Punkt, der angesprochen werden muss«, sagte ich abschließend. »Duygu Hanıms entsetzlichste Erinnerung. Ich bin sicher, dass Sie sie kennen.«

Öztürk schüttelte den Kopf. Ich akzeptierte diese Antwort. Auf einmal befanden wir uns in Öztürks Labor. Der Erzähler erwartete, dass die Betrachter die dazwischen liegenden Sequenzen aus ihrer eigenen Fantasie füllten. Dabei handelte es sich um unwichtige Sequenzen. Öztürk war gekleidet wie ein Laborant, ich selbst in einer Weise, die ich im Moment nicht schildern kann. Duygu Hanım krümmte sich auf einer einfachen, an die Wand genagelten Liege auf eine Art, die ich – hätte ich nicht gewusst, dass sie von den Vergangenheitsfressern besessen war – als erregend bezeichnet hätte. Öztürks Stimme riss mich aus meinen wollüstigen Träumen. In dem Augenblick war sie erklärend. Der Wille zu überzeugen schwang nicht mit. »Mit dieser Spritze werde ich Sie in Duygu Hanıms Körper befördern.« Diesmal wirkte Öztürks Stimme aufzeigend. Die Spritze war allerdings nicht beängstigend. »Ich werde sie unter die Zunge setzen, damit Sie das Gehirn erreichen, ohne von der Blut-Hirn-Schranke aufgehalten zu werden.«

»Was bedeutet Blut-Hirn-Schranke?«, fragte ich, obwohl ich wusste, dass ich mit dieser unprätentiösen Frage mein Schicksal nicht bestimmen konnte.

»Der Körper ist hochintelligent, mein Freund. Er mag es nicht, dass allzu viel ins Gehirn strömt. Deshalb hat man es in einen stabilen Schädel eingepackt. Und hinter eine Art Chinesische Mauer, um die Gefahren abzuhalten, die vom Körper ausgehen. Ich gebe Ihnen ein Bypass-Ticket.«

»Achillesunterzunge!«, rief ich aus.

»Wenn sich meine Annahmen als richtig erweisen, werden Sie fünfzehn Sekunden, nachdem Sie den Hypothalamus passiert haben, im Broca-Areal ankommen. Dort wird Ihnen jeder, den Sie fragen, das Corpus callosum zeigen; ich kann Ihnen sogar eine detaillierte Wegbeschreibung versprechen. Es handelt sich nämlich um das Sprachzentrum.«

»Okay, nehmen wir an, ich finde diesen verdammten König. Was soll ich dann anstellen? Wie kann ich ihn bekämpfen und danach sein Foto in unsere Galerie der besiegten Feinde aufnehmen?«

»Genau das wissen wir nicht«, sagte Öztürk nonchalant. »Wir denken aber auch, dass Ihre Unwissenheit von Vorteil für Sie ist.«

Wer zum Teufel seid ihr? »Wieso?«

»Unschuld ist immer von Vorteil«, gab Öztürk in für seine Verhältnisse genialer Weise zur Antwort. »Alles Gute! Töte den König und komm zurück.«

Da musste auch ich einen Satz von mir geben, der in die Geschichte eingehen sollte: »Man weiß nie, was ein König im Gepäck hat.«

Stellen Sie sich mich nun bitte benebelt, vorzugsweise in Schwarz-Weiß-Format, in einer bis zum Rand mit einer seltsamen Flüssigkeit gefüllten Spritze vor. Eine spezielle Ausrüstung benötigte ich nicht, denn ich hatte bereits früher in einer Ausbildung die Anwendung von Flüssigsauerstoff gelernt *(Aus der Episode: »Sind Gefühle nur nicht fundierte Gedanken?«)*, und ich würde in Duygu Hanıms Gehirn auf ausreichend Sauerstoffmoleküle treffen. Alles verlief mehr oder weniger in geordneten Bahnen. Ich überzeugte mich selbst an Ort und Stelle von der Richtigkeit der Leibniz'schen These, wonach wir ein gigantisches Gehirn bauen und betreten könnten, doch alles, was wir dabei sähen, wären ein paar mikrochemische Vorgänge, und niemals würden wir verstehen, was in diesem Gehirn gedacht und gefühlt wurde.

An dieser Stelle werde ich die Herrschaften, die das Geschehen noch immer verfolgen, bitten, sich eine kleine Brücke vorzustellen. Rechts und links die beiden Hirnhemisphären, alles ist beherrscht von einem furchterregenden roten Licht. Die Beschreibung einer Art Zeichentrickhölle. Das Corpus callosum symbolisiert die hauchdünne, messerscharfe schmale Brücke ins Paradies, und was darunter liegt, ist ohne jeden Zweifel die Hölle. In völligem Einklang mit den Betrachtungsregeln komme ich von der von Ihnen aus gesehen linken Hemisphäre eines Ihnen mit dem Gesicht zugewandten Menschen und will – im Glauben, dass sich dort das Paradies befindet – hinüber zur rechten Hemisphäre. Eigentlich befindet sich das Paradies nicht in der rechten Hirnhemisphäre. Sowie man seinen Fuß dort hingesetzt hat, wird der gesamte Kosmos inklusive des Gehirns, in dem man sich gerade befindet, zum Paradies. Dabei möchte ich feststellen, dass man in dieser Szene des Hinübergehens von links nach rechts keinerlei politische Botschaft sehen darf. Man darf nicht vergessen, dass sogar Gott irgendwo anfangen muss. Ein zusätzlicher Faktor: Die zu überschreitende Brücke befindet sich interessanterweise im Gehirn der Liebsten, und auf dieser Brücke erwartet mich ein Vergangenheitsfresserkönig, der mich nicht nur von meinem Ziel abbringen, sondern gleichzeitig auch in die Hölle schicken will. An dieser Stelle erlebt die Kunst der Symbolik einen Ausbruch. Das Aussehen des Vergangenheitsfresserkönigs ist so furchterregend wie ein durchschnittlicher Käfer; zusätzlich dazu trägt er einen Umhang, eine Krone und anstatt eines Zepters einen Dreizack. Mitten auf seiner Stirn hat er außerdem eine alte Narbe. Der Dreizack in seiner Hand ist recht groß. Anfangs wird der König mich nicht beachten, weil er mich für eine gewöhnliche Bakterie hält, die sich verirrt hat, aber ich werde versuchen, ihm einige Dinge ins Bewusstsein zu bringen, indem ich meine Absicht, die ich mit meiner Anwesenheit nicht vermitteln konnte, mit Worten zum Ausdruck bringe: »Ich bin gekommen, um dich zu töten, König.«

Die Augen des Königs verdüstern sich, aber ich begreife, dass das nicht aus Angst geschieht. Seine Stimme klingt sanft und beeindruckend: »Herzlich willkommen, mein Junge.«

»Sag mir, König, hast du einen Namen? Ich wüsste gern den Namen meines Feindes.«

»Man nennt mich Castratus, mein Junge, was in der Sprache der Vergangenheitsfresser finsterster Alptraum bedeutet. Doch sag mir: Warum sind wir denn Feinde?«

»Du hättest meine Liebste in Ruhe lassen sollen!«

Wie naiv ich war! Der Käfer hatte sich vor meinen Augen in einen Löwen verwandelt. In einen Löwen, dessen Augen tausend Jahre alt waren. »Liebe ist niemals einseitig.«

»Willst du damit sagen, dass Duygu Hanım dich becirct hat?«

»Das sind deine Worte, genau dir entsprechend«, sagte er ohne jegliche beleidigende Absicht.

»Deine Persönlichkeit hat etwas von Orson Welles an sich«, brüllte ich.

»Wie hast du es wagen können, mit so viel Leid zu mir zu kommen?«, fragte er. Gott weiß, wo seine Weisheit geblieben war. Ihn als eine Orson-Welles-Kopie anzusehen – woran mit großer Wahrscheinlichkeit etwas Wahres dran war – hatte vielleicht dazu geführt, dass Castratus litt. Dieses Leiden wiederum schuf eine unmittelbare Erinnerung, die seine Weisheit zerstörte. Womöglich war das der Punkt, den Öztürk übersehen hatte. Vielleicht wurde der Vergangenheitsfresser zu seinem eigenen Ziel, wenn seine größte Schmerzerinnerung ihn selbst betraf?

Wie für diese Art von Literatur üblich, blitzte es in meinen Augen auf, und in dem Moment fiel mir die Formel für die Rettung ein: Sollte ich hier heil herauskommen wollen, musste ich das Monster einer Psychoanalyse unterziehen!

Mein Plan war simpel: Zuerst würde ich mit dem Vergangenheitsfresser eine Übung zur freien Assoziation machen. So könnte ich aus seinen ständig wiederholten Themen erfahren, in welcher psychosexuellen Phase er sich befand, mit den angemessenen Techniken das Leid lokalisieren und extrahieren, das Monster damit konfrontieren, ihm zeigen, wie unwichtig diese Erinnerungen aus seiner Vergangenheit eigentlich waren, und ihn zu seiner Genesung einer Katharsis unterziehen. Den Preis für seine seelische Gesundheit würde er mit der Vernichtung seines Körpers bezahlen. So wie wir alle.

»Schaukel«, fing ich traurig mit der freien Assoziationsübung an.

»Meine Mutter«, begann er. Würde er auf die Therapie ansprechen? »Sie hat mich nie geliebt.«

»Und du? Hast du sie geliebt?«

»Ich habe meine Mutter sehr geliebt«, antwortete er ruhig. »Aber gleichzeitig habe ich mich wegen ihr geschämt. Ich wollte nicht mit ihr unter die Leute gehen.« Ich nickte ihm zustimmend zu, um ihn zum Weitermachen zu ermuntern. Sonst hätte er mich gefressen. Zum Glück wollte auch er reden. »Warum ich das wohl tat? Stets dachte ich, dass sie meine Liebe nicht verdiente, dabei weiß ich heute, dass ich ihre Liebe nicht verdiente.«

»Hast du etwas getrunken?«, fühlte ich mich genötigt zu fragen.

»Nein«, erwiderte er eisig.

Ich machte mir Sorgen, sein Verstand könnte sich mir zuwenden. »Darf ich dich zu einem Whisky einladen?«

»Danke, aber im Dienst trinke ich nur das Blut meines Opfers«, sagte er. Man durfte diese Brut von einem Vergangenheitsfresser nicht unterschätzen. Er hatte mich durcheinandergebracht, und ich musste mich schwer beherrschen, ihm nicht sogleich von meinem größten Leid zu erzählen.

»Tisch«, ließ Castratus seinen Hieb niederfahren.

»Flasche«, wimmerte ich. »Schnapsflaschen.« Was war das denn! König Castratus hatte mich glattweg in die freie Assoziation genötigt. So ein Mistkerl! Er machte also mit mir ebenfalls eine Psychoanalyse. In der Sekunde begriff ich: Das war seine Waffe. Er unterzog seine Opfer einer Psychoanalyse, brachte so ihre schlimmsten Traumata ans Licht und begann sein Festmahl mit dem leckersten Stück. Es war ein Duell. Wer die Psychoanalyse schneller zu Ende brachte, hatte gewonnen. »Erzähl mir von deinem Vater«, sagte ich mit letzter Anstrengung.

»Mein Vater …« Er versuchte, nicht zu sprechen, doch er hielt es nicht aus. »Mein Vater verhaut deinen Vater.«

Der fiese Castratus würde sein Unbewusstes nicht leicht offenbaren. »Hat dein Vater dich oft geschlagen?«, bedrängte ich ihn.

»Mein Vater hat jeden geschlagen. Er war ein König.«

Mir entging nicht der Stolz, der bei diesen Worten aufflammte. Ich wusste, dass wir die Risse in unserem Geist mit Gefühlen auffüllten. »Und deine Mutter? Hat er deine Mutter auch geschlagen?«

Da erwiderte er doch glatt: »Ab und zu hat er die Schlampe ein wenig gestreichelt.«

»Und du, kleiner Prinz?«, fragte ich umbarmherzig. »Was tatest du, während der König deine Mutter verprügelte?«

»Ich kann es fühlen …«, ging Castratus mit unerwarteter Flinkheit seines Körpers zum Gegenangriff über. »Du hast eine große Wut in dir.«

»Ich hasse die Menschen«, fing ich den Angriff mit der Brust ab. Zumindest könnte ich so etwas Zeit gewinnen.

Der König der Löwen gab ein stilisiertes Lachen von sich. »Glaubst du, dass ich dir diesen Unsinn abnehme? Die Menschen sind dir völlig egal. Sogar die Propheten …«

»Nein, nein, du irrst dich. Vor allem die Propheten …«, sagte ich mit letzter Kraft. Ich spürte, dass ich kurz davor war, zusammenzubrechen.

»Nein, Jungchen«, trat der Gladiator und König der Vergangenheitsfresser Castratus an mich heran. Seinen Dreizack hielt er in der Hand. Ich sah, wie er ihn langsam hochhob. »Du hasst Gott. Weil er dich nicht zum Propheten gemacht hat.«

»Ich glaube nicht an Gott«, sagte ich und rollte mich ein wie im Mutterleib.

»Das stimmt nicht«, hörte ich ihn sagen. Ich war nicht mehr imstande, irgendetwas zu sehen. »Gott glaubt nicht an dich.«

»Es ist nicht deine Schuld«, brüllte ich. Diesem letzten Schachzug hatte ich es zu verdanken, dass der Dreizack meinen

Hals verfehlte und in den Boden eindrang, aber ich war gefangen zwischen zwei Zacken. »Zumindest nicht vollkommen; …« Ich glaubte, dass Semikolons im Vergleich zu Punkten meine Überlebenschancen erhöhten.

»Natürlich nicht«, machte Castratus einen Schritt zurück. »Was hätte ich denn tun können? Ich war nur der Prinz und er der mächtige König.«

»Darum geht es nicht, Castratus«, sagte ich, als würde ich mich gar nicht wichtig nehmen. »Dass du das Ganze als einfaches Hierarchieproblem betrachtest, liegt daran, dass du dich selbst betrügen willst … So kannst du dich davor schützen, ihm als Mann gegenüberzutreten und mit ihm verglichen zu werden.«

Castratus knickte in der Mitte ein, als hätte er einen kräftigen Hieb in die Magengrube kassiert. »Du bist niederträchtig!«

Einen Augenblick lang wertete ich die flackernden Lichter vor meinen Augen fälschlicherweise als ein Anzeichen des Sieges. Ich zog den Dreizack aus dem Boden. Ganz langsam erhob ich mich und ging in Richtung Corpus callosum. In der Mitte der Brücke blieb ich stehen und leckte mir über die Lippen. Ein letzter Schlag würde genügen, um ihn genüsslich fertigzumachen. Leider kriegte ich meinen Mund einfach nicht auf. Sätze, die mir in den Sinn kamen, verloren ihre Bedeutung und verwandelten sich in seltsame Graphiken. Als würde ich nicht nachdenken, sondern mir ein Feuerwerk ansehen. Der Anblick des sich krümmenden Castratus wirkte wie ein leidvolles, aber in gleichem Maße auch verzauberndes Gemälde. Alles war dort, wo es hingehörte. Es schien nur ein wenig zu dunkelblau. »Alles verwandelt sich in ein Bild«, sagte ich.

»Und wir auch …«, murmelte Castratus.

Genau an diesem Punkt ging meine Loslösung vonstatten. Von ganzem Herzen wollte ich mich in ein Bild verwandeln oder arbeitete irgendwie darauf hin. Meine Brust fiel ein und ich bekam keine Luft mehr. In einer Panik, die mir beinahe den Verstand raubte, begann ich zu zappeln. Einerseits versuchte ich mir einzureden, dass dieses Gefühl nicht real war, andererseits, mich an entspannende Atemtechniken zu erinnern. Doch umsonst. Auf nichts in meinem Gedächtnis konnte ich zurückgreifen. Eigentlich erinnerte ich mich an alles, doch meine Erinnerung konnte daraus kein Gesamtbild formen. Ich hatte mein Ich-Gefühl verloren. »Ich flehe dich an«, wimmerte ich. »Ich flehe dich an, mir etwas über mich zu erzählen.«

»Dein Tod wird in meinen Händen liegen.« Castratus war nicht nur wieder zu sich gekommen, nein, er hatte sich sogar noch imposanter als zuvor vor mir aufgebaut. Wieder hielt er seinen Dreizack in der Hand. Mit zwei langen Schritten war er bei mir. Ich schloss meine Augen und wartete auf den Tod. Ich meinte, den begabtesten Maler der Welt in meiner Seele zu beherbergen, als Castratus mir mit der Rückseite des Dreizacks ins Gesicht schlug. Ich verlor den Boden unter den Füßen und stürzte ins Leere. Wenn ich nicht mit Mühe und Not Duygu Hanıms Corpus callosum zu fassen bekäme, würde ich in die Hölle fahren. Mit fest geschlossenen Augen harrte ich eine Weile aus. Doch der tödliche Schlag zögerte sich immer weiter hinaus. Also öffnete ich die Augen minimal und hob den Kopf. Der Schatten, der auf mich fiel, gehörte nicht mehr dem furchteinflößenden Gladiator. Die Person, die sich mit ihrem üblichen abwesenden Gesichtausdruck über mich beugte, war meine Mutter. Mein Herz wurde frostig. Als wollte sie mir etwas zuflüstern, näherte meine Mutter sich meinem Ohr. So, wie sie mir einmal das Leben geschenkt hatte, würde sie mir jetzt, das wusste ich, das Geheimnis des Lebens anvertrauen und mich dann zur Hölle schicken. Das war es meines Erachtens wert. Ihr warmer Atem streifte mein Ohr.

Leider sollte ich dieses Geheimnis niemals erfahren, denn bevor meine Mutter etwas sagen konnte, vernahm ich das Gebrüll einer so selbstsicheren wie höhnischen Frau: »Wie geht's, wie steht's, Castratus? Schläfst du immer noch ohne Kissen, weil du befürchtest, es könnte ein Lineal darin versteckt sein?«

In dem Moment verwandelte sich Castratus wieder in einen Riesenkäfer; er griff sich unter furchterregenden, widerlichen Schmerzensschreien mit beiden Händen ans Herz und stürzte in die Höllengrube. Ich war gerettet. Zumindest für eine Weile. Mit athletischen Bewegungen zog ich mich auf das Corpus callosum und blickte zu den Hirnwindungen, um zu erkennen, wer mein Retter gewesen war.

Wer sich da in einer höher gelegenen Region des linken Lappens in einem hautengen sexy roten Body, der Arme und Beine frei ließ, und mit einer Peitsche in der Hand vor mir aufbaute, war niemand anderes als Duygu Fırtına. »Aber – wie ist das möglich?«, fragte ich.

»Komm her«, forderte Duygu Fırtına mit gebieterischer Stimme. Ich gehorchte ihr, hegte aber auch den Verdacht, dass ich es mit einem weiteren Spiel des Teufels Castratus zu tun haben könnte. Ich ging zu ihr und dachte, sie würde mich umarmen, doch sie wirkte recht unbeteiligt und kalt. »Ich weiß, was dir durch den Kopf geht. Ich werde dir alles erklären.«

»Ja, Duygu Hanım«, bat ich. »Erklären Sie mir bitte, wie Sie in Ihr eigenes Gehirn gekommen sind. Vor allem in diesem Outfit!«

»Beginnen wir erst einmal damit, deinen Fehler zu korrigieren: Ich bin nicht Duygu Hanım, sondern Duygu Hanıms ENA.«

Das sagte sie in einem ziemlich überzeugenden Ton. »Interessant. Ich habe aber nicht die leiseste Ahnung, was ENA bedeutet.«

»Egonukleinsäure«, erwiderte Duygu Hanıms ENA, ohne im Geringsten von ihrer Ernsthaftigkeit abzuweichen. »Eine intrazellulare Struktur also, die den Code des menschlichen Egos trägt.«

»Sehr interessant, bitte erzähl weiter«, meinte ich. Dabei dachte ich: Wäre doch wenigstens ihre ENA nicht einen halben Meter länger als ich! Ein Merkmal, das mich im wirklichen Leben sehr verletzte und Öztürk bei der Eroberung Duygu Hanıms mir gegenüber einen völlig unverdienten Vorteil verschaffte.

»Die Angriffsstrategie eines Vergangenheitsfressers ähnelt stark der eines Virus. Er dringt sofort in die Zelle ein, findet die ENA und verändert den darin enthaltenen Egocode in seinen eigenen. Danach greifen diese in Vergangenheitsfresser-ENA verwandelten ENAs blitzartig die anderen Zellen an; das Massaker nimmt geometrisch zu.«

»Und du?«, fragte ich mit zweifelnder Stimme. »Wie bist du diesem Massaker entgangen?«

»Ich bin die Letzte der ENAs«, antwortete sie und wandte ihren stolzerfüllten Blick zu dem Höllenfeuer, in das sie kurz zuvor ihren Feind geschickt hatte. »Nachdem Duygu Fırtına das Bewusstsein verloren und sich Castratus vollständig ausgeliefert hatte, wurde eine Vollversammlung aller ENAs abgehalten mit dem Ziel, Verteidigungs- und Gegenangriffsstrategien zu entwickeln. Leider verlief diese Zusammenkunft ergebnislos. Die Diskussionen arteten zunehmend in Streitereien aus, und so beschlossen die ENAs, sich um sich selbst zu kümmern. Am Ende fielen sie alle Castratus zum Opfer. Und ich entdeckte, wenn auch nicht so schnell wie du, dass der einzige Weg, um ihn zu vernichten, die Psychoanalyse war.«

»Ich will mich ja nicht selbst loben, aber mein Hirn funktioniert ziemlich gut«, konnte ich nicht umhin zu sagen.

»Das denke ich nicht«, sagte ENA, die Schlampe.

Ich lief knallrot an. »Was bedeutete denn dieser Satz mit dem Kissen und dem Lineal, der Castratus zugrunde richtete?«, fragte ich sogleich, um das Thema zu wechseln.

»Während ein Vergangenheitsfresser eine ENA umwandelt, muss er ihr zwangsweise auch eine Menge eigene Daten übermitteln. Bevor die ENA ihr Leben verliert, hat sie die Chance, diese Informationen an andere weiterzuleiten. Und im Lichte dieser wertvollen Daten der Märtyer-ENA habe ich meine Psychoanalyse durchgeführt«, erläuterte sexy ENA. »Castratus' neurotische Zwangsvorstellungen sind darauf zurückzuführen, als er zum ersten Mal Zeuge der sexuellen Praktiken seiner Eltern wurde. Eines Nachts, als der kleine Castratus Hunger bekam, wollte er in die Palastküche, um einen Happen zu essen. Er verließ sein Zimmer, und als er am elterlichen Schlafgemach vorbeikam, hörte er merkwürdige Geräusche. Er beobachtete seine Eltern heimlich und gelangte zu der Überzeugung, dass sein Vater seine Mutter mit einem Kissen zu ersticken trachtete. Vor allem, weil er gleichzeitig mit einem Lineal brutal auf die arme Frau einprügelte. Später versuchte Castratus immer wieder, dieses Lineal verschwinden zu lassen, doch er konnte es einfach nicht finden, und dafür gab es nur eine einzige Erklärung: Sein Vater versteckte das Lineal im Kissen und so weiter und so weiter. Solch unsinnige Geschichten eben ...«

»Das Wichtigste ist doch, dass er abgekratzt ist«, sagte ich, ohne das Thema Analyse weiter zu vertiefen. »Und was hast du jetzt vor?«

»Ich muss so schnell wie möglich mit einer Kampagne ›Eine ENA für jede Zelle‹ beginnen.«

»Für jede Zelle? Das scheint eine schwierige Aufgabe zu sein.«

»So schlimm ist es nicht«, sagte die Amazone ENA. »Wenn man bedenkt, dass unsere Zahl geometrisch ansteigt, dann wird Duygu Hanım in wenigen Tagen sogar vernünftiger werden als vorher.«

»Wenn ich dir in irgendeiner Weise helfen kann ...« Ich stammelte diesen Satz und fühlte mich unweigerlich ein wenig beschämt, denn mir ging der Gedanke durch den Kopf, bis in alle Ewigkeit mit ihr dort zu bleiben. Wir könnten vielleicht sogar heiraten und Kinder kriegen. Nie hatte Duygu Fırtına mich als Mann angesehen, dabei war ich für diese ENA der einzige Mann, den sie jemals in ihrem Leben sehen würde.

»Das Beste, was du machen kannst, ist, so schnell wie möglich von hier zu verschwinden. Sobald Duygu Hanım ein wenig zu sich gekommen sein wird, werden Zehntausende von Leukozyten hinter dir her sein, um dich zu vernichten. Als ich spürte, dass sich ein Fremder dem Corpus callosum näherte, hätte sogar ich dich beinahe vernichtet, weil ich dachte, du könntest eine Bakterie sein. Zum Glück habe ich dich im letzten Moment erkannt.«

»Tatsächlich – wie hast du mich erkannt?«

»Vergiss nicht, dass ich alles, was Duygu Hanım weiß, ebenfalls weiß. Ich ahnte, dass du Fanzagers Superverkleinerer benutzt hast, um herzukommen.«

»Weiß sie denn auch, was du weißt?«, fragte ich mit hochrotem Kopf. Mir war eingefallen, wie ich während meines Wortgefechts mit Castratus immer von Duygu Hanım als meiner Liebsten gesprochen hatte.

Sie schüttelte den Kopf. »Wenn das so wäre, würde sie durchdrehen.«

Bei diesen Worten wurde ich ein wenig ruhiger. »Mit meinem lieben Waffenbruder Öztürk hatten wir vereinbart, alle zwei Stunden ein Röhrchen Blut unter Duygu Hanıms Zunge abzunehmen und damit zu versuchen, mich wieder in die Außenwelt zu befördern.«

»Wenn wir uns beeilen, können wir den ersten Bus erreichen«, meinte Duygu Hanıms andere Persönlichkeit.

»Warte 'ne Sekunde«, sagte ich und biss mir auf die Lippen. »Ich will dich etwas fragen. Es kann natürlich sein, dass du nicht antworten willst … Als ich herkam, hoffte ich in Erfahrung zu bringen, was Duygu Hanıms größtes Leid war. Kannst du mir das verraten?«

»Aber klar«, antwortete ENA. »Dich auf die Welt zu bringen.«

Auf welche Welt?, hätte ich fast gefragt, aber da hatte sie sich schon umgedreht und sich mit langen Schritten in Richtung Hypothalamus aufgemacht. Ich heftete mich an ihre Fersen. Den ganzen Weg über redeten wir kaum. Wir gaben uns den geeigneten Blutströmen hin und kamen in der rosaroten und furchteinflößenden Region an, von der aus ich meine Reise angetreten hatte. ENA sah sich um und entdeckte das Einstichloch, durch das ich eingetreten war. Sie hielt mich am Arm, platzierte mich in eine blutleere Höhle und sagte: »Du wartest hier, ich muss allerdings weg. Sollte ich irrtümlicherweise in der Spritze landen, würde das Duygu Hanıms Ende bedeuten. Viel Glück.«

An einen Abschied mit Umarmung zu denken wäre dumm gewesen. Wir waren Menschen aus unterschiedlichen Welten. Ich gehörte dem Atomzeitalter an, sie war ein subatomares Teilchen. Ich winkte der Egonukleinsäure, der ich um ein Haar mein Leben gewidmet hätte. Meinen Gruß erwiderte sie mit einer seltsamen Kieferbewegung, dann stürzte sie sich schnell in den rosafarbenen Fluss des Gehirns. Das sollte das letzte Mal sein, dass ich sie sah.

Als ich beobachtete, wie die Spritze die samtene Haut meiner Liebsten durchbohrte und in die Tiefen ihres Gewebes vorstieß, machte ich einen Kopfsprung in das Blutbecken und schwamm im Bruststil zu dem Stahl hin. Ich weiß nicht, wie lange es dauerte, bis Öztürk mich mittels einer Pinzette zwischen Objektträger und Deckglas hervorgezogen und unter Einsatz der Supervergrößerungsfunktion des Superverkleinerers in meinen ursprünglichen Zustand zurückverwandelt hatte. Meine Superheldenzunge ließ es nicht zu, zu sagen, ich sei ohnmächtig geworden; ich war etwas eingenickt. Als ich meine Augen aufschlug, traf mein Blick auf zwei freundlich lächelnde Gesichter. Gemeinsam mit Öztürk fixierte Duygu Hanım wenn auch nicht meine Augen, so doch eine Stelle im Augenbrauenbereich und lächelte. »Wir haben es geschafft, Kumpel«, schüttelte mich Öztürk. »Das heißt, du hast es geschafft.«

Ich kehrte ihnen den Rücken. »Deckt mich zu.«

Sie begannen miteinander zu flüstern. Ich dachte, dass sie meine Lage dazu nutzen, miteinander zu flirten. Natürlich hasste ich die beiden nicht. Denn wie der schnauzbärtige Nietzsche gesagt hatte, war der am einsamsten, der am höchsten stand. Bevor ich einschlief, hörte ich, wie sie von der Zukunft, unserer glücklichen Zukunft sprachen. Leider war die Zukunft für mich nur eine ferne Erinnerung.

zwölf

die adler fliegen in quanten

Als ich am nächsten Morgen erwachte, fühlte ich mich so erbärmlich wie ein kleinkariertes Hemd. Ja, meine Drogenodyssee hatte mich zu den Antworten geführt, die ich gesucht hatte, doch leider brachten diese Antworten mir nicht den gewünschten Seelenfrieden. Ohnehin war ich nach jeder Rückkehr aus diesem seltsamen Land, wo die Realität sich mir präsentierte, indem sie Schicht für Schicht ihr Gewand ablegte, immer nur noch unglücklicher. Wer weiß, vielleicht würde ich eines Tages endgültig dort hinziehen und den Rest meines Lebens als glücklicher Asylant an der Grenze des Verstands verbringen.

Eine halbe Stunde war es her, dass meine Mutter ihre Liste der täglichen Ermahnungen auf den Tisch gelegt und die Wohnung verlassen hatte, und auch ich sollte ohne viel Zeitvergeuden den Tag beginnen. Doch ich lag wie ein Stein im Bett. Während es so viele Probleme zu lösen gab, war ich dem merkwürdigen Gedanken verfallen, Glück sei eine vernünftige Einheit von Wiederholungen, und versuchte, mir einen geeigneten Lebenszyklus vorzustellen, der ewig andauerte. Ich brauchte eine quälende Ordnung, bei der ich exakt wusste, was in jeder Minute des Tages auf mich zukommen würde. Danach würde zwischen einer Welt voller Glückseligkeit und mir nichts mehr übrig bleiben außer unvorhergesehenen Nachbarsbesuchen und meiner chronischen Angewohnheit zur Masturbation, und auch diese würden zweifellos mit der Zeit verschwinden.

Wie gewöhnlich an solchen Tagen trieb mich nur das Klingeln des Telefons aus dem Bett. »Na, mein Sohn?«

»Papa?«

»Was gibt's?«

»Schwierige Frage. Ich bin mir nicht sicher, aber meiner Vermutung nach gibt es alles, und es verbirgt sich im Nichts.«

»Ach, du Lausebengel. Hör mal, ich nehme den Bus heute Abend und bin morgen um die Mittagszeit in Istanbul.«

Sein Tonfall schien zu suggerieren, dass ich bis zu seiner Rückkehr durchhalten sollte. Wahrscheinlich hatte er mit meiner Mutter gesprochen. Über den vergangenen Abend. Nachdem sie von der Arbeit heimgekommen war, hatte mein Mütterchen mein merkwürdiges Benehmen bemerkt und sich ziemliche Sorgen gemacht.

»Hast du eine Wohnung gefunden?«

»Ja, das hab ich. Eine schöne Erdgeschosswohnung. Mal sehen … Der Besitzer war nicht da, wir werden mit ihm reden, wenn er zurück ist.«

»Super. Dann sehen wir uns morgen.« Mein Vater antwortete nicht, legte aber auch nicht auf. »Keine Sorge, mir geht's prima.«

»Morgen Abend spielt Beşiktaş. Wir sehen uns das Spiel zusammen an.«

»Das machen wir.«

»Tschüs, mein Junge.«

Beide schluckten wir. Vater und Sohn. In dem Zustand glichen wir den Helden einer beschissenen Hosenreklame. Ich konnte es nicht ertragen und knallte den Hörer auf. In dem Moment klingelte das Telefon erneut. »Na, mein Junge?«

»Mama?«

»Wie geht's dir, Junge?«

»Gut, Mamilein, Gott sei Dank. Ich lebe so vor mich hin.«

»Ich gehe heute zum Totengebet für Hicabi Bey. Sei mittags zu Hause und lass uns zusammen essen.«

»Ich will nichts versprechen, Mama. Vielleicht spielen wir heute mit den Jungs. Also ich weiß nicht …« Dabei wusste ich es ganz genau. Ich würde garantiert nicht zu Hause sein.

»Hm«, schnaufte meine Mutter. »Komm wenigstens am Nachmittag, dann gehen wir zusammen zum Gebet. Dein Rebi Abi hat angerufen und dein Şemi Abi …«

Das war also ihr Plan. Ich würde mich Gott nähern und von meinen existentiellen Problemen entfernen. Ich war drauf und dran, mit eindeutiger Sprache zu erklären, es sei mir unmöglich, dieser höflichen Einladung zu folgen, als mir jemand ins Ohr flüsterte: *Das könnte die Gelegenheit sein, nach der du gesucht hast!* Nie hatte ich den Besitzer dieser Stimme gesehen, aber ich war mir ziemlich gewiss über dessen Identität: Es war der Teufel höchstpersönlich! »Okay, wir reden später«, sagte ich und legte auf.

Die folgende Stunde verbrachte ich vor dem Fernseher und sah mir einen Film an, der davon handelte, dass auch dicke Menschen lieben können und akzeptiert werden sollten. Nebenbei bereitete ich natürlich einen Plan vor, gemäß der Empfehlung, die mir mein Freund – oder heimlicher Fan – Luzifer zugeflüstert hatte. Nachdem mein Plan bis ins kleinste Detail durchdacht war, schaltete ich den Fernseher ohne Rücksicht auf das fortdauernde Leid des Fettsacks aus und griff nach dem Telefonhörer. Metin Bilgin nahm ab, wie man es von ihm erwarten würde: »Wer sind Sie?«

»Ich habe den Mordfall gelöst«, gab ich zur Antwort.

»Ich wiederhole meine Frage: Wer sind Sie?«

Der Kerl würde mir nicht erlauben, eine schwungvolle Rede zu halten. »Peter Pan aus dem Land der Alpträume, Sie erinnern sich bestimmt?«

»Ich höre«, sagte er streng.

»Sollten Sie Antworten auf die Fragen haben wollen, die Sie beschäftigen, dann erwarte ich Sie heute zu Hicabi Beys Totengebet.«

»Treib keine Spielchen mit mir, Junge. Sonst mach ich dich fertig.«

Das Blut schoss mir in den Kopf. »Sie können mir gar nichts anhaben. Sie kloppen nur große Sprüche. Ich habe Ihnen gesagt, was ich zu sagen hatte, der Rest ist Ihre Sache«, sagte ich und knallte den Hörer auf.

Schnell schlüpfte ich in T-Shirt und Hose und flitzte aus der Wohnung. Gerade als ich durch die Haustür treten wollte, sah ich, dass ein Umschlag in unserem Briefkasten lag. Ein Umschlag aus dem Büro meiner Eltern, der wohl kein gutes Omen enthalten dürfte. Ich zog das Kuvert heraus, und als ich meine eigene krakelige Handschrift erkannte, fiel es mir nach einer kurzen Schrecksekunde wieder ein: Das war Hakans Brief. Er war also nicht verschwunden, wie Hakan befürchtet hatte, sondern nur etwas verspätet. Wer weiß, was der arme Dummkopf in dem Brief alles zusammengeschwafelt hatte. Ich dachte daran, ihm zu antworten, um mich bei ihm einzuschmeicheln. Demnächst. Wenn das ganze Tohuwabohu vorbei wäre. Ich faltete den Brief in der Mitte und steckte ihn in meine Gesäßtasche.

Und zog ihn wieder heraus.

Ich starrte auf die Briefmarke in der oberen rechten Ecke des Umschlags mit dem Amtsaufdruck. Eine gewöhnliche Briefmarke zu zweihundertfünfzigtausend türkische Lira. Aber der Stempel … Der war nicht mit Gold aufzuwiegen.

Beflügelt von einer Million plötzlich auffliegender Tauben in meinem Herzen rannte ich auf die Straße. Unwillkürlich hob ich den Kopf und stellte beim Blick zu Alev Ablas Wohnung fest, dass Remziye Teyze auf dem Balkon Wäsche aufhängte. Sie hatten die Hexe also tatsächlich nicht kaltgemacht. Prima! Alles war herrlich! Freudig winkte ich der Zuhälterin ihrer eigenen Tochter, der widerlichen alten Schachtel. »Frohes Schaffen, Remziye Teyze! Heute wird Hicabi Beys Totengebet gesprochen. Kommt auf keinen Fall zu spät!«

Ich weiß nicht, was sie antwortete. In einem halbstündigen Flug brachten mich die Tauben zu dem aus zwei hässlichen Gebäuden bestehenden Amt an der Umgehungsstraße. Hier vergeudeten meine Eltern ihr Leben. Mit einer Handbewegung überbrachte ich dem Sicherheitsbeamten am Eingang die frohe

Botschaft meines Eintreffens und spurtete mit Vollgas zwischen zahlreichen nebeneinander geparkten Lastern und bunten Kisten hindurch und in das größere und hässlichere der beiden Gebäude. Doch dann stellte ich fest, dass ich einige Schritte machte, jedoch trotz meines unveränderten Tempos keinen Deut vorwärts kam. Bestimmt hatte das Zerren, das ich an meinem T-Shirt-Kragen spürte, etwas mit dieser ungewohnten Situation zu tun. Mir blieb keine Wahl, als vom Gas runterzugehen, dann drehte ich mich zu dem unverschämten Kerl um. »Mutullah Amca.«

»Was gibt's? Wohin so eilig?«

»Ich hab gehört, dass es freie Stellen als Personalbusfahrer gibt, da wollte ich mich beeilen.«

In den matten Augen Mutullah Amcas blitzte ein Funke auf. »Gut Ding«, hub er an, »will Weile haben«, beendete er. Natürlich wollte er einem kleinen Kind keine Angst machen. So bestätigte sich auch meine Vorstellung von ihm als einem besonnenen Mann. Mittlerweile hatte er seinen Griff an meinem Kragen etwas gelockert.

»Dich schickt der liebe Gott, Mutullah Amca. Darf ich dich um deine Hilfe bitten?«

»Na, dann bitte mal.«

»Kannst du für mich die Liste mit den Namen jener finden, die die letzte Beamtenprüfung bestanden haben?«

Nachdenklich kratzte Mutullah Amca sich am Kinn. »Wozu brauchst du denn diese Liste?«

»Mutullah Amca, was ich am meisten an dir liebe, ist, dass du keine unnötigen Fragen stellst. Ich bitte dich, hilf mir.«

Ein unmerkliches Lächeln zeigte sich in Mutullah Amcas Gesicht. Mit seinem Kopf deutete er auf das Anschlagbrett, das gegenüber an der Wand hing. Ich verabschiedete mich mit einem freundschaftlichen Lächeln von ihm, warf einen Blick auf die Tafel und ging dann in Richtung Aufzug. Diesmal mit langsameren Schritten. Im vierten Stock stieg ich aus, begab mich entschlossen an meinen Zielort und drang ohne anzuklopfen in das Büro des Amtsleiters Erdoğan Ş. Baykurt ein.

Erdoğan Bey wurde blass, als er von seiner Scheißzeitung hochblickte und mich vor sich stehen sah. Vielleicht ging ihm durch den Kopf, dass eines meiner Familienmitglieder ihn mit einer Waffe in die Schlagzeilen der Ausgabe des nächstens Tages jener Zeitung in seiner Hand befördern könnte. Dass mein Gesichtsausdruck, der meinen Seelenzustand widerspiegelte, ihn auf diesen Gedanken kommen lassen konnte, war nur allzu verständlich. »Erinnern Sie sich?«, begann ich. »Da war doch dieser junge Mann, der arm, aber in gleichem Maße doof war?« Der Herr Direktor schien nicht die Absicht zu haben, sich mit mir auf Polemik einzulassen. Sofort griff er zum Telefonhörer. Ich erhöhte den Druck: »Überanstrengen Sie Ihr Großhirn nicht weiter, ich bitte Sie! Der besagte Hohlkopf heißt Tuğrul Tanır. Vor ein paar Wochen hat er hier als Abteilungsleiter angefangen. Mit Ihrer Zustimmung.«

»Was redest du da?« Erdoğan Bey kniff seine Augen hinter seiner selbsttönenden Brille zusammen. Noch immer hielt er den Hörer in der Hand, aber er hatte noch keine einzige Taste gedrückt. »Da wir diesen Taugenichts entfernt kennen, haben wir uns natürlich sehr gefreut, dass er den ehrenwerten Beamtendienst aufnehmen wird. Sehr erstaunt hat es uns allerdings nicht.« Er glotzte mich an wie ein Schaf. »Es hat uns nicht erstaunt, weil wir wussten, dass er die Prüfung bestehen würde. Ich hatte seinen Namen schon vorher auf der Liste der erfolgreichen Absolventen gesehen. Bereits vor der Prüfung, auf einer Liste auf Ihrem Schreibtisch … Ich meine den Tag, an dem Sie mich über die ehrenvolle osmanische Geschichte geprüft haben. Auf der Liste befanden sich neben Tuğrul zudem auch noch zwanzig, fünfundzwanzig weitere Namen.«

Mit lautem Gelächter legte der Herr Amtsleiter den Hörer auf. »Du Bastard … Jetzt verstehe ich dein Problem. Erzähl weiter.«

Ich lachte ebenfalls. »An jenem Tag notierte ich mir, bevor Sie kamen, die Namen auf einem Zettel – mit dem Gedanken, sie könnten mir später einmal von Nutzen sein.«

Das Schwein hatte richtig gute Laune bekommen. Er nahm eine Zigarre aus der Kiste auf seinem Schreibtisch und zündete sie an. »Warte, lass mich raten: Wenn ich die Versetzung deines Vaters nicht zurücknehme, gehst du mit der Liste zum Staatsanwalt.«

»Es gibt mir ein Gefühl der Sicherheit, mein Herr, dass staatliche Einrichtungen von Faschisten mit einer derart raschen Auffassungsgabe wie der Ihren geleitet werden.«

Wir lachten einander an. Wir waren beide überzeugt, dass der eigene Trumpf mehr wert war als der des anderen. Schließlich rückte der Herr Direktor seinen Bürosessel ein wenig nach hinten und sagte: »Du Dummkopf. Sag schon, hast du die Namen von der Liste unten auf der Anschlagtafel?«

»Ich weiß nichts von solch einer Tafel«, erwiderte ich und zählte einige der Namen auf, die ich kurz zuvor gelesen hatte. »Die Namen standen ja ohnehin auf jener Liste. Da brauchte ich nicht nachzusehen.«

»Du Trottel, glaubst du etwa, dass du mit deinem Spatzenhirn fähig bist, mich zu erpressen?«, knurrte der Herr Direktor. »Nehmen wir an, es war so, wie du sagst, und du hast die Namensliste damals an dich genommen. Wer wird diesem Fetzen Papier denn jetzt Glauben schenken?«

»Da sprechen Sie einen sehr interessanten Punkt an. In der Tat wird sich niemand auf ein solches Indiz stützen«, meinte ich, zog Hakans Brief heraus und knallte ihn auf den Schreibtisch. »Aber darauf schon.«

»Hä?« Ich sah, wie beim Anblick des Umschlags sein spöttischer Gesichtsausdruck von einem leichten Zweifel umwölkt wurde. Ein ganzer Stapel dieser Umschläge lag auf seinem Tisch; da war die Wahrscheinlichkeit, dass ich den Zettel mit den Namen gleich in einen davon gesteckt hatte, gar nicht so gering.

»Wenn der besagte Papierfetzen in einem solchen Umschlag liegt, wird er urplötzlich zu einem höchst wichtigen Indiz. Vor allem, wenn man sich das Datum des Stempels auf der Briefmarke vor Augen führt. Dass der Brief vor der Prüfung abgeschickt wurde, wird von unserem Staat bestätigt.« Der Herr Amtsleiter war wie vom Donner gerührt. »Natürlich habe auch ich bedacht, dass die Namensliste nach Verkündung der Ergebnisse wertlos sein würde. Da fiel mir diese Methode ein, mit der manche Laienkünstler den Diebstahl ihrer Werke zu verhindern versuchen. Also schickte ich mir die Liste selbst zu. Ich kann Ihnen diese Methode nur empfehlen. Sie ist so wirksam wie eine notarielle Beglaubigung und zudem auch noch weitaus billiger.«

Der Fettsack warf sich plötzlich in Richtung Briefumschlag und schmiss dabei den Stifteständer auf seinem Schreibtisch um. Mir war nicht entgangen, dass er schon eine Weile die Entfernung zwischen sich und dem Umschlag abzuschätzen versuchte, und so zog ich ihm im rechten Moment das Dokument unter der Hand weg. »Du bluffst doch, du Bastard«, sagte der Herr Direktor und erhob sich. Durch die Nase schnaubend ging er um seinen Schreibtisch herum und kam auf mich zu. Eilig brachte ich den Sessel vor seinem Tisch zwischen ihn und mich. »Wenn Sie es so wollen, lassen Sie es darauf ankommen. Ich hoffe sogar, dass Sie es darauf ankommen lassen. Ein paar Jahre in Erzurum zu leben ist ein geringer Einsatz dafür, Sie am Boden zu sehen.«

Der Mistkerl schob den Sessel weg und überwand mit einem Schritt den Beistelltisch, also trat ich schnell auf die andere Seite des Tischs. Der Herr Direktor hatte wohl Erfahrung in diesen Fang-mich-Spielen, denn er schob den Tisch mit aller Kraft gegen mich und presste mich am Bauch gegen das Fenster. Erbost trat und schlug ich um mich und begann, mir die Seele aus dem Leib zu schreien. Als ich sah, wie der Dreckskerl seine speckigen Finger nach mir ausstreckte, knüllte ich den Umschlag zusammen und stopfte ihn in meine Tasche. Wütend packte er mich am Arm und zog mich zu sich. Ich hatte keine andere Wahl, als zu kämpfen, soweit es meine Kräfte zuließen. Ich bereute zutiefst, meinen Dallas Gold nicht eingesteckt zu haben. Ich bereitete mich schon darauf vor, dass dieser Kampf in einer endgültigen Niederlage enden würde, als plötzlich die Tür aufging. So schnell konnte ich gar nicht gucken, wie mein stattlicher Retter mit den himmelblauen Augen zu uns kam, den tobenden Kerl am Jackett packte und in einen der Sessel auf der Seite schleuderte.

Mit Killeraugen beugte sich Mutullah Amca über Erdoğan Bey und schnappte seine Krawatte. »Du Drecksack, was hast du mit dem Jungen gemacht?«

»Nichts … Gar nichts«, wimmerte Erdoğan Bey und hob dabei die Hände unschuldig in Brusthöhe.

»Ist das etwa nichts, du Mistkerl?«, erzürnte sich Mutullah Amca und zeigte dabei auf die Druckstellen an meinem Arm. Als Erdoğan Bey daraufhin herumstotterte, packte Mutullah Amca ihn nur noch kräftiger an der Krawatte und stopfte ihm so den Mund. »Sieh mich an, mein lieber Herr Direktor – ich bringe jetzt den Jungen in die Krankenstube und lasse ein Attest ausstellen. Jeder hat den Krach gehört, der aus diesem Zimmer kam, und ich habe mit eigenen Augen gesehen, wie du über den Jungen hergefallen bist. Damit du Bescheid weißt: Solltest du weiterhin dem Jungen oder seinem Vater Ärger machen, kann ich für nichts mehr garantieren.«

»Eine Verschwörung. Alles Verschwörer …«, zischte Erdoğan Bey zwischen den Zähnen hervor.

Mit einem »Halt die Schnauze, du ehrloser Lump!« spuckte der heldenhafte Fahrer Mutullah dem Mistkerl herzhaft ins Gesicht.

Selbst für mich, der stets versessen darauf war, das letzte Wort zu haben, war das ein hinlänglich kraftvolles Finale. Ohne die Notwendigkeit zu empfinden, dem noch etwas hinzuzufügen, heftete ich mich Mutullah Amca, der zur Tür ging, an die Fersen. Als ich bemerkte, dass er mich tatsächlich zur Krankenstube bringen wollte, fragte ich: »Muss das sein?«

Er nickte. Wenn er das sagte, dann war das auch so. Ich vertraute ihm. Nachdem die Untersuchung beendet war, brachte er mich bis zur Tür der Abteilung, in der meine Mutter arbeitete. Er drückte mir mein Attest über leichte Prellungen am Arm und im Bauchbereich in die Hand und mahnte mich eindringlich, es gut aufzubewahren; dann entfernte er sich von mir und machte sich mit langen Schritten auf in Gott weiß welche Galaxien, um wer weiß welchen Schweinehunden die Flötentöne beizubringen. Für mich gab es auf der ganzen Welt keinen größeren Helden als den Fahrer Mutullah.

dreizehn

der letzte tango im gebet

Der Mörder lag im Tiefschlaf, als ich heimlich sein Zimmer betrat. Vorsichtig trat ich an die Person heran und betrachtete sie eingehend. Sie hatte ein schwermütiges Gesicht, wie es denen eigen ist, die sich einen starken Zweifel zur Doktrin gemacht haben. Sie war schwerkrank und wusste, dass Schlaf sie nicht mehr gesund machen würde. Mit dem Leben, das am seidenen Faden hing, hatte sie abgeschlossen und versuchte nun, an der Schwelle des Todes, mit ihren Träumen ins Reine zu kommen. Die Würde, die trotz des Leids, das sie erlitten hatte und immer noch erlitt, in ihrem Gesicht stand, musste von dem Glück herrühren, die letzten Tage ihres Lebens in vollen Zügen vergeudet zu haben. Der Mörder war einer von uns. Und diese Person machte gefüllte Weinblätter, nach denen man sich die Finger leckte. Wie bei dem Vergangenheitsfresser Castratus verlief mitten auf ihrer Stirn zu den Haaren hin eine tiefe Narbe. Diese Narbe musste ein Andenken an den Tag sein, an dem – mit den Worten des Krämers Yakup – ihr Kopf auseinanderkrachte wie eine Diyarbakırer Wassermelone. Ja, Necla Hanım war nicht gestorben, als sie aus dem dritten Stock sprang, um der Folter durch ihren Ehemann ein Ende zu bereiten. Sie war auch nicht bei einem Verkehrsunfall ums Leben gekommen, wie Hicabi Bey überall behauptete, um ihren Selbstmord zu vertuschen. Necla Hanım lag hier, im Schlafzimmer einer verlassenen Villa, und starb vor meinen Augen.

Wie dumm der Mensch doch hin und wieder sein konnte! Alles hatte von Anfang an vor meiner Nase gelegen, und hätte Öztürk meine Aufmerksamkeit nicht auf höchst angebrachte

Weise auf die Vergangenheitsfresser gelenkt, hätte ich gar nichts begriffen. Dadurch, dass ein aus der Vergangenheit kommendes und kaltblütig mordendes Lebewesen, also Necla Hanım, eine Komponente der Gleichung geworden war, gewann ein Haufen verworrener Details an Bedeutung und formte sich in meinem Kopf zu einer Geschichte – Theorie wäre zu viel gesagt –, die alles perfekt erklärte.

Die Geschichte lautete so: Hicabi Beys Perversion – möge er sich nicht im Grab herumdrehen –, sich Lustgewinn dadurch zu verschaffen, dass er den verrückten Ertan und Alev Abla beobachtete und fotografierte, während sie sich paarten, reichte weit in die Vergangenheit zurück. Das war es zweifellos auch, was hinter den von Rebi Abi erwähnten Bemühungen »um Integration der jungen Leute in die Gesellschaft« steckte. Die armen Kerle, die Hicabi Bey auf dem Polizeirevier ausgeliefert waren, nahm er mit nach Hause, und während sie mit seiner jungen Frau zusammen waren, kam er auf seine Kosten. Und wie schaffte es dieser durchschnittliche Perversling, dass so viele Menschen schwiegen? Bei den Männern griff er vermutlich auf Drohungen zurück, bei seiner Frau auf ihr Schamgefühl. Eines Tages allerdings – möge er sich nicht im Grab herumdrehen – passierte etwas für den Dummkopf Hicabi Bey völlig Unerwartetes: Einer der jungen Burschen und seine Frau verliebten sich heftig ineinander. Und dieser Bursche war Ruhan Bey. Natürlich wollte er die geliebte Frau aus diesem Elend befreien, doch Hicabi Bey, der von der Beziehung Wind bekam, drehte vor Zorn durch und warf den jungen Mann, nachdem er Gott weiß welche Art von physischer und psychischer Folter angewendet hatte, auf die Straße. Allem Anschein nach gelang es den beiden jungen Leuten, ihre Beziehung – oder nennen wir es besser: ihren Kontakt – trotz der Trennung aufrechtzuerhalten.

Jahre später beschloss Necla Hanım, dem Ganzen ein Ende zu bereiten und sich mittels Selbstmord ins Jenseits zu befördern. Doch die Vorsehung erlaubte der unglücklichen Frau das

Sterben nicht. Wer weiß, wie sehr sie ihr Schicksal verfluchte, als sie im Krankenhaus die Augen öffnete und feststellen musste, dass sie immer noch am Leben war. Der Einzige, der im Krankenhaus bei ihr war, war ihr älterer Sohn Şemi. Wie ein glücklicher Zufall es wollte, hatten Şemi Abis Gensequenzen ihm ein weniger dummes Großhirn beschert als seinem Bruder, weswegen er sehr wohl begriffen hatte, wes Geistes Kind sein Vater war. Er war zutiefst betrübt bei Necla Hanıms Anblick. Er wusste, dass sein teuflischer Vater seine Mutter garantiert niemals gehen lassen, ja sogar zu noch grässlicheren Mitteln greifen würde, aus Angst, seine Schweinereien könnten ans Licht kommen. Wahrscheinlich hatte seine Mutter ihm – wenn nicht schon früher, so doch im Krankenhaus – von der Jahre zurückliegenden Liebesgeschichte erzählt. Nach reiflicher Überlegung hatte Şemi Abi einen Plan zur Rettung seiner Mutter ausgeheckt. Ihr Arzt war ein Freund aus seiner ersten Einheit. Unter Rückgriff auf diese Freundschaft, die Şemi vielleicht mithilfe von etwas Barem intensivierte, gelang es ihm, einen falschen Totenschein ausgestellt zu bekommen. Danach musste er nur noch für ein Grab sorgen und die Kunde von einem Eilbegräbnis unter Ausschluss der Öffentlichkeit in Umlauf bringen. Selbst wenn sein Vater und sein Bruder darauf mit Befremden reagierten, so würden sie das Verhalten des schmerzgeplagten älteren Sohns auf seine Überzeugung zurückführen, sie beide hätten die Mutter schmählich vernachlässigt.

Im Anschluss an diese Aktion sollte seine Mutter nach Jahren ein neues Leben mit dem geliebten Mann beginnen. Doch leider musste sie zusammen mit den schlechten Erinnerungen auch ihre Söhne, Verwandten und Freunde der Vergangenheit anheimgeben. Ihr Mutterherz ließ es eigentlich nicht zu, die Wahrheit vor ihrem jüngeren Sohn zu verheimlichen, doch letzten Endes musste sie Şemi Abi recht geben, als er meinte, sein Bruder sei geistig minderbemittelt und könnte sich verplappern. In der Tat hätte um Haaresbreite ihr so langer wie blöder Sohn im letzten Moment alles zunichte gemacht. Nach der Nachricht vom Selbstmord seiner Mutter war der pflichtbewusste, törichte Sohn ins Krankenhaus geeilt – beseelt von dem Wunsch, seine tote Mutter ein letztes Mal zu sehen. Mit der Begründung, ihr Leichnam befände sich in der abgeschlossenen Leichenhalle, konnte Rebi Abi für eine Nacht vertröstet werden – eine ausgesprochene Übergangslösung. Keinesfalls würde man ihn am nächsten Tag auf dieselbe Art an der Nase herumführen können. Irgendwie musste dieses selige Zusammentreffen zustande kommen. Aber wie? Von Necla Hanım war kaum zu erwarten, dass sie sich im Leichenschauhaus auf eine Bahre legte und ihre eigenen sterblichen Überreste spielte. Eine Lösung musste her, und zwar unverzüglich. Genau an diesem Punkt muss man den Hut vor Şemi Abis scharfem Verstand ziehen. Er setzte tatsächlich alle Hebel in Bewegung, um Rebi Abis Wunsch zu erfüllen. Als diesem allerdings der Anblick seiner Mutter nicht genügte und er sich auch noch anschickte, der Verstorbenen einen Abschiedskuss auf die Wange zu geben, trat ihm der große Bruder vehement entgegen, es kam zum Handgemenge, und wahrscheinlich mit Zutun des Arztes, der selbst fürchtete, seine Machenschaften könnten auffliegen, wurde der kleine Bruder durch die Injektion eines starken Beruhigungsmittels unter Kontrolle gebracht. Nachdem er aufgewacht war, tischte man ihm die Lüge auf, seine Mutter sei längst bestattet worden. Und warum hatte Şemi Abi nicht zugelassen, dass er seine Mutter ein letztes Mal küsste? Sollte der Grund dafür wirklich gewesen sein, dass sein kleiner Bruder, wie Şemi Abi glaubte, nicht das Recht dazu hatte? Doch so logisch Rebi Abi diese Begründung aufgrund seines schlechten Gewissens erscheinen mochte – mit der Realität hatte sie nichts zu tun. Der Ältere war gegen diesen Kuss gewesen, weil es sich bei dem, was in der Nacht zuvor in der Leichenhalle deponiert worden war, nicht um einen Körper aus Fleisch und Blut handelte, sondern um eine Seifenskulptur, geformt von den Händen eines großen Künstlers, von Ruhan Bey!

Es war kaum zu glauben, aber Şemi Abis Plan lief eine ganze Weile wie am Schnürchen, und alle – inklusive Ehemann und jüngerer Sohn – glaubten, Necla Hanım sei tot. Die beiden Liebenden waren in der Zwischenzeit wahrscheinlich weggezogen. Ihr Glück war allerdings nur von kurzer Dauer. Denn die Frau erkrankte an einem tödlichen Leiden. In dem Moment, als sie der Tatsache ihres Todes ins Auge sah, begriff sie, dass das Gefühl, das sie ans Leben gefesselt hatte, weniger die Liebe zu Ruhan Bey als vielmehr der Hass gegenüber ihrem Ehemann war. Sie beschloss, diesen widerwärtigen Kerl – möge er sich nicht im Grab herumdrehen –, der ihr das Leben zur Hölle gemacht hatte, ins Jenseits zu befördern, bevor sie selbst von dieser Welt ging. Keine Ahnung, inwieweit Ruhan Bey in ihre Pläne eingeweiht war – jedenfalls überzeugte sie ihn irgendwie, in die verlassene Villa vor Hicabi Beys Nase zu ziehen. Mit Sicherheit hatte sie durch Rebi Abis Karte Kenntnis von dem Geheimgang zwischen ihrem früheren Zuhause und der Villa.

Am Tag der Hinrichtung schlich sich die Frau durch besagten Gang in ihr altes Haus, schnitt ihrem Mann die Kehle durch und kehrte auf demselben Weg wieder in die Villa zurück. Als der verrückte Ertan und Erkin Abi abends zu Hicabi Bey nach Hause kamen, trafen sie auf die Leiche des pensionierten Polizeidirektors. Erkin Abi floh in wilder Panik, der verrückte Ertan blieb und stellte – seinem Namen alle Ehre machend – die Bude auf den Kopf.

Nachdem Şemi Abi von der Ermordung seines Vaters erfahren hatte, stürzte er sofort in die Villa und hörte, dass seine Mutter den Mord begangen hatte. Şemi Abi wusste gar nicht, was er mehr betrauern sollte: dass seine Mutter eine Mörderin war, dass sein Vater tot war oder dass er selbst letztlich für all das verantwortlich war. Ein unerwartetes Problem tauchte vor ihm auf. Wohl weil er seiner Frau auch im Jenseits keine Ruhe gönnen wollte, hatte sein Vater verfügt, neben ihr begraben zu werden, aber die arme Frau war dicht umrahmt von anderen Toten. Es blieb also nichts anderes übrig, als ihn in ihr Grab zu betten. Natürlich war Necla Hanıms Grab leer, und wäre dies herausgekommen, wäre alles ruiniert gewesen. Glücklicherweise konnte Şemi Abi, wenn auch mit Mühen, auch dieses Problem aus der Welt schaffen. Als Rebi Abi beim Anblick der Gebeine seiner Mutter in Ohnmacht fiel, hatte sich der Totengräber, der schwor, einen Tag zuvor das Grab kontrolliert zu haben, keinen Reim darauf machen können. Er konnte ja nicht ahnen, dass Şemi Abi mitten in der Nacht Knochen aus wer weiß welchem Grab zusammengeklaubt und in die letzte Ruhestätte seiner Mutter platziert hatte. Das war es also, was sich hinter den Kulissen der mysteriösen Geschichte abgespielt hatte!

Während wir in Hicabi Beys Wohnung das Totengebet erwarteten, tischte ich meiner Mutter die Lüge auf, ich hätte etwas zu erledigen, das nicht länger als zehn Minuten dauern würde, und begab mich durch den Geheimtunnel in die Villa. Nicht Zweifel an der Richtigkeit meiner Vermutungen trieben mich dorthin. Ich wusste ganz genau, was mich erwartete. In Kürze würde ich vor aller Augen die Lösung des Mordfalls präsentieren, und wahrscheinlich konnte ich nicht zum letzten Schlag ausholen, ohne dem Opfer von Angesicht zu Angesicht gegenübergestanden zu haben. Ich würde kriegen, was ich wollte.

Mit glanzlosen Augen sah Necla Hanım mich an. Mit der Zunge fuhr sie sich über die ausgetrockneten Lippen, sprach das Glaubensbekenntnis und knurrte: »Ich habe dich erwartet.« Ich wusste nicht, was ich antworten sollte. »Ich habe dich auch schon vorher gesehen.«

»Sie müssen mich im Keller gesehen haben«, gab ich zurück. »Ich habe Sie allerdings für jemand anderen gehalten. Es war sehr dunkel.«

»Hast du mir deswegen nicht das Leben genommen?«

»Ich verstehe nicht …«

Ihr Gesichtsausdruck sollte wohl eine Art Lächeln andeuten. »Du kannst mich nicht hinters Licht führen«, sagte sie und schüttelte ihre knochige Hand. Dann streckte sie ihren Zeigefinger nach meiner Nase aus. »Du bist der Todesengel.«

Dagegen hatte ich keine Einwände. Bevor ich ging, hatte ich kurz das Verlangen, ihre Hand zu nehmen, doch ich verwarf die Idee sofort. Ich gehörte nicht zu den von Gott Auserwählten, die in seinen Schäfchen das Gefühl von Vertrauen und Liebe erwecken konnten. Ich würde auch nie ein solcher werden. Ich stieg die Treppe hinunter, ging vorsichtig zwischen den Seifenmonstern hindurch und trat hinaus auf den Hinterhof. Dort überwand ich diverse Mauern, sprang auf Überdachungen, schlüpfte an den Kohleschuppen vorbei und kam so auf direktem Wege zu Hicabi Beys Haus.

So kehrte meine Wenigkeit, der Mörder der Gefühle, ein weiteres Mal an den Tatort zurück. Die Lage im Totenhaus war sogar angenehmer, als ich erwartet hatte. Womöglich erlebte das Haus den kurzweiligsten Tag in seiner Geschichte. Es herrschte ein lebhaftes Treiben: alte Hexen, die an vorzeitigem Tränenerguss litten, noch bevor das Gebet überhaupt begonnen hatte, ein durchgeknalltes Weib, das Grieß-Helva kochte und dabei von ihren spirituellen Erfahrungen faselte, die Brüder Şemi und Rebi, die in der Position der Hausherren herumflatterten wie aufgescheuchte Hühner, der Krämer Yakup, der mit den Händen seine Knie massierte und von den netten Verrücktheiten des Verblichenen sprach, Männer, die Kette rauchten und vor Langeweile fast platzten … Bekanntermaßen sprechen alle berühmten Detektive, wenn sie am Ende ihrer Untersuchungen ihre genialen Falllösungen offenbaren, eine riesige, begeisterte Zuschauermenge an. Als letzter Vertreter dieser Tradition würde auch ich, während ich die verblüffenden Geheimnisse, die hinter Hicabi Beys Ermordung steckten, einzeln ans Tageslicht beförderte, gemeinsam mit diesem Heer von Verlierern und Verrückten in die Geschichte eingehen.

Dass Metin Bilgin und Onur Çalışkan das Haus des Toten beehrten, steigerte meine Aufregung vollends in höchste Erregung.

Um mit der fröhlichen Melodie, die ich zu pfeifen begonnen hatte, aufzuhören, bedurfte es der wütenden Ermahnung meiner Mutter. Der Herr Staatsanwalt wandte seinen strengen Blick nicht für eine Sekunde von meinem Gesicht, doch brachte er es auch nicht über sich, zu mir zu kommen, wohl weil er fürchtete, ich könnte einen Eklat provozieren. Zum Trotz erwiderte ich mit einem gehässigen Grinsen und heftete mich an die Beine meiner Mutter, damit er mich nicht vorzeitig in die Enge treiben könnte, um mir etwas zu entlocken. Mein Plan war, das Ende des Totengebets abzuwarten und, während alle ihre Grieß-Helva aßen, die Bombe platzen zu lassen. In meinem Kopf schwirrten jede Menge Szenarien herum, in welcher Reihenfolge ich die Ereignisse erzählen und mit welchen gesalbten Worten ich sie schmücken sollte, um den bestmöglichen Effekt zu erzielen.

In dem Moment überbrachte uns die durchgeknallte Köchin die frohe Botschaft, dass die Grieß-Helva fertig sei, und unser Imam mit dem abstoßenden Gesicht sank in den Stuhl, der mitten im Zimmer aufgestellt worden war. Unser spiritueller Führer hatte bereits begonnen, sich nach vorne und hinten zu wiegen, als ein weiterer Gast hereinkam, mit schüchternen Schritten quer durch den Raum ging und sich neben den Krämer Yakup quetschte. Noch bevor ich den Kopf hob und dem unerwarteten Besucher ins Gesicht sah, ahnte ich, dass er alles durcheinanderbringen würde. Ich hatte nämlich halbwegs zu verstehen begonnen, wie die göttlichen Zahnrädchen funktionierten. Die Person, die trotz des armseligen beigefarbenen Anzugs vornehm wirkte und lange, schlanke Beine sowie ein nicht unübles Gesicht hatte, war niemand anderes als Ruhan Bey.

Eine Weile versuchte ich, Ruhan Beys Anwesenheit zu ignorieren. Doch er verfügte über eine derart starke Ausstrahlung, dass sich mit seinem Betreten des Zimmers der Gemütszustand eines jeden merklich änderte. Als hätten auch die, die keine Ahnung von seiner Geschichte hatten, urplötzlich gespürt, dass durch ihn die Atmosphäre mit einer größeren Tiefe und Bedeutsamkeit angefüllt war als der ihren. Durch seine Anwesenheit waren alle, ich inklusive, von einem seltsamen Gefühl der Befangenheit ergriffen, sang der Imam das Totengebet inbrünstiger und gewannen seine Worte, deren Bedeutung er vielleicht selbst nicht kannte – so wie mein lieber Öztürk es formuliert hatte –, einen zusätzlichen Sinn; kamen die Tränen der Hexen vielleicht zum ersten Mal nach wer weiß wie vielen Jahren einer guten Tat gleich. Als das Gebet zu Ende war, wusste ich: Meine Show fiel ins Wasser.

Nachdem die Helva ausgeteilt worden war, ging ich zu Onur Çalışkan und Metin Bilgin. Wie immer schüttelte der Kommissar mir freundlich die Hand und strich mir übers Haar. Das Gesicht des Herrn Staatsanwalts wiederum glich der Wand eines Gerichtssaals. »Du sollst uns etwas Wichtiges zu sagen haben«, meinte Onur Çalışkan.

Ich nickte. »Sie hatten recht«, sagte ich mit Blick auf Metin Bey. »Ich habe gelogen.«

»Und was hat das jetzt zu bedeuten?«, fragte Onur Çalışkan mit bebender Stimme.

»Am Tag des Mordes war ich nachmittags mit meinen Freunden zum Fußballspielen auf der Farm. Dann kam Gazanfer mit seinen Hunden und hat uns das Match kaputt gemacht. Burhan und mich hat er nach Strich und Faden verprügelt.« Auf Metin Bilgins Lippen machte sich der Anflug eines Grinsens bemerkbar. Ich übersah das und fuhr fort. »Sie können die Kinder alle fragen. Na egal … Ich hatte geschworen, mich an Gazanfer zu rächen, und in der Nacht auf dem Revier dachte ich, das sei doch eine prima Gelegenheit.« Onur Çalışkans Enttäuschung war schon sehenswert. Metin Bilgin trug noch immer dieselbe nervtötende Teilnahmslosigkeit zur Schau. »Ich habe gelogen.«

»Eigentlich lügst du jetzt!«, schnaubte der Staatsanwalt. »Am Telefon sagtest du, du hättest den Fall gelöst, und jetzt sagst du, du hättest gelogen.«

»Ich habe wieder gelogen. Anders hätte ich Sie doch nicht dazu gebracht, hierher zu kommen.«

»Dein Problem hättest du uns auch am Telefon sagen können. Dafür mussten wir nicht herkommen.«

»Doch, das mussten Sie«, widersprach ich. »Das war nämlich nicht alles, was ich zu sagen hatte, und bei dem, was Sie jetzt hören, sollten Sie mir in die Augen sehen.«

»Was du nicht sagst!«

»Diese Drohung, die Sie gegen meinen Vater ausgestoßen hatten ... Ich glaube, Sie haben nur geblufft, aber gesetzt den Fall, Sie hätten sich entschieden, meinem Vater die Hölle heiß zu machen, dann sollten Sie etwas mitberücksichtigen.«

»Ach?«, sagte Metin Bilgin mit abfälligem Lächeln. »Und was soll das sein?«

»Dann werde ich Ihnen die Hölle heiß machen.«

Metin Bilgin war das Lachen vergangen. Er zog eine Maltepe aus seiner Tasche und zündete sie an, dann blies er den Rauch in die Luft, drehte sich um und ging in Richtung Tür. Onur Çalışkans Mund stand vor Erstaunen halb offen, und auch wenn er mich eine Sekunde lang ansah und seine Lippen bewegte, analysierte er vollkommen zu Recht, wie sinnlos weitere Worte wären, und rannte dem Staatsanwalt hinterher.

Nachdem sie gegangen waren, ließ ich meinen Blick durch den Raum schweifen und sah, wie auf einer Seite der Krämer Yakup Ruhan Bey ein Ohr abkaute. Ich nahm eine Nelke aus der Vase, die auf dem Esstisch stand, und ging zu ihnen. Als der Krämer mich sah, begann er sein Lied anzustimmen: »Ha, das ist der Junge, dem letztens der Ball in deinen Garten geflogen ist ...«

Ich überging ihn geflissentlich und reichte Ruhan Bey die Blume. »Bitte überreichen Sie die der gnädigen Frau. Und bestellen Sie ihr meine besten Grüße.«

Ruhan Beys Gesicht wurde auf einmal kalkweiß. Mit Mühe riss er sich zusammen und nahm, sich höflich bedankend, die Nelke an. Dann wandte er sich an den Krämer und meinte, dass er allmählich nach Hause müsse. »Ich gehe auch«, sagte ich. »Wenn Sie möchten, begleite ich Sie.« Nachdem ich meiner Mutter Bescheid gesagt hatte, verließen Ruhan Bey und ich gemeinsam das Haus.

»Diese Skulpturen, die Sie gemacht haben, sind wunderschön«, sagte ich auf dem Weg zur Villa.

»Vielen Dank.«

»Warum verwenden Sie Seife?«

»Als Material reicht es vollkommen aus. Es lässt sich leicht bearbeiten, und billig ist es obendrein.«

»Aber genauso leicht lässt es sich auch zerstören. Sie wissen ja, dass ich eine Ihrer Statuen umgebracht habe.«

»Menschen sterben«, erwiderte Ruhan Bey mit einem Schulterzucken.

»Entschuldigen Sie, dass ich unerlaubt in Ihr Haus eingedrungen bin«, sagte ich. »Auf der Flucht vor einem Schurken musste ich mich dort verstecken.«

Er machte eine abwinkende Handbewegung. »Ich denke, du hast noch niemandem gegenüber erwähnt, dass du sie gesehen hast. Sonst wären sie schon längst da gewesen.«

Ich schüttelte den Kopf. »Ich habe dort sowieso niemanden gesehen. Ich dachte, die Person im Keller wären Sie gewesen. Ich habe das alles gerade erst begriffen, das heißt: beinahe alles. Ich weiß zum Beispiel nicht, ob Sie von Necla Hanıms Vorhaben wussten, als Sie die Villa bezogen.«

Ruhan Bey drehte sich um und sah mich verwundert an. Er war erschüttert. Vielleicht dachte auch er, so wie Yeşim, er hätte es mit einem Zwerg zu tun, und bemühte sich höflich, meine Neugier zu befriedigen. »Necla Hanım ist sehr krank. Ich ahnte zwar etwas, als sie meinte, es sei ihr letzter Wille, in dieses Haus zu ziehen, aber wir redeten kein einziges Mal offen darüber.«

»Das dachte ich mir«, murmelte ich. »Wenn Sie gestatten, möchte ich Sie noch etwas fragen: Was taten Sie, nachdem Hicabi Bey Sie rausgeschmissen hatte?«

»Ich zog nach Düsseldorf«, lautete Ruhan Beys völlig unerwartete Antwort. »Dort arbeitete ich viele Jahre in der Brotfabrik meines mittlerweile verstorbenen Onkels.«

»In Ihrer Freizeit formten Sie bestimmt Skulpturen aus Brotteig?«

»Genau das tat ich«, erwiderte Ruhan Bey lächelnd. »Eines Tages, als ich wieder einmal mit Teig herumspielte, tauchte plötzlich mein Onkel auf. Ich hatte offen gestanden Angst, er könnte sauer werden, weil ich Zutaten verschwendete. Aber anstatt böse zu werden, geriet mein Onkel beim Anblick meiner Werke völlig aus dem Häuschen. Und genau in jener Nacht kamen wir auf die Idee mit den Brotfiguren, die aus der bescheidenen Brotfabrik meines Onkels die größte Konditorei Düsseldorfs machen sollte!« Ich warf ihm einen Blick zu, um zu prüfen, ob er mich auf den Arm nahm. Nein, er war zutiefst aufrichtig und fuhr mit derselben Ernsthaftigkeit fort: »Mein Onkel hat nie geheiratet und auch keine eigenen Kinder, genau wie ich. Deswegen ging die Bäckerei nach seinem Tod in meinen Besitz über. Im vergangenen Jahr haben wir unsere dritte Filiale eröffnet, und mittlerweile habe ich mehr als dreißig Mitarbeiter.«

Es war Zeit, dass ich es akzeptierte: Die freie Marktwirtschaft war stärker als die Liebe und auch stärker als die Kunst. Lieber heute als morgen würde ich mich bei der Brotbäckerei in unserem Viertel um einen Job bewerben. Sollte das nicht klappen, würde ich meine Karriere beim Krämer Yakup beginnen. »Haben Sie sich in der Zeit nie mit Necla Hanım getroffen?«

Ruhan Bey schüttelte den Kopf. »Zwanzig Jahre lang haben wir uns heimlich geschrieben. Ich hatte mir eingeredet, dass das bis ans Ende unserer Tage so weitergehen würde. Aber eines Tages erhielt ich von Necla diesen Brief, der alles veränderte. Die Liebe meines Lebens schickte mir die frohe Botschaft, dass jener Moment, auf den wir all die Jahre gewartet hatten, gekommen sei und unserem Zusammensein kein Hindernis mehr im Wege stünde. Freudig reiste ich in die Türkei, in dem Glauben, Hicabi Bey sei gestorben. Natürlich erfuhr ich nach meiner Ankunft, dass nichts so war, wie ich es erwartet hatte. Trotzdem war ich glücklich mit ihr. Drei Jahre lang lebten wir, wo es uns gerade gefiel.«

»Und die Bäckerei?«

»Die Konditorei«, korrigierte mich Ruhan Bey. Und mit zum Himmel gewandten Augen fügte er voller Stolz hinzu: »Wir sind mittlerweile ein Unternehmen. In Unternehmen haben Einzelpersonen keine Bedeutung mehr.« Mit diesem perversen Satz waren wir vor dem Gartentor der Villa angekommen. Der geschäftstüchtige Rodin blieb am Eingang stehen und musterte mich noch einmal von oben bis unten. »Und du? Wie hast du es herausgefunden?«

»Ich hab es mir aus dem Gerede von diesem und jenem zusammengereimt«, antwortete ich mit einem Schulterzucken. »Aber ohne die Hilfe eines Freundes wäre ich niemals auf die Lösung gekommen.«

»Necla Hanım hat nicht mehr lange zu leben. Ich würde dich bitten, diese Dinge wenigstens noch ein Weilchen für dich zu behalten. Ich verspreche dir: Nach dem Tod meiner Liebsten werde ich zur Polizei gehen und alles erzählen.«

»Machen Sie sich keine Sorgen«, beruhigte ich ihn. »Ich werde niemandem etwas sagen.«

»Und was ist mit deinem Freund?«

»Öztürk? Vor dem brauchen Sie sich nicht zu fürchten. Er ist vor Jahren gestorben«, sagte ich lachend. Als ich Ruhan Beys bangen Blick sah, fügte ich hinzu: »Das heißt, er lebt in meinem Kopf.«

Ich weiß nicht, was er danach dachte, aber er legte seine Hand auf meine Schulter, schluckte schwer und öffnete dann das Gartentor, um zu seiner mit dem Tod ringenden Geliebten zu gehen. Als er aus meinem Blick verschwunden war, begab ich mich auf den Heimweg. Ich hatte den verrückten Ertan verraten.

Meine einzige Hoffnung war, dass Necla Hanım sich baldigst von dieser Welt verabschieden und Ruhan Bey Wort halten würde. Den verrückten Ertan würde die Angelegenheit zusätzlich einige Monate Erniedrigung und ein paar Elektroschockbehandlungen kosten. Ich schämte mich vor mir selbst. Aber ich würde mich nicht besser fühlen, wenn ich Metin Bilgin alles erzählte. Der Grund dafür war weder mein Mitleid mit der auf dem Sterbebett liegenden Necla Hanım noch meine Bewunderung für Ruhan Bey, von dem ich mittlerweile wusste, dass er nicht im Entferntesten die Weisheit besaß, die ich ihm zugeschrieben hatte. Was diese beiden ganz normalen armen Seelen zu so etwas Besonderem machte, war ihre Liebe, die sie trotzig lebten und am Leben erhielten. Vor diesem Traum musste man Respekt haben. Oder vielleicht gefiel mir auch bloß der Gedanke; ich bin mir nicht sicher. Wie auch immer – war das Leben nicht in jedem Fall eine Geschichte mit einem bösen Ende?

vierzehn

glücklich und einvernehmlich

Sosehr meine Mutter geneigt war, die Rücknahme der Versetzung bei ihren Vorgesetzten und insbesondere Erdoğan Bey als Großherzigkeit zu verbuchen, so ahnte mein Vater sehr wohl, dass an der Sache etwas faul war. Deshalb stieß er nach ein paar doppelten Rakı ein »Erdoğan, der Doppelarsch« hervor und umarmte mich danach mit feuchten Augen. Hätte ich nicht um Mutullah Amcas absolute Verschwiegenheit gewusst, hätte ich auf den Gedanken kommen können, dass er meinem Vater etwas gesteckt hatte. Ich weiß auch nicht; der Stadt Istanbul würden wir zumindest noch ein Weilchen erhalten bleiben.

Angesichts dieser Situation musste ich umgehend damit beginnen, mir meinen Platz, der mir innerhalb der Hierarchie unter den Strolchen des Viertels zustand, zurückzuerobern. Nach dem, was mir zuletzt zu Ohren gekommen war, hatte unsere Armee in der Feldschlacht gegen die Walderdbeeren-Straße eine schwere Niederlage erlitten. Postwendend mussten Götterbaumzweige geschnitzt, Kronkorken von Sprudelflaschen zu Pfeilspitzen gehämmert und Teerkessel erhitzt werden. Während ich durch das Viertel marschierte, um unsere versprengten Truppen einzusammeln, traf ich Koray Abi, der vor dem Laden des Krämers Yakup saß und eine Limo trank. Ich kaufte mir ebenfalls eine Limo und setzte mich neben ihn. »Wie geht's, Koray Abi?«

»Wie soll's schon gehen? Man lebt.«

»Lebt Erkin Abi auch?« Erkin Abi war meiner Empfehlung gefolgt, sofort zur Polizei zu gehen und eine Aussage dahingehend zu machen, dass er am Tag nach der Tat auf Urlaub gefahren sei. Als Alev Abla und die Zuhälterin Remziye auch noch bezeugten, dass er zur Tatzeit bei ihnen zu Gast gewesen sei, war sein Hals gerettet. Nachdem man ihn laufen gelassen hatte, war er allerdings nirgends zu sehen gewesen. Ich war neugierig, was er so trieb.

»Er heiratet nächste Woche«, sagte Koray Abi und spuckte aus.

»Alev Abla?«

Koray Abi nickte. »Den Heiratsantrag hat er gemacht, als sie ihn eingebuchtet hatten, der Depp. Nach der Hochzeit wird er in der Umzugsfirma seines Onkels anfangen.«

Ich traute meinen Ohren nicht. Alles entwickelte sich so, wie Yeşim es vorausgeahnt hatte. Frauen waren in der Tat furchterregende Wesen. »Und wie läuft's zwischen dir und Yeşim?«

Koray Abi nahm einen großen Schluck Limo und zog die Nase hoch. »Yeşim ist weg. Sie hat mich verlassen.«

»Trifft sich doch prima«, meinte ich. »Sie ist mit diesem reichen Lump abgehauen, stimmt's? Wie hieß er noch? Ach ja, Kayhan!«

»Nee, nee …«, sagte Koray Abi und musste dabei rülpsen. »Aber du warst nah dran. Sie ist mit Kayhans Vater durchgebrannt.«

Ich konnte es mir nicht verkneifen, in schallendes Gelächter auszubrechen. Ich verabschiedete mich von Koray Abi und erhob mich. Plötzlich fiel mir Hakan ein. Ich musste los und meinen Freund mit dem goldenen Herzen und der langen Leitung zurückerobern. In diesem Leben braucht der Mensch den Menschen, und tief in meinem Herzen spürte ich, dass Hakan mein einziger Freund war. Wie allein der kurze Gedanke an ihn mir ein Lächeln ins Gesicht gezaubert hatte. Ich streckte mich der Sonne entgegen und begann mit Vollgas zu Hakan nach Hause zu rennen.

Die Erde drehte sich noch immer. Mit all ihrer Verkommenheit.

MEIN LIEBER FREUND,

WIE GEHT ES DIR? ZUERST MAL FIELE GRÜSSE AN DICH UND DEINE FAMIELIE. WIE GEHT ES DEINEN ELTERN? MEINEN GEHT'S NICHT SO GUT. SIE HABEN BESCHLOSSEN, SICH SCHEIDEN ZU LASSEN. MACHT NICHTS, FIELE KINDER HABEN GESCHIEDENE ELTERN. BESSER ALS IN EINER FAMIELIE MIT STREIT AUFZUWACHSEN … MEINE MUTTER UND DAS BEBI BLEIBEN HIER, WEIL ES NOCH SO KLEIN IST. ICH GEHE MIT MEINEM VATER NACH IZMIR. ICH GEHE DANN DORT ZUR SCHULE. WENN DU DIESEN BRIEF LIEST, BIN ICH WARSCHEINLICH SCHON WEG. ICH HOFFE ES, WEIL ICH MAG ES NICHT, MICH ZU VERABSCHIDEN. WIR HABEN FIEL ZUSAMMEN ERLEBT, UND FALLS WIR UNS WIEDERSEHN, SOLLST DU WISSEN, ICH BIN SEHR FROH, DASS DU MEIN FREUND BIST. EINMAL HAT MEINE MUTTER SOGAR GESAGT, MIT DIESEM VERRÜCKTEN JUNGEN TRIFFST DU DICH NICHT MEHR, ABER ICH WAR TROTZDEM MIT DIR BEFREUNDET.

DEIN FREUND

HAKAN TİRYAKİ

P.S. DEN FIESEN HÄMFLING HAB ICH LETZTENS BEIM MURMELSPIELEN TOTAL ABGEZOGEN. ICH HAB IHM ALL SEINE MURMELN ABGEKNÖPFT, UND ER HAT NOCH FÜNF SCHULDEN. DIE SOLL ER DIR GEBEN.